붉은 소낙비

붉은 소낙비

이호철 장편소설

전쟁은 결단코 일어나서는 안 되지만 언제 어디서든 일어나는 일이다.
아, 하늘은 평화를 위한다며
전쟁터에서 서로에게 저지른 끔찍한 짓을 용서해 줄까?

창작시대사

마당

나는 일곱 마당을 지나오면서 걷고 뛰며 달려왔다. 마당에는 자연스레 사람들이 모여들었다. 벗들은 함께 떠들며 웃고 싸우면서 울기도 했다. 어려울 때도 손은 서로 놓지 않았다.

'방앗간 마당'은 모험으로 가득 찬 시절이었다.

낮 마당에는 따사로운 햇살 아래 작은 새들이 날아들어 재재거렸다. 가까운 우포늪에서 날아온 큰 새들도 기웃거리며 다녔다. 밤 마당에는 달빛 아래 동네 아이들이 뛰어놀며 재잘댔다. 부근에서는 그만큼 넓은 장소가 없어 생긴 풍경이었다. 아버님의 방앗간은 사방 십 리 밖에서도 방아 거리를 이고, 지고 소달구지에 실어 찾아온 사람들의 정이 넘쳐나는 곳이었다. 방앗간 마당은 일제 암흑기부터 6.25 전쟁을 겪으며 많은 사건이 벌어졌던 현장이었다. 아버지는 주민들의 문맹 퇴치에 정성을 쏟았다. 야학당을 열어 한글을 가르쳤다. 간호부를 지낸 어머니는 주민들에게 예방주사를 놓아주었다.

6.25가 터졌다. 방앗간 마당에 북한군이 쳐들어와 거점으로 삼

아 인민재판을 열었다. 군관은 담벼락에 어머니의 애장품인 둥글고 커다란 붉은 밥상을 세워놓고 총질을 해댔다. 다음은 미군이 들어와 접수하여 중대본부로 삼았다. 캡틴도 벌집이 된 붉은 밥상을 타깃으로 삼았다. 어머니의 가슴에도 커다란 벌집이 생겨났다. 어머니와 아버지는 구멍 난 밥상을 소재로 정월 대보름날 횃불 아래 마당극 <붉은 밥상>을 올렸다.

"사람들이 둘러앉아 밥을 먹는 밥상에 총질을 하다니, 천하에 고얀 넘들 같으니라고. 인민군이나 코쟁이나 같은 넘들이여!"

나는 글을 깨치자 ≪톰 소여의 모험≫과 ≪허클베리 핀의 모험≫에 푹 빠졌다. '허크파'를 이끌고 뗏배를 띄웠다. 사과밭 탱자나무 울타리의 개구멍으로 서리를 하다 붙잡혀 몸값을 톡톡히 치렀다. 자줏빛 자운영꽃이 지천으로 핀 들판을 종횡무진 활보하면서 꿈을 키워나갔다. 동우(童友)들이 함께였다.

'4-H구락부 마당'은 절망과 희망이 교차하던 시절이었다.

아버지가 대구에서 새로 시작한 원동기 제조 사업은 날로 번창하였다. 그러나 회계책임자가 회사자금을 챙겨 야반도주하는 바람에 부도가 났다. 도리 없이 낙향하게 되어 너무나 아쉽게도 학업을 중단하고 말았다.

선산을 개간하여 뽕나무를 심었다. 누에를 기르면서 절망 속에 희망을 키워나갔다. 4-H구락부를 결성했다. 우포늪을 자양분으로 삼아 <어은4-H신문>도 만들고 문예란에 시를 지어 올렸다.

양잠 경진대회에서 우승을 거듭했다. 성공 사례가 언론에 기사화되었다. 고향의 따뜻한 응원이 용기를 북돋아 주었다. 향우(鄕友)들이 단단히 뭉쳤다.

'전쟁 마당'은 꽃다운 젊은 병사 시절의 아픔이었다.

어머니의 가슴을 아프게 하였고 내 마음도 찢어졌다. 나라의 부름으로 고국을 떠나면서 남긴 일기를 살펴보았다.

— 전장에서 산다면 공부를, 죽는다면 어머니를 위하여.

— 전쟁의 고발은 펜이 입보다 강하다.

— 딸라를 보내 나라를 위한다지만 솔직히 소설을 쓰고 싶다.

본격적인 소설 습작은 이때부터였다. 베트남 전쟁터에서 아군의 눈총을 맞아가며 수첩에 쓰고 또 썼다. 태양이 작열하던 참호에서, 별빛이 쏟아져 내리던 정글에서도 전장을 짓고 그렸다. 방탄복을 관통한 포탄 파편이 전투복 호주머니의 손바닥만 한 창작 수첩에 가로막혀 구사일생으로 살아났다. 삶과 죽음의 문턱을 수없이 넘나들었다. 밤새 거총 자세로 엎드려 진지를 사수하고 일어나면 소금기 절은 몸 자국이 생겨났다. 다시 전장으로 내보낼 병사를 찍어내는 형틀인 거푸집이었다. 거푸집을 나란히 만들다 장렬하게 산화한 꽃들을 잃은 슬픔이 가슴에 남았다.

전쟁을 겪어 보지 않은 이들에게 묻고 싶다. 국가의 부름이 있는데도 감히 다른 길을 도모할 것인가? 또한 사람이면 누릴 진정한 자유의 존엄을 목숨 걸고 지킨 전장을 두고 마음대로 재창조하여 음해를 일삼지 말라고 하고 싶다. 참혹하고 소태 같은 입술로 목이 타들어 가는 전장에서 수통을 먼저 건네주던 내 신성한 전우에 대한 모독이기 때문이다.

'학교 마당'은 만학에다 고학으로 이어진 어려운 시절이었다.

군대에서 제대하고 힘들었지만 꿈과 이상을 찾아 세상에 몸을 던졌다. 서슴없이 삭발하고 야간 고교에 편입학을 감행했다. 10가지 아르바이트를 하면서 공부에 온 힘을 쏟았다. 어느 날이었다. 대입 예비고사를 앞두고 해가 비추는 시간에 운동장에서 체력 검사를 하다가 들통나고 말았다.

"와! 손등이 우리와 다르네."

"손등에 푸른 핏줄이 태백산맥이야."

"전쟁터에도 갔다 왔다던데."

"암만 그캐도 같은 동기동창인데 존댓말은 몬한다 아이가."

발 없는 소문은 전교에 파다하게 퍼졌다. 등교 시간에 선생님처럼 기율부의 거수경례까지 받는 해프닝이 벌어졌다.

차렷! 경롓!"

27세에 고교를 졸업하고 32세에 큰딸을 안고 대학 졸업사진을 찍게 되었다. 이 학교 마당이 그리 자랑스러울 것도 없었지만 하늘 아래 한 점 부끄러울 것도 없다. 수학 문제를 밤새워 도와주던 의리의 학우(學友)들이 사방에 포진하고 있었으니까.

'도깨비 마당'은 나름대로 여유마저 부려 호사를 누린 참으로 좋은 시절이었다.

건설업에 몸담아 열심히 살아온 덕분에 경제적 안정을 이뤘다. 초등학교를 여러 번 옮겨 다닌 아픈 기억이 되살아났다. '삼천지교'로 아이들 셋을 같은 학교를 마치게 하려고 열심히 발품까지 팔았다. 이처럼 서울의 같은 집에서 40여 년을 살게 되었다.

선대에서 그랬듯 골동서화를 좋아했다. 책을 뺀 나머지 사물은 그릇이라 부르고 싶었다. 오래된 책과 그릇은 선조들의 빛나는 기록문화와 지혜로운 생활문화가 오롯이 담겼다. 규장각 검서관을 지낸 박제가는 책 속에 파묻혀 세상을 향해 외쳤다.

"벽(癖)이 없는 인간은 쓸모없는 인간이다. 사람이 한 가지 일에 미치지 않고서야 어찌 무엇을 이룰 수 있겠는가!"

책과 그릇을 모으면서 시행착오도 많이 겪었다. 이 바닥이 워낙 신의성실의 원칙과는 거리가 멀기 때문이었다. 반면교사로 삼아 감식안을 키워 제법 많은 책과 그릇을 모았다. 사실 수집에만 목적을 두면 발상이 위험하다. 목적의식을 가지고 수집한 책과 그릇에서 자신과 남에게 도움을 주는 뜻과 의미를 찾아야 할 것이다. 같은 생각과 시선을 가진 벽우(癖友)들과 함께하면 휴대폰은 들여다보지 않아도 시간이 너무 짧다.

'타작마당'은 소년이 꾸었던 세 가지 꿈 중에 역사가는 때를 놓치고 차선책으로 이어진 시절이다.

앞서 방앗간 마당에서 사과 서리를 하다 붙잡힌 사건이 남긴

트라우마가 늘 따라다녔다. 그때 스산한 대청마루 끝에서 두 팔을 들고 벌을 섰다. 아버지의 조용하면서도 무서운 얼굴을 난생처음 보았다.

"너희들은 장난이지만 사과밭 주인은 식구들 목줄이 걸린 문제야."

어둠 속에 몰래 건네준 어머니의 홍시마저도 뿌리치고 맹세했다.

'어른이 되면 사과밭 주인이 되고 말 거야. 꼭.'

강물처럼 흐른 시간이 세상에 태어난 간지의 해가 돌아와 달래강 언덕에 사과나무를 심었다. 유기농과 친환경을 찾다 보니 수월하지 않았다. 몇 번이고 포기하려고 작정했다. 그때마다 봄날의 화려한 사과꽃은 얼어붙은 농부의 마음을 여지없이 녹이고 말았다. 달밤에 사과밭을 거닐며 꽃비를 맞아 보면 시상이 저절로 떠오르는 황홀경에 빠졌다. 탐스런 붉은 사과는 첫사랑이 보낸 선물 같았다. 그뿐인가, 모내기를 앞둔 논바닥에 비친 달빛에 울어대는 개구리들의 합창은 소설의 한 장면을 짓고도 남았다.

그럼에도, 농부가 꾸는 가을걷이의 꿈은 현실에서 그리 녹록하지도 낭만적이지도 않다. 기운이 빠지는 데다가 지우(知友)인 아내의 손등이 고동색으로 변해가는 것이 안쓰러워 보여 언제까지 갈지는 모른다. 그렇지만 은밀하게 유혹하는 5월은 다시 돌아올 것이다. 내 삶이 대체로 늦깎이라 꿈을 접기에는 아쉬움이 남는다.

'문학 마당'은 반세기 전부터 차곡차곡 냉동 보관되어 온 많은 소설 원고와 작품을 열정으로 해동하는 시절이다.

문학은 내 몸에서 한시도 떠날 줄 모르는 신열을 동반한 감기였다. 소년이 꾸었던 마지막 꿈이다. 어둠 속에서 바다로 나선 작은 돛단배 같았던 내게 문학의 항로를 환하게 비춰준 등대 같은 분들이 있어 꿈의 돛대를 세워 키를 잡을 수 있었다.

　－ 소설은 씌어지는 것이 아니라 쓰는 것입니다. 소설은 태어나는 것이 아니라 만드는 것입니다. 좋은 소설은 언제 어디서든 누군가의 눈에 띕니다. 끝까지 쓰십시오!

2004. 9. 3.　소설가 임동헌

　－ 土馬. 이호철 님은 성품이 근면하고 검박하며 부지런하여 마치 근면한 말과 같은 인상을 주기에 호(號)를 토마라 부름이 좋을 것 같아 그렇게 정하니 본인도 흔쾌히 받아들인 바이다. 대개 호라고 하는 것은 그 사람의 성격을 나타냄은 물론 장차 그런 사람이 되고자 하는 이상형이기도 한 것이다. 토마는 말 그대로 글쓰기에 매진하리라 믿어 의심치 않는 바입니다.

2005. 2. 21.　수필가·한국수필문학진흥회장 일현 손광성

　－ 우보천리(牛步千里). 소걸음처럼 한 걸음 한 걸음 걸어가서, 드디어 맞게 되는 작가의 경지. 능히 뜻한 바를 이루되 삶이 소설인 것을 언제나 작품 속에 투영해 우리 시대 가장 빛나는 명작을 완성하길 진심으로 믿고 기대합니다.

2012. 4. 15.　소설가 이원섭

－ 이호철 작가님. 참으로 소중한 인연입니다. 좋은 작품 많이 쓰시기를 기원합니다. 문인은 위대한 실존이고, 문학은 숭고한 가치입니다. 문학사에 길이 남을 작품으로 하 많은 독자에게 감동을 안겨주시리라 믿습니다. 기도하겠습니다.

　　　　2019. 2. 28.　소설가·한국문인협회 제27대 이사장 이광복

　－ 이호철 작가님. 훌륭하게 창작 활동하는 모습에 박수 보냅니다. 소설가는 평생을 두고 공부하는 사람입니다. 사람을, 세상을 올곧게 바라보는 시선으로 훌륭한 작품을 쓰시기 바랍니다. 그런 조건을 잘 갖추고 계십니다.

　　　　2022. 1. 29.　소설가·한국문인협회 제28대 이사장 김호운

　이분들의 성원에 보답하기 위해서라도 문학 마당에서 심기일전하여 정진해 나갈 것이다. 비록 그 길이 험난하더라도 문우(文友)들이 있어 두렵지 않다. 내 몸을 떠날 줄 모르는 신열을 동반한 문학적 감기는 백약이 무효라 현재 진행형이다.

　　　　　　　　　　붉은 소낙비를 기다리며
　　　　　　　　　　土馬 이호철

차 례

쑤언자작나무집 1호점

오픈 D-1일이었다. 쑤언은 숍으로 들어섰다. 은은한 나무 향이 맞았다. 골조를 그대로 노출한 천정을 빼고 나머지 인테리어는 자작나무로 마감한 덕분이었다. 거기에다 탁자며 의자도 같은 재질이었다. 맞은편 벽에 걸린 현판이 눈길을 붙들었다. 연륜이 엿보이는 두꺼운 자작나무에 반듯하게 쓴 글씨를 파서 새긴 음각 자였다.

<쑤언자작나무집 1호점>
아래 칸에 조금 흘려 쓴 글씨가 이어졌다.
- 자작나무숲에서 당신을 기다립니다.

눈에 익은 필체였다. 쑤언의 입가에 미소가 번졌다. 주방을 돌아보고 능숙한 솜씨로 커피를 내렸다. 커피 향이 소맷귀에 감돌았다. 쑤언커피스토리하우스의 로고인 세 마리 다람쥐가 꼬리를 물고 돌아가는 콘삭커피의 달콤함이 따라왔다. 자리에 앉아 커피를 몇 모금 마시자, 마음이 다소 진정되었다.

상당히 앞서 쑤언은 베트남 달랏의 커피농장이 궤도에 오르자,

14

수출보다 국내로 눈을 돌렸다. 손수 수확한 좋은 커피 원두로 승부수를 던졌다. 호치민에 <쑤언커피스토리하우스> 본점의 문을 열었다. 베트남전쟁 중에 일어난 쑤언과 학민의 러브스토리가 입소문을 타자 5호점까지 순항했다. 해안벨트를 따라 나트랑과 퀴논에 이름을 올렸다. 호이안과 다낭에는 일주일 간격으로 오픈하는 열정을 보였다. 후에를 거쳐 동호이에 체인점을 이어갔다. 하노이까지 북상하였다. 연이어 하롱베이와 사파로 영역을 넓혔다.

다낭은 '경기도 다낭'이라 불릴 정도로 한국인들이 많이 찾는 곳이라 두 사람의 사랑 이야기는 향기를 한껏 뿜어냈다. 커피는 향을 더 보태주었다. 사람들의 마음을 움직이자 자연스레 발길이 잦아졌다. 한국 드라마와 K-팝도 한몫했다. 말 그대로 문전성시를 이루었다. 베트남을 주름잡고 있던 기존의 커피 체인점들이 경계심을 드러내기 시작했다. 세계 굴지의 커피 브랜드들도 맥을 추지 못하는 베트남에서 새로운 토종 강자가 나타났으니 그럴 만도 했다. 하지만 '전쟁영웅' 칭호를 받은 쑤언에게 여러 방면으로 시도한 방해 공작은 별로 성공하지 못했다.

쑤언은 학민이 베트남의 고엽제 피해지역 해안가에 맹그로브 숲 복원 사업을 하는 동안 꿈같은 시간을 보냈다. 학민도 마찬가지였다. 반세기 만에 재회한 두 사람에게는 단 한 시간이 소중하였기에 어디를 가든 무슨 일을 하든 함께였다.

학민이 한국 정부로부터 위탁받았던 '제1차 맹그로브숲 복원 사업'을 마치고 돌아가게 되었다.

"쑤언, 부디 건강해야 해요."

"민, 나보다 당신이 더 걱정이에요."

"다들 중국사람 입맛 때문에 커피나무를 뽑아내고 두리안을 심더라도 쑤언은 아라비카를 지켜나가요. 꼭요."

"꼭 그리할게요. 하지만 민이 떠나면 나는 어떻게 살아요? 하루도 못 살 것 같아요. 어쩌죠?"

"걱정 말아요. 비행기로 5시간이면 만나잖아요. 또한 쑤언이 꿈꾸던 커피 사업이 한국에 진출하면 더 자주 볼 거고요."

"참, 한국 체인점은 이름을 어떡하나요?"

"쑤언, 지난번에 말했듯이 내게 자작나무숲이 있다고 했잖아요. 그 자작나무로 이름을 지어보면 어떨까요? 한국에서는 오래전부터 쓸모가 많은 나무로 쓰였답니다."

"자작나무집?"

"역시 쑤언은 판단이 빨라요. 하우스 대신으로 집이 좋아요. 숍의 인테리어도 자작나무로 하면 결이 맞을 것 같아요. 오래도록 나무 향이 은은하게 나거든요."

"나처럼 말이지요. 호호."

"맞아요. 정말 당신 같아요. 또 좋은 꽃말이 있답니다."

"무엇이죠?"

"당신을 기다립니다."

"아, 아. 영원히 말이지요."

쑤언이 울음을 터뜨리고 말았다. 놀란 학민이 두 팔을 벌렸다.

쑤언이 가슴을 파고들었다. 맞닿은 두 사람의 얼굴이 젖어 들었다. 별이 총총하게 내려오도록 팔을 풀지 못했다. 커피나무숲에서 족제비 울음소리가 간간이 들려왔다.

쑤언은 커피 사업의 한국 진출을 서둘렀다. 지하철 환승이 용이한 서울의 낙원동을 돌아보다 1호점 자리가 마음에 들자, 건물을 인수했다. 1, 2층을 커피숍으로 꾸미고 3층은 결혼하여 한국으로 이주한 다문화가족을 위한 보금자리로 정했다. 또한 결혼에 실패해 베트남으로 귀환한 여성과 아이들의 돌봄센터를 함께 운영하고 싶었다. 덧붙여 유학 온 학생들의 지원센터도 염두에 두었다.

학민의 설계대로 신속하게 진행되었다. 한국인에게 익숙한 타서 마시는 믹스커피 코너를 따로 만들었다. 달랏에서 숙련된 바리스타가 인천공항을 통해 서울에서 짐을 풀었다. 대부분이 라이 따이한의 자녀들이었다. 그들은 오자마자 K-푸드를 찾았다.

"신라면 주세요."

이어 아라비카 원두가 공수되었다. 한껏 업그레이드한 믹스커피도 함께였다.

"무슨 생각을 그리 골똘하게 하실까? 불러도 대답도 없게요."

쑤언은 화들짝 놀랐다.

"아, 민. 언제 왔어요. 미처 듣지 못하여 정말로 쏘리에요. 잠시 지난날을 돌이켜 보느라고요."

"주한 베트남관광청 대표부에서 보낸 화환을 받느라 밖에서 당신의 모습을 훔쳐보았지요. 나도 쏘리에요. 하하하."

"관광청 대표부에서 어찌 알고 꽃을 보냈을까요?"

"누군가 귀띔을 해주었겠지요. 촉수가 달린 정치꾼들은 정보가 빠른 게 노하우라 할까요. 우리처럼 보통 사람들과는 다르죠."

"맞아요. 우리와는 달라도 너무 달라요."

이때였다. 로안이 응옥과 손을 잡고 나타났다.

"고모님!"

쓰언은 달려오는 응옥을 안았다. 로안이 다가와 둘의 등을 두드려 주었다.

"준비하느라 고생이 많았구나."

"오빠."

학민이 손을 내밀었다.

"아, 로안. 어서 와요."

"이 선생님. 이렇게 다시 만나 반갑습니다."

응옥이 학민을 보더니 어쩔 줄 몰라 했다.

"작가님, 그동안 안녕하세요."

"응옥은 연세대 어학당 출신답게 한국말이 유창하군요."

"네. 아버지도 저한테 배워 한국말이 엄청 늘었어요. 호호호."

"이제 가족들이 다 모였군요."

"참, 작가님, 마리 언니는 누구랑 저녁 무렵에 도착하기로 했어요."

"마리도 온다니 뜻밖이네요. 그런데 누구와 온대요?"

"궁금하시죠? 손을 꼭 잡고 온대요."

"호오. 누굴까?"

"힌트를 드리면 선생님도 잘 아는 사람이에요."

"내가 잘 안다면 더욱 궁금해지는데요."

쑤언이 대화를 끊듯 불쑥 뛰어들었다.

"민, 의자를 하나 갖다줄래요."

응옥은 당황했는지 딴전을 부렸다.

"참, 작가님. 중요한 부탁이 하나 있어요. 들어주셔야 해요."

"응옥 양의 부탁이라면 무엇이든지요. 하하하."

"저기요. 저한테 말을 낮추면 해서요. 고모님 보기에 민망하답니다."

응옥이 얼굴을 붉히자 쑤언이 가까이 왔다.

"두 사람이 무슨 이야기를 하기에 웃음꽃이 피었을까?"

학민이 해결사를 만난 듯 웃었다.

"쑤언, 마침 잘 왔네요. 응옥이 말을 트라는데 어떻게 생각해요."

"응옥 말이 옳아요. 이제는 내게도 말을 트면 더 가까워지지 않을까요. 호호."

로안도 거들었다.

"맞아요. 제가 정리를 할게요. 이 선생님은 당장에 이 두 여성분들에게 말을 낮추기로 하세요. 어떠신가요?"

쑤언이 학민의 손을 잡아 흔들었다. 학민의 대답을 기다렸다.

"그래요. 우리의 소중한 인연을 더욱 빛나게 해봅시다."

쑤언이 웃었다.

"민, 해봅시다가 뭐예요. 쑤언아 해보자, 해봐요."

"그래요. 응옥아, 해보세요. 어서요."

"그래, 좋아. 쑤언아! 응옥아!"

응옥이 박수를 치자 모두 따라 했다. 출입문 밖이 소란스러워졌다.

"이학민 작가님을 만나고 싶은데요."

"내가 이학민이요."

"사진과 실물이 차이가 납니다."

"취재기자의 눈이 너무 밝아서 그런가요?"

"쑤언커피스토리하우스의 한국 진출에 작가님의 도움이 많이 들어갔다는 보도가 있었지요. CEO인 쑤언과의 러브스토리가 국제적으로 유명세를 타고 있습니다. 한국에서의 전망은 어떤가요?"

"커피 체인점입니다. 러브스토리보다는 향이 깊은 커피의 맛으로 승부를 내야지요. 무슨 말인지 알겠지요. 우리나라는 커피를 사랑합니다."

"네, 알겠습니다. 작가님, 한 가지만요. 쑤언과 극적인 재회의 숨은 이야기를 들려주시면 대단히 고맙겠습니다."

"오픈은 내일입니다. 간소한 기념식이 있을 예정입니다. 그때 밝히도록 하겠습니다. 사생활 영역의 보호 차원에서 추측 기사는 절대로 사절합니다."

기자들이 아쉬운 듯 돌아보며 떠나자 쑤언이 모습을 드러냈다.

"오늘 저녁 메뉴는 뭘로 할까요?"

"내가 오늘은 한국의 밀국수를 선보일까 하는데 어때? 내일은 쌀국수를 먹고."

박수가 터졌다.

"참, 민과 단짝이던 박경석 병장님은 어찌 되었나요?"

"으음. 그 녀석 이야기를 하자면 길어서 다음에 하면 어떨까?"

"민, 너무 궁금하잖아요. 뜸 들이지 말고 지금 그냥 해 줘요."

학민은 큰 숨을 들이켜 내쉬었다.

어학당

앞서 태풍의 끝자락에 매달려 온 비는 사나웠다. 학민은 아까부터 작업실 전면의 큰 창문을 두드리는 빗줄기에 취해 있었다. 소낙비는 꺾일 기세가 아니었다. 갑자기 불어난 흙탕물이 온 들판을 아수라장으로 만들었다. 금년에는 유독 장마가 길었다. 장마가 지나갔다는데도 해를 구경하기가 드물었다. 기상전문가들조차 장마가 아니라 동남아처럼 우기로 불러야 한다고 소란을 피웠다. 지구상의 기후가 급변하고 있다는 징후인지도 모른다. 소낙비는 스콜을 떠오르게 하면서 전장에서 적으로 만났던 로안을 다시금 떠오르게 했던 것이다.

빗소리를 따라 검고 작은 얼굴에 걸맞지 않은 강한 눈빛이 떠오르고 팔뚝으로 싸한 소름을 돋게 했다. 레 흐우 로안. 새까맣게 지워졌던 기억 너머에서 찾아낸 이름이었다. 학민은 아픈 기억에 고개를 저었다.

앞서 전화 한 통을 받았다.

"이학민 선생님이신가요?"

"네, 그런데요. 어디신가요?"

"선생님, 여긴 대전의료관광협회입니다. 베트남의 로안이라는 사람을 아시는지요?"

"로안이요? 로안이라…아, 베트남의 로안이라면… 그런데 그 친구가 살아 있나요?"

"예. 그분이 선생님께 전해드릴 물건을 인편으로 보내왔습니다. 시간이 나시면 모레, 그러니까 월요일에 저희 사무실로 모시고 싶습니다."

"무슨 물건인데 그곳으로 간 건지요. 택배나 우편으로 보내주시면 안 될까요?"

"선생님, 캄보디아 총리기 누군시 아시는지요."

"그야 훈 센이 아닌가요."

"예, 맞습니다. 훈 센 총리의 여동생이 저희 협회의 홍보대사 자격으로 어제 입국을 했답니다. 캄보디아 고위층의 의료관광 팸 투어라 보시면 됩니다. 팸 투어 일행 중에 쏘리아라는 분이 여기 대전에 도착하자마자 선생님께 연락을 부탁했습니다. 선생님 연락처는 문인협회와 베트남참전전우회의 도움을 받았고요. 이 점 양해하여 주시기를 바랍니다."

"하여튼 알겠습니다."

대전 유성의 리베라호텔 커피숍에서 만난 쏘리아는 한복이 잘 어울렸다. 수행원으로 보이는 젊은 여성과 함께였다. 그녀들의 윤기 나는 다갈색의 피부 색깔이 동남아 사람들과는 딴판으로 보였다. 큰 눈에 여유가 있어 보이는 쏘리아는 학민에게 눈을 떼지 않고 지켜보았다. 의료관광협회에서부터 학민과 동행한 직원은 그녀가 금산인삼센터 행사장에 참석하고 오는 길이라고 귀엣말로 전해주었다. 통역이 쪽지를 펴보더니 말문을 열었다.

"쩌는 캄보디아에서 시집온 꼴랍입니다. 쏘리아 여사님, 이분은 이학민 선생님이십니다."

쏘리아가 자리에서 일어나 학민에게 손을 내밀었다.

"여사님, 뵙게 되어 영광입니다."

"이 선생님, 반갑습니다. 로안하고는 사업 파트너로 지낸 적도 있답니다."

인사를 마치고 자리가 정리되었다. 쏘리아는 나무로 된 보석함처럼 생긴 상자에서 사진 두 장을 꺼내 학민에게 내밀었다. 흑백사진으로 황성적기를 배경으로 검정 파자마를 입고 AK소총을 든 안경잡이가 눈에 들어왔다. 어딘가 낯익은 사진이었다. 또 하나는 컬러사진으로 말쑥한 정장 차림의 사내가 양손에 물건을 들고 웃는 모습이었다. 오른손에 들고 있는 것은 플라스틱으로 만든 밋밋한 안경이었다.

"여사님, 로안이 맞군요. 아, 로안. 로안이 맞습니다."

"이 선생님, 로안이 한 손에 들고 있는 건 바로 이 명찰입니다."

쏘리아가 내민 하얀 실크 손수건에는 황금색의 빛바랜 영문 이니셜이 박혀 있었다.

LEE. H. M

바느질로 수를 놓은 것이었다.

"이 선생님, 이것은 로안의 여동생 되는 분의 솜씨라고 했습니다."

"로안의 여동생이라니요?"

"네, 그 문제는 로안을 만나면 직접 물어보시는 편이 좋겠네요. 그리고 다른 손에 들고 있는 것이 로안이 한국군에게 포로가 되었다가 탈출할 때 도와준 이 선생님이 벗어준 그 안경입니다. 서로가 적이었던 두 사람의 이야기는 베트남은 물론이고 캄보디아 군대에서도 전설로 남아 있답니다. 그 주인공의 한 분을 여기서 만나다니 참으로 영광이고 고맙습니다."

"그런데 로안이 왜 베트남이 아니고 캄보디아에 가 있는 건가요?"

"예, 지금 로안은 태국과의 국경도시인 포이펫에서 호텔을 운영하고 있습니다. 그리로 선생님을 초대했고요. 참, 소개할 사람이 있습니다."

"예? 저한테 말입니까?"

"그렇습니다. 여기 이 아가씨가 바로 로안의 하나밖에 없는 늦둥이 딸입니다."

쏘리아의 수행원으로 여겼든 젊은 여자는 자리에서 일어나 학민에게 합장하며 고개를 숙였다. 학민도 얼떨결에 얼른 일어나 같은 동작을 취했다.

"안녕하쩨요. 쩌는 얼마 전부터 연세대학꾜 한꾹어학당에 다니는 레 티 응옥이라고 합니다."

"아, 그래요. 반가워요."

"이 썬쌩님, 아버지를 대신해서 인싸를 드립니다."

응옥은 합장을 풀지 않은 채 다시 고개를 숙였다. 학민도 손을 모아 답례를 하는 수밖에 없었다. 학민은 자리를 권했다.

"자, 이제 자리에 앉아요. 내가 오늘 정말 귀중한 사람들을 만났군요. 응옥 양이 한국말을 잘하는군요. 응옥은 구슬이란 뜻이지요. 연세대는 어학연수를 왔나요?"

"아냐요. 의과대학에 편입하려는데요. 한꾹말을 열씸히 배우는 중입니다. 아버지의 간절한 소망입니다. 응옥은 구슬이 맞아요. 베트남 사람의 이름을 아시는군요."

"베트남 여자 이름을 좀 알지요. 전쟁 때 잘 알던 여성이 쑤언이었거든요."

"그렇군요. 그분은 어찌 되었나요?"

"전쟁이 낳은 아픈 슬픔이자 참담한 비극이었지요."

"선생님, 죄송해요."

"그건 그렇고 한국말 배우기가 쉬워요?"

"아냐요. 너무 어려워요. 쭉겠어요. 그런데 한꾹 남자는 좋아요."

응옥의 대답에 모두 웃음보가 터졌다. 꼴랍의 통역을 전해 들은 쏘리아도 크게 웃었다. 이 바람에 장내 분위기가 풍선처럼 부풀어 올랐다. 흰색 재킷의 깃을 반쯤 세운 밝은 표정의 응옥을 찬찬히 뜯어보던 학민은 낯설지 않다는 느낌이 자꾸 들어 머릿속이 흔들렸다.

'로안을 닮았나. 눈매나 입가의 미소가 처음 보는 사람 같지 않아.'

이때 젊은 남자가 서둘러 다가오자 응옥이 반갑게 맞이했다. 젊은이는 구면인지 쏘리아에게 깍듯이 인사를 하였다.

"경쑤 오빠, 인싸해요. 이분이 늘 말하던 이학민 썬쌩님입니다."

"선생님, 안녕하세요. 작품으로만 뵙다가 영광입니다. 성경수입니다. 응옥과는 클래스메이트입니다. 차가 막혀 늦었습니다. 죄송합니다."

첫눈에도 매너가 깔끔해 보였다. 악수를 나눈 학민은 응옥의 옆자리에 앉도록 권했다. 의료긴깅협회에서 홍보 차원으로 언론사에 연락하여 모여든 기자들의 카메라 플래시가 연신 터졌다.

"선생님, 전쟁터에서 포로의 탈출을 도운 것이 엄중한 명령을 무시하고 국가를 배반한 것이 아닙니까?"

"기자 양반, 전투병의 본능이냐 인간의 본성이냐를 묻는 거라면 세상의 모든 사람이 대답해야 할 거요. 기자라면 뭐라 대답할거요?"

"선생님, 혹시 이념적인 동질성을 가졌던 것은 아니었나요?"

"이봐요. 나는 알다시피 민주주의 신봉자요. 죽어서도 변치 않을 것이요."

"선생님, 이제 세상이 많이 바뀌었으니 한 말씀만 더 해주시지요. 포로에게 가한 아군의 잔학 행위가 어느 정도였습니까? 그리고 포로가 탈출한 뒤에 선생님께서는 불이익이 없었나요?"

다른 기자가 끼어들었다.

"우리 한국군이 양민을 학살했다는 이야기가 끊임없이 나옵니다. 선생님도 가담이나 목격을 한 적이 있나요?"

"레드라인을 넘는 질문입니다. 내가 아는 한 본 적이 없습니다. 전장에서 병사는 신념대로 할 수 있는 일이 별로 없다고 봅니다."

"그럼 들은 적은 있습니까?"

"전장을 겪어보지 않은 사람은 전쟁에 대해 함부로 말해서는 곤란합니다. 전장은 게임이 아닙니다. 찰나에 죽고 살고 합니다. 전장의 불가피성이라고 할까요? 특히 전선이 모호한 게릴라전에서는 사격 지침이 통하지 않을 경우가 많은 것이 사실입니다. 총알은 사람을 식별하지 않습니다."

"선생님도 만에 하나 오인으로 양민을 죽일 수 있었다고 보아도 될까요?"

"뭐라 답변하면 질문자가 흡족할까요? 하늘만 알겠지요. 전쟁은 권력자들이 그럴싸한 명분을 앞세워 일으킵니다. 전장은 장병들이 전선에 나갑니다. 전장의 희생양은 말이 없고 상처는 살아남아 트라우마를 안고 돌아온 전우들의 몫이지요. 오늘날 우리가 누리고 있는 이 자유와 풍요는 아무런 대가 없이 저절로 굴러온 것이 아닙니다. 조국의 부름을 받은 전우들이 흘린 피와 땀의 결정체이지요. 그러나 누구라도 평화를 빙자한 전쟁을 벌인다면 온몸으로 막아야겠지요."

"선생님은 참호에서도 비를 맞으며 창작 수첩에 메모를 했다고 했습니다. 이 스토리를 책으로 내실 의향은 없으신지요?"

"얼룩진 초고가 들어있는 창작 수첩이 가슴에 날아든 포탄 파편을 막아주어 목숨을 건지기도 했지요. 메모는 전장에서 허물어지지 않기 위해 적고 또 적은 것입니다. 선대 왕고모님이신 빙허각께서 200여 년 전에 '총명함은 무딘 글보다는 못하다'라고 하시면서 ≪규합총서≫라는 여성백과사전을 순 한글로 묶었습니다. 저도 책 출간은 깊이 생각하고 고민을 해보겠습니다. 전장을 겪어보지 않은 자들에 의해 감성을 등에 업고 입맛 따라 편의대로 재창조되는 것을 두고만 볼 수 없기 때문이지요. 동시대를 어떤 편향된 쪽에서 재창조하는 것은 중대한 범죄행위라고 봅니다."

학민은 그동안 앙코르와트에는 일곱 차례나 다녀왔다. 고대 크메르왕국에 도취되었던 그로서는 횟수가 더해 갈수록 기쁨도 더

해 갔다. 국내 항공에서 앙코르와트의 바로 코앞인 시엠립으로 가는 직항편이 개설되었지만, 그는 타지 않았다. 태국의 방콕으로 가서 아란으로 이동한 다음에 국경을 넘곤 했다. 짧은 시간이지만 도보로 국경을 넘는 긴장감을 즐겼다.

이번에도 학민의 패키지 코스는 같았다.

아란에 도착하자 뜨겁던 태양도 기가 죽어갔다. 태국의 국경검문소에서 검색대 지나 여권에 출국스탬프를 찍고 캄보디아 검문소로 걸어갔다. 그는 차례가 오자 출입국관리소 안으로 들어섰다. 첫눈에 시장바닥의 허름한 관리실 같은 분위기였다. 책상 몇 개에 달러 냄새를 찾아 킁킁거리는 남루한 제복의 남자가 네댓, 주먹만 한 아기를 안고 서성대는 여자 하나가 전부였다. 달러로 비자피와 팁을 미리 건넨 때문인지 통과의례도 하지 않고 밖으로 나왔다.

국경선이 바로 코앞이었다. 강이 흐르고, 다리가 놓여 있었다. 학민은 첫 여행을 하면서 '작은 콰이강의 다리'라고 이름을 붙였다. 영화 <콰이강의 다리>에서 따온 것이었다. 걸어서 다리를 건너 국경을 넘는 짜릿한 재미로 이 코스가 마음에 들었다. 다리 중간쯤에서 학민은 심호흡을 해보았다. 매캐한 냄새가 폐부를 찔렀다.

"원 딸라! 원 딸라!"

새까만 크메르 아이가 손을 내밀었다. 변하지 않은 목소리와 얼굴에다 체구였다. 아이들은 끈질기게 따라붙었다.

"절대로 시선을 주지 마세요. 떨어지면 마음까지 소매치기당할 지도 모릅니다. 짐을 앞으로 안아 주세요. 공연히 하는 소리가 아 닙니다."

여행사의 가이드는 연신 당부했다. 하지만 학민의 다짐은 매번 무너지고 말았다. 1불짜리 달러를 꺼내 여자아이들부터 나누어 주었다. 신호를 받은 수십 명의 아이들이 몰려들어 북새통을 이 루었다.

"원 딸라! 원 딸라!"

다리를 건너자, 그곳에는 몇 그루의 야자나무들이 줄지어 늘어 져 있었다. 학민은 귀국길에 합류하기로 약속하고 패키지 일행과 헤어졌다.

그랜드호텔은 포이펫 중앙로타리에 자리 잡고 있었다. 로비 안 쪽으로 카지노가 딸려 있었다. 전력 사정이 어렵다더니 바깥세상 과는 딴판으로 냉기가 가득했다. 학민은 호텔 카운터에 가서 로 안을 찾는다는 메모를 전했다. 그는 캐리어가방을 끌고 커피숍으 로 들어가 호텔 입구가 잘 보이는 쪽에 자리를 잡았다. 관광객으 로 보이는 사람들이 꾸역꾸역 몰려오고 있었다. 얼음을 채운 커 피가 나오자 천천히 마시며 눈을 감았다. 귓전에 낡은 헬리콥터 의 퍼덕거리는 날갯짓 소리가 시간을 가르며 가까이 들려오기 시 작했다.

오작교

학민의 귓전에서 영사기 필름이 끊기듯 헬리콥터 소리가 멎었다. 그는 감고 있던 눈을 떴다. 한 무리의 관광객들이 로비를 흔들었기 때문이다. 얼핏 보아 한국 사람들 같았다. 학민은 커피잔에 리필을 받아 목을 적셨다. 로안에게서는 아직 연락이 오지 않았다. 다시 에어컨의 힘을 빌려 눈을 감았다. 이때였다.

"리 터이 쟈오?"

"이 선생님 아니신가요?"

남자와 여자의 목소리가 차례로 들려왔다. 학민은 눈을 떴다. 검정색 정장 차림의 남자와 감색 유니폼을 입은 여자가 서 있었다. 남자를 첫눈에 알아보았다. 학민은 자리에서 일어섰다.

"아, 로안!"

"오, 이 병장님! 아니, 이 선생님."

두 사람은 악수를 하려다 팔을 들어 그대로 얼싸안았다. 서로 등을 두드리고 쓰다듬었다. 누구랄 것도 없이 눈물이 펑펑 쏟아져 내렸다. 한참 지나서야 팔을 풀고 로안이 손을 내밀었다.

"씬 짜오."

"안녕하세요."

"나도 씬 짜오."

통역하는 젊은 여자가 웃자 두 남자도 평정심을 차츰 찾아갔다. 여자는 한국에서 온 카지노의 통역이라고 스스로 소개했다. 영어는 기본이고 베트남어와 캄보디아에다 태국어까지 능통하다고 말했다. 웃으며 모국어까지 더하면 5개 국어라고 오른손바닥을 펼쳐 보였다.

로안은 스카이라운지로 자리를 옮겼다. 학민은 야경을 내려다보았다. 방콕처럼 화려하진 않았지만, 포이펫이 빛나고 있었다. 작은 콰이강의 다리는 조명 아래 국경의 밤을 보내고 있었다. 세 사람이 자리를 잡자, 주방에서는 모처럼 찾은 호텔 주인을 위해 최선으로 조리를 했다. 메인 메뉴와는 거리가 있었지만, 쌀국수도 준비되었다. 와인이 나오자, 축배를 들었다. 학민이 입을 열었다.

"로안, 그때 한국군 부대서 탈출하고 다음에 무슨 일이 생겼나요?"

"로안, 테 쭈엔 지 싸이 자 피엡 테오?"

동시통역이 무난해지자 로안은 한숨을 내쉬었다. 눈을 지그시 감고 잠시 생각에 잠겼다. 입술이 파르르 떨리고 천천히 말문을 열었다.

로안은 월맹 정규군 제3사단의 보급 장교였다. 그는 남부 출신에다 사이공대학을 다녔다. 베트남 공군의 고위 장교였던 아버지의 죽음에 항거하기 위해 월북하여 월맹군에 들어간 것이었다. 월맹군 제3사단은 중부베트남 서쪽의 캄보디아 국경 산악지대에 주둔하며 베트콩과 합세하여 베트남군 제22사단, 미군 제4사단과 한국군 맹호사단을 겨냥하고 있었다.

퀴논의 암시장에 연합군이 빼돌린 C-레이션이 공급되다가 끊기게 되었다. 한국군의 담당자가 갑자기 바뀌는 바람에 공백이 생긴 탓이었다. 이는 월맹군이나 베트콩의 전투식량에도 문제가 생기게 마련이었다. 그동안은 퀴논 지역 민족해방전선 측에서 조직을 앞세워 암시장에서 물품을 조달했다. 문제가 생기자, 월맹군 제3사단 지휘부에서 로안을 퀴논에 밀파했다.

"로안, 내가 1종계를 맡던 시점이군요."

학민이 로안의 잔에 술을 따르면서 맞장구를 쳤다.

"네, 맞습니다."

로안은 베트콩들이 주민들에게 걷는 헌금으로 C-레이션과 총기나 의약품을 조달하여 전선으로 보내는 '정책수행작전'을 진두지휘하기 위해서였다. 그의 여동생이 공산당의 세포조직으로 연합군 보급계와 오랫동안 가이드 역할을 하고 있다는 점도 고려되었다. 그렇지만 여동생은 연합군 보급계와 사랑에 빠졌다. 이로써 공산당만을 위해 맹목적으로는 협력하지 않아 마찰을 빚기도 했다. 정책수행작전의 협조를 구하기 위해 보급계가 여동생 집에서 밤을 보내는 날 찾아가 다투었다. 그날 밤 남매는 마피아와 담판을 짓기도 했다.

꽝은 한국군에 무기를 대량으로 밀매하는 날, 뒤통수를 치려다가 명사수 박경석을 만나 역습을 당하는 바람에 실패로 돌아갔다. 이에 앙심을 품은 꽝은 지역 베트콩을 동원해 한국군 1종계를 납치해 북한군에게 넘겼다. 1종계는 북한군 군관에게 북송을 강요당했다. '러시안 룰렛'의 위협을 받아 목숨이 경각에 달린 순간에 정보원의 연락을 받고 달려온 로안이 1종계를 구해주게 되었다. 미리 하수인의 연락을 받고 꽝은 훈탕 유적지에 매복조를 두었다. 로안 역시 예상을 하고 정보원에게 첩보를 주었다.

"로안, 잠깐만요. 이제야 궁금증이 풀리는군요. 그때는 아무것도 몰랐지요."

"이 선생님, 전쟁의 소용돌이 속에서 우리는 어차피 소모품이었으니까요."

그러다가 한국군의 보급계가 바뀌고 암시장은 또다시 혼란에 빠졌다. 그 와중에 한국군의 대규모 작전이 벌어지자, 로안은 해방전선에 합류했다. 전투 중에 한국군 지역에 침투했다가 포로가 되고 말았다. 학민의 도움으로 탈출에 성공하여 원대 복귀하자 영웅 칭호와 함께 무용담은 과대 포장되어 그들의 전투 교본이 되었다.

전쟁이 끝났다. 키 작은 동양인에게 죽는 것이 자못 수치스럽다고 외치며 자유민주주의를 지켜주겠다던 미군은 발을 뺐다. 같은 동양인이며 동병상련의 아픔을 같이 나누자던 한국군도 떠났다. 수적으로 우세하던 남부 베트남이 전의를 상실하고 지리멸렬하면서 전쟁은 싱겁게 끝나 버린 것이었다. 20년이나 끌어오던 전쟁에서 마지막 전투 20일 만이었다. 황성적기가 사이공의 대통령궁에 휘날리며 세상이 뒤집어졌다. 남쪽 베트남이 난파선이 된 것이었다. 적장인 지압 장군보다도 쑤언을 더 무서워하던 티우와 키는 금괴를 실은 비행기가 뜨지 못해 활주로에 몇 덩어리를 버리고 도망쳤다. 국민도 조국도 다 버리고 오로지 제 살길만 찾아 달아났다.

베트남이 공산주의로 통일이 되자 로안은 남부로 배치를 받았다. 사이공이 호치민으로 바뀌는 현장에 서 있기도 했다. 남부 대부분의 인민들은 빈곤과 가난의 평준화를 맛보게 되었다. 미국과 같은 외세만 물리치고 나면 어려움이 끝나리라 여겼는데 다른 세상이 전개된 것이었다. 사상교화에 견디지 못한 사람들이 조각배에 몸을 의지하여 거센 파도를 탔다. 바다에 뜬 피난민들, 보트피플이었다. 남부 베트남의 해변마다 끝없이 이어진 엑소더스였다.

"나라를 사랑하는 것은 사회주의를 사랑하는 것."

우기의 들판처럼 새파랗게 젊은 공산당원의 목쉰 슬로건이 공허하게 메아리쳤다.

이웃 나라 캄보디아도 격변의 세상을 만났다. 미국의 지원을 받던 론롤이 무너졌다. 세상이 우려하던 동남아 공산화의 도미노가 찾아온 것이었다. 프놈펜을 점령한 크메르루주의 폴 포트는 단지 안경을 썼다는 이유만으로도 야자나무 잎에 붙은 톱날 같은 가시로 목을 그었다. 총알을 아끼려고 비닐봉지를 씌워 학살을 자행했다.

훈 센이 폴 포트와의 전투로 왼쪽 눈을 잃고 베트남의 동나이 성으로 도망쳐 왔다. 훈 센의 추종자 200여 명과 125부대를 창설할 때 교관이 로안이었다. 훈 센을 앞세운 베트남 군대는 폴 포트를 몰아내고 캄보디아를 점령했다. 캄보디아로 보아선 베트남군은 외세였고 군복만 달랐지 또 다른 점령군이었다. 로안은 크메르루주가 점령하고 있던 앙코르와트에 집중 포격을 하겠다는 베트남군 수뇌부를 적극적으로 만류하여 구해냈다.

통일 베트남 공산당은 남부의 부르주아 잔당을 뿌리 뽑는다는 명제를 붙인 숙청 바람이 휘몰아쳤다. 월맹군도 북부 출신들의 텃세에 남부 출신들은 하나씩 밀려나야 했다. 로안 같은 지식 계급들에게 인텔리겐차라는 낙인을 찍었다. 그나마 로안은 통일전쟁의 공적과 캄보디아 수뇌부의 부탁으로 숙청은 겨우 면하게 되었다.

베트남군이 캄보디아에서 철수를 시작했다. 로안은 조국으로 돌아가지 않기로 마음먹었다. 투쟁의 대상을 잃어버리고 방황을 하기도 했다. 친 베트남파가 캄보디아의 권좌에 가까이 갈수록 로안에게도 기회가 주어졌다. 그들과 파트너가 되었다.

"예, 그때 쏘리아 여사와 파트너가 되었군요."

학민은 고개를 끄덕였다.

"맞아요. 쏘리아와는 파트너이며 친구였답니다. 지금도 그렇지만요."

로안이 처음 사업을 벌인 곳이 국경도시인 포이펫이었다. 태국에는 국법으로 카지노를 엄격하게 금지했다. 로안은 이곳에 호텔을 짓고 카지노를 열었다. 도박을 좋아하는 태국의 고위층은 국경에 다리를 놓아주고 전기도 끌어다 주었다. 그리고 외국자본을 끌어들였다. 또한 앙코르와트로 가는 길목이라 빈곤한 캄보디아로서는 큰 소득원이 돼주었다. 로안은 끔찍이도 경멸하던 부르주아의 상징이라 볼 수 있는 카지노호텔의 사업주가 된 것이었다. 그다음에 프놈펜과 시엠립에 호텔을 지어 앙코르와트를 찾는 관광객을 맞았다.

로안은 영어를 유창하게 구사하는 솜씨로 앙코르와트가 유네스코의 세계문화유산으로 지정되는 데도 일조했다. 나아가 앙코르와트의 보존 사업에도 힘을 쏟았다. 문화 선진국들의 지원을 받아내는 데 공을 세웠다. 특히 한국의 문화재청과 캄보디아 압사라청이 캄보디아유적의 보수와 정비를 통한 보존 복원 사업에 교류 협력을 이끌어 양해각서를 체결하게 적극 도왔다.

"우리나라와 그런 문화유산 분야의 협약이 있었군요. 처음 들었네요."

학민이 말했다.

"그때 이 선생님을 꼭 찾아야겠다는 생각이 들었답니다. 늦어서 미안합니다."

"로안, 늦지 않았어요. 지금이라도 이렇게 만났잖아요."

"참, 잊을 뻔했네요. 한국의 디자이너가 세계 최초로 앙코르와트에서 패션쇼를 열도록 쏘리아와 협조를 했지요."

"아, 앙드레 김이군요. 그 양반 아깝게 돌아가셨답니다."

"요즘은 이 나라 곳곳에 엄청나게 묻혀있는 지뢰 제거 운동에 힘을 쏟고 있답니다. 오래전에 내 손으로 묻은 것도 있으니까요."

"로안, 로안은 참으로 생각이 깊은 사람이네요. 나도 지뢰 제거에 관심이 있었는데 잘됐네요. 기회가 닿는 대로 돕고 싶어요."

"공산주의 예찬가를 목 터지게 불렀지만, 수많은 인민이 왜들 장벽을 넘고 배를 타고 도망을 가겠어요? 밀어내더라도 기를 쓰고 버텨야 하지 않을까요? 그리고 지구상의 공산국가 중에 단 하나라도 성공한 데가 없다는 것은 슬픈 일이지요."

"그들은 우리를 미국을 위해 돈에 팔려 갔던 용병이라고 거침없이 말하지요."

"그러면 캄보디아에 왔던 베트남군도 용병이지요. 6.25 전쟁 때 연합군도 다른 나라 싸움에 끼어들었으니 용병이고요. 그 사람들은 그때 적화통일을 원했다는 것인가요? 전쟁을 겪지 않은 사람들은 그런 말을 할 자격이 없다고 봐요."

로안이 통역을 보면서 고개를 끄덕였다. 그는 안주머니에서 낡은 안경집을 꺼내더니 뚜껑을 열었다.

"이게 바로 그 안경입니다. 이 선생님이 쓰고 있던 이 안경을 내게 서뜻 벗어주었던 것입니다. 이 안경이 없었다면 아마도 탈출에 실패하여 죽임을 당했을 것이 틀림없습니다."

로안은 한줄기 눈물을 보였다. 눈가에 굵은 주름이 보였다.

"로안, 울지 말아요. 나도 그때는 꽃다운 젊은 병사였는데 이젠

늙어 버렸네요."

"아니요. 이 선생님은 눈가에 주름도 하나 없으니, 꽃같이 젊어 보여요."

"로안, 이제 와 생각해 보면 목숨을 걸고 지키려던 이데올로기가 과연 무언가 싶네요. 참전했던 전우들의 고엽제 후유증 등을 보면 전쟁을 일으킨 자들과 그걸 따르던 동조자들이 원망스러워요. 어떤 일이 있더라도 전쟁은 없어야 하는 거지요."

"이 선생님, 그래요. 사상과 이념을 앞세우고 우리에게 총을 들게 한 것이 정치가들의 놀음이지요. 우린 모두 희생양이구요."

"로안, 이 명찰은 무슨 뜻으로 내게 보낸 것입니까?"

학민이 곱게 접은 손수건을 펼쳐 보였다. 로안의 얼굴이 잠시 굳어졌다.

"그… 그것은 내 여동생이 만든 것입니다."

"동생분이 무엇 때문에 내 명찰을 만들었는지 궁금합니다."

"이 선생님, 설마 쑤언을 잊어버리지는 않으셨지요? 레 티 쑤언을요."

"뭐라고요! 쑤언… 아, 쑤언이라고 했나요. 로안, 당신의 동생이라니 도저히 믿기질 않네요. 아아, 쑤언이라니……."

"사실입니다. 쑤언이 아이를 낳고 명찰을 만든 것입니다. 아이 하나만 바라보고 여태 혼자 살았지요."

"그럼, 그 아이가 내 아이란 뜻인가요."

"그렇습니다. 사내아이는 이 선생님의 아이입니다. 분명합니다.

지금은 마흔이 넘었지만요."

"아, 세상에 이런 운명의 장난이 또 있을까? 로안! 그래 쑤언은 지금 어디에 살고 있나요? 또 아이는요?"

"쿼논과 달랏을 오가면서 산답니다. 통일 전에 공산당에 무기와 전투식량 조달을 해준 공로가 인정되어 가까스로 살아남았지요. 조카도 컴퓨터 관련 회사를 운영하며 어머니가 하는 사업을 적극 돕고 있습니다."

"오호, 쑤언이 살아있다니, 죽은 줄만 알았는데요. 나도 부산난민수용소에 가서 쑤언을 찾는다고 몇 년을 헤맨 적이 있었답니다. 마닐라도 갔었고 방콕에도 말입니다. 그땐 내 정신이 아니었지요."

학민은 말문이 막혀왔다. 한참 동안 두 사람은 창밖을 내다보고 있었다. 두 사람은 한동안 말이 없었다. 누가 먼저랄 것도 없이 손을 맞잡고 놓지 않았다. 학민이 복받쳐 오르는 감정을 가라앉히려고 화장실을 다녀오는 사이에 위스키로 술이 바뀌었다.

"아니, 로안. 내가 시바스리갈을 좋아하는지 어떻게 알았어요?"

로안이 얼굴을 펴면서 웃어 넘겼다.

"이 선생님, 나도 다 아는 방법이 있지요. 오랫동안 정글에서 살아남은 재주가 있는걸요."

학민도 흥분되었던 감정이 다소 가라앉았다.

"로안, 나는 술이 약해요. 이거 마시면 취해서 로안이 날 업고 가야 할 건데 괜찮아요?"

"이 선생님. 이런 날이 또 있을까요? 오늘은 그냥 취해 보는 것도 좋을 것 같네요"

두 사람은 대취했다.

학민은 모닝콜이 울리는 바람에 잠에서 깨어났다. 로안이 간밤에 술자리를 마치고 자리를 옮기면서 자신의 개인사무실을 겸하는 객실이라 했다. 로안은 보이지 않았다. 커튼을 젖혔다. 도로에는 수많은 사람들로 넘쳐났다. 자전거를 끌고, 오토바이를 타고, 수레를 밀면서 작은 콰이강의 다리 쪽을 향해 한곳으로 향했다. 자석이라도 작용하듯 같은 동작으로 국경을 넘고 있었다. 캄보디아에서 태국으로 하루 품팔이를 하기 위해서 개미떼처럼 앞만 보고 이어가는 행렬이었다. 야자나무는 바람이 없어선지 잠에서 아직 깨어나지 못하고 있었다.

학민은 욕실 옆에 딸린 칸막이 안에 책상이 놓여 있어 무심코 들여다보았다. 의자 뒤편 벽에는 로안이 캄보디아 고위층과 찍은 사진이 대형 액자 안에 담겨 걸려있었다. 모서리의 3단 캐비닛 위에 놓인 사진들이 눈에 들어왔다. 크고 작은 사진틀이 사열을 하듯 늘어서 있었다. 학민은 가까이 다가갔다. 금테안경을 쓴 로안이 정장 차림의 여자와 가운데서 웃고 있고 여자와 남자아이가 양쪽에 붙어 있는 사진이 첫 번이었다. 아마 로안의 가족인 듯했다. 앙코르와트가 그려진 캄보디아 국기 아래 로안과 고위층 사이에서 미소 짓고 있는 사람은 대전에서 만났던 쏘리아였다. 고위층의 집무실 같아 보였다. 캄보디아 국왕과도 포즈를 취한 사진이 지나갔다. 다음 사진에 학민은 숨을 죽였다. 쑤언이었다. 앳돼 보이는 사내아이와 어깨를 나란히 하고 있었다.

'아아! 쑤언, 쑤언이다. 그렇다면 이 아이가 내 아들이란 말인가? 그러고 보니 콧날이 나를 닮은 것 같네. 설마 내게 이런 운명이 닥칠 줄이야.'

학민은 감정을 주체할 수가 없었다. 눈물이 쏟아졌다. 소리 내어 울고 싶어졌다. 시간이 흘렀다. 눈물을 훔치고 다음 사진을 보았다. 유일한 흑백사진이었다. 뿔테안경의 로안이었다. 황성적기 아래 AK소총을 든 사진은 눈에 익었다.

'아, 전쟁 때 퀴논의 쑤언 집에서 보았던 그 사진이구나. 바로 그 사진이 맞아.'

학민은 감회가 새로웠다.

"이 선생님, 뭘 그리도 열심히 들여다보고 계시나요?"

로안의 목소리가 끝나자마자 어제 여자 통역의 목소리가 향수처럼 등 뒤에서 들려왔다.

"아, 로안. 어디 갔다 오셨나요."

"네. 호텔을 한 바퀴 돌아보고 점검을 하고 왔습니다. 일상으로 하는 일이지요. 참, 잘 주무셨는지요?"

"덕분에 잘 마시고, 잘 잤습니다."

"이 선생님, 사진 보고 우셨군요. 하하."

"아니 울긴요. 그래요. 울었답니다."

"전쟁 통의 기억들은 언제나 비극이죠."

"로안, 또 눈물이 나네요."

"선생님, 이제 울지 마세요."

학민은 다시 가슴이 뜨거워져 오는 것을 느꼈다. 거의 동시에 로안이 학민을 끌어안았다. 두 남자는 울었다. 울고 또 울었다. 통역도 따라 울었다.

벨이 울리고 룸서비스가 오는 바람에 포옹을 풀자, 사태가 수습되었다. 두 남자는 번갈아 욕실에서 세수를 하고 나왔다. 그 사이에 테이블에는 아침 식사가 차려졌다. 그들은 잠시 손을 잡고 있다가 자리에 앉았다.

호박 몸통으로 된 그릇에 오리알 푸딩을 넣은 접시가 푸짐해 보였다. 수프가 거부감 없는 맛을 냈다. 톤레삽 호수에서 잡은 아목이라는 가물치를 코코넛밀크로 쪄서 만든 찜이 메인 메뉴였다. 샐러드로 푸른 망고와 생선을 말린 것이었다. 민물 생선인데도 뒷맛이 담백했다.

"크메르 전통 요리인데 이 선생님 입에 맞으실지 모르겠네요."

로안이 학민의 표정을 살폈다.

"로안, 내 입에 맞아요. 현지식에 빨리 적응하는 편이라 너무 신경 쓰지 말아요. 고마워요."

학민은 정말 식성이 좋아 보였다. 별도로 뜨거운 국물에 쇠고기를 얹은 베트남 쌀국수가 나왔다.

"쌀국수를 워낙 좋아하신다기에 준비를 해보았습니다. 저도 선생님 덕분에 맛을 볼까 합니다."

"로안, 이러지 않아도 되는데요. 잘 먹겠습니다."

학민은 젓가락을 놓고 합장하며 고개를 숙여 보였다. 로안이 황급히 두 손을 모았다. 통역도 따라 손을 모았다. 식사를 마치자, 커피가 나왔다. 진한 커피 향이 방 안을 가득 채웠다.

"이 커피는 베트남제입니다. 요즘은 캄보디아도 커피를 하는데 아직은 걸음마 단계랍니다. 저희 그룹에서 본격적인 육성을 추진하려는 시점에 와 있지요. 풍부한 노동력을 활용해야 개인은 물론이고 국가도 살림이 좋아지니까요. 다행히 땅이나 기후 같은 재배 여건은 좋은 편이지요. 이 나라는 정치혼란기가 길었기 때문에 아직 너무도 가난하답니다."

로안은 커피산업에 관심이 많았다.

"로안 말이 맞네요. 커피 재배가 노동집약산업이잖아요. 그래서 브라질과 베트남이 워낙 물량이 많은가 봐요."

"이제 커피는 세계적인 기호식품으로 자리를 잡아 전망이 좋다고 봐야지요."

"로안, 우리 한국도 커피를 하루에도 몇 잔씩 마시는 사람들이 많아요. 예전에 프랑스가 커피 때문에 베트남을 식민지로 삼았다는 말까지 있는데요."

학민은 커피잔을 들어 로안에게 건배를 청했다.

"이제 우리만을 위하여 살아갑시다."

"맞아요. 누구보다 자신의 앞날만 보고 나아가요."

제3의 탈출기

학민은 새삼 떠오르는 듯 말을 이었다.

"참, 쏘리아 여사 말로는 로안이 북한에서 넘어온 탈북자들의 보호소에 지원을 많이 한다고 들었습니다."

로안은 고개를 저었다.

"그 말은 과찬입니다. 행동하지 않는 인도주의니, 평화니, 말로만 하는 구호는 공염불에 지나지 않습니다. 캄보디아도 폴 포트 정권 때 킬링필드의 학살을 피해 인접 국가로 피난을 갔지만 제대로 받아주지 않아 희생당한 사람들이 무척이나 많았답니다. 그래서 지금은 비밀기구를 두고 난민을 돕고 있답니다. 북한에서 강을 건너 탈출을 하더라도 중국대륙을 횡단하는 데도 일주일이 더 걸려야 한다니 놀라울 뿐이지요. 국경의 산악지대를 넘어 베트남이나 라오스를 거쳐 이곳까지 오는 동안 죽음의 고비를 몇 번이나 넘나들었던 사람들은 무조건 도와야 한다는 생각이 들었지요. 그래서 망명자보호소를 만드는 데 힘을 조금 보탰지요."

"로안, 정말 훌륭한 일을 하셨군요. 우리나라에서 해야 할 일들입니다. 아무런 연고도 없는 제3국의 여러분들이 물심양면의 도움을 주고 있는 사실에 너무도 부끄러울 따름입니다."

"내친김에 한 말씀 드리자면, 태국에도 이런 비슷한 곳이 있습니다. 저도 가봤습니다만 규모도 큰 편이지요. 그런데 시설이 다소 열악하여 정부의 유력 인사에게 부탁했지요. 물론 제 카지노 고객이기도 하고요. 탈북자들의 처우개선을 말입니다. 말하자면 로비를 좀 했다고나 할까요. 다행스럽게도 내 진심을 알아주어 고마웠지요. 사람들이 그래요. 저를 친한파라고요. 하하하."

"빈말이 아니라 로안은 참으로 대단한 일을 한 거네요. 그러한 발상이나 실천이 돈이나 능력이 있다고 다들 하는 일이 아니거든요."

"이게 다 이 선생님이 저를 탈출하게 도와 살려주신 덕분에 가능한 일이지요. 저는 그때부터 덤으로 주어진 목숨이라 생각하고 열심히 살아온 작은 결과물이랍니다. 전장에서 전언문 한 통으로 날아온 명령에 따라 흔적도 없이 소모품처럼 쓰러져 간 병사들이 얼마나 많았습니까. 거기에 비하면 저는 구세주를 만난 행운아였지요. 고맙습니다. 참으로 고맙습니다."

이번에는 로안의 눈이 충혈되었다. 통역이 조심스레 손수건을 건넸다. 로안이 손수건으로 얼굴을 싸맨 채로 한참을 울먹였다. 학민이 로안의 어깨를 감싸 쥐고 조용히 흔들었다. 로안이 비로소 얼굴을 들었다.

"미안합니다. 오늘은 기쁘고 즐거운 대화만 하기로 마음을 먹었는데 또 울음보가 터지고 말았네요. 죄송합니다."

두 사람은 다시 손을 잡았다.

"참, 이 선생님. 얼마 전에 일급비밀에 속하는 작전이 있었는데 말씀드려도 될까요? 특급탈출 작전이라고나 할까요?"

다소 분위기가 메마르다 싶었는지 로안이 궁금증을 유발하는 말을 끄집어냈다.

"로안의 표정으로 보아 심상치 않은 일이 있었군요. 과연 무슨 일이 있었는지 궁금해집니다. 어디 한번 들어 봅시다."

학민의 얼굴이 다음 장면을 기다리는 게임기 앞의 아이 같아 보였다.

"이 선생님, 앙코르와트 입구가 아시다시피 시엠립이잖아요. 그곳에는 북한이 외화벌이 수단으로 하는 냉면집이 있는 것도 아시지요."

"그럼요. 나도 올 때마다 그 식당을 찾곤 하는데 좀 비싸기는 해도 냉면 맛이 좋았지요."

"선생님도 혹시 냉면 맛보다 북한 여성의 노래가 듣고 싶어서 가시는 것은 아닌지요? 하하."

"하하. 로안, 그래요. 아코디언을 연주하며 노래하는 북쪽 여성의 노래를 듣고 싶은 것이 먼저라고나 할까요? 미스 아코디언이 정말 미인이었잖아요."

"선생님, 바로 그 여성이 오늘의 주인공이랍니다."

로안은 갑자기 사방을 살피는 기색을 보이며 목소리를 낮추었다. 통역도 덩달아 입술에 오른손 검지를 갖다 댔다.

"로안, 겁주지 말고 그냥 털어놔요. 하하."

"하하. 선생님은 전쟁터를 겪은 분이라 역시 쉽게 넘어가지 않는군요. 어느 날 이 선생님 나라에서 온 방송사의 사진기자라는 사람이 절 찾아왔지요. 만나주지 않자, 막무가내로 사무실로 쳐들어와서 도리 없이 만나주었지요. 탈북자의 다큐멘터리를 만들다가 미스 아코디언을 알게 되었다는 겁니다. 둘은 처음에는 자연스레 사진도 같이 찍게 되고 나아가 지도원의 감시를 피해 쪽지도 나누게 되었답니다."

"그래서요. 쪽지의 내용은요? 그다음은요."

"하하. 선생님은 이제 로안의 포로가 되어 가는군요. 그 친구 말이 다짜고짜 미스 아코디언을 태국으로 빼돌려 달라는 거예요. 하도 황당한 말이라 안 된다고 잘라 말했지요. 그 친구 다음 말이 더 황당했답니다."

"로안, 진도가 너무 늦어요. 빨리해요. 그다음은요?"

"으음, 선생님은 지금부터 진짜 로안의 포로가 되었습니다. 기자 말이 서로 사랑을 고백했다고 하기에 무엇으로 증명하냐고 묻자, 쪽지를 내보였어요. 통역에게 보이자, 고개를 끄덕였습니다. 프놈펜의 한국대사관에 가야지, 왜 내게 왔느냐고 물었지요. 기자는 대사관은 해결책이 되질 못할 뿐만 아니라 긁어 부스럼을 만든다며 두 나라에 영향력이 큰 나를 찾았다고 했습니다. 다음 말이 기가 막혔어요."

"로안, 무슨 말인데요?"

"만약에 내가 돕지 않는다면 미스 아코디언이 냉면집에서 마음대로 나올 수가 없으니까 두 사람은 같은 테이블에서 한날한시에

극약을 먹고 죽겠다는 요지였어요. 나도 그때야 비로소 사태의 심각성을 깨달았죠."

"그래서 로안, 어떻게 하기로 했나요?"

"알아나 보겠다고 우선 달래서 돌려보내고 정보원을 통해 냉면집을 조사해 보았지요. 외화벌이 지도원은 국왕이던 시아누크가 북한의 김일성 주석 초청으로 평양에 망명해 가 있을 때 경호원을 지냈고 아주 빈틈이 없는 자였습니다. 알고 보니 미스 아코디언은 다른 동료들처럼 출신 성분이 좋았답니다. 어머니는 고위층이 아끼는 유명 가수라는 얘기도 했답니다. 나도 고민에 빠져들 수밖에 없었지요."

"그래서요?"

"선불리 손을 대거나 나설 문제가 아니었거든요. 자칫 일이 잘못되면 남북한은 물론이거니와 캄보디아와 태국까지 네 나라가 심각한 외교 마찰에 처할 확률이 높았으니까요. 그래서 통역을 보내 아예 포기를 하라고 전했지요."

"그 친구가 포기를 한다고 했었나요?"

"웬걸요. 정 도울 의사가 없다면 자살 기도를 앞당기겠다고 엄포를 놓는 것이었어요. 냉면집은 낌새를 챘는지 지도원이 미스 아코디언을 조기 철수시키겠다고 통보했다고 전해왔지 뭡니까. 그 소리에 불현듯이 내가 포로에서 탈출하던 일이 머릿속에 떠올랐던 것이었습니다. 그래서 밤을 꼬박 새워가며 궁리하고 고민에 고민을 거듭했지요. 새벽에야 결론을 내렸어요."

"어떻게 하기로요?"

"냉면집이 해마다 죽은 김일성 주석의 생일인 4월 15일은 쉬는 날이라고 했습니다. 그래서 미스 아코디언의 송별식을 저녁에 하기로 했다는 것입니다. 이에 앞서 낮에는 냉면집 종사원 전원이 앙코르와트 관광을 한다는 첩보를 받았지요. 때마침 한국에서 드라마 녹화 스케줄이 잡혔다고 일러주었어요. 드라마의 내용이 공교롭게도 남북한의 외교 안보적 암투를 벌이는 첩보물이었답니다. 그때 관광객으로 붐비는 유적지에서 미스 아코디언을 탈출시키기로 작전을 세우게 되었지요. 그날은 미스 아코디언의 출국 3일 전이었어요."

"역시 로안다운 탈출계획을 세웠군요."

"이 선생님이 함께였다면 더 확실한 탈출계획이 섰을지도 모르죠. 우선 브로커를 앞세워 미스 아코디언의 국적을 세탁하여 캄보디아 여권을 만들었지요. 다음에 승합차를 준비하고 평소에 친분이 있는 경찰의 협조를 구하기로 했답니다. 태국 쪽에도 아란에 제 카지노의 보안요원을 보내 차를 대기하도록 임무를 주었던 것입니다. 약간은 긴장되었지만, 그동안의 노하우를 살려 빈틈이 없도록 준비를 마쳤습니다."

D데이가 찾아왔다. 로안은 선글라스와 호신용 권총을 챙겼다. 시엠립은 포이펫과 다르게 새벽은 덜 소란스러웠다. 해가 고개를 내밀자, 건기의 끝자락이라 무척 더운 날씨를 예고했다. 대추야자

나무는 벌써 늘어지기 시작했다. 바람이 일어날 조짐은 별로 없어 보였다. 그럼에도 불구하고 앙코르와트는 개장하자마자 사람들로 북적거렸다. 한국 드라마 촬영팀의 장비를 실은 차도 몇 대보였다. 출입구부터 여행사마다 각기 다른 깃발을 든 가이드들이무더위를 피해 한발이라도 먼저 돌아 나오려고 북새통을 이루었다. 입구에서부터 인파가 참배 도로를 가득 메우고 있었다.

4월 15일 AM 10:45 타프롬 사원.

20명 정도의 한국 관광객 패키지팀이 사람들을 피해 지그재그로 이동하고 있었다. 바로 뒤에는 팔뚝에 노란 털이 숭숭한 미국팀이 느긋하게 발걸음을 옮기고 있었다. 허물어진 사원을 복원중인 곳곳에는 팀들에 둘러싸인 가이드의 입들이 쉬지 않고 판에박힌 해설로 소란스러웠다.

한국팀은 잽싸게 이동했다. 그 덕분에 동문 회랑을 뒤덮고 있는 거대한 스포안 나무 아래에서 드라마를 찍고 있던 장면이 잘보이는 자리를 선점할 수가 있었다. 방송녹화팀도 더위를 조금이라도 피할 요량으로 서둘렀던지 작업이 한창 진행되고 있던 참이었다. 한국에서 주목받는 남녀 주인공이 권총을 들고 등장하자박수를 쳐댔다.

"화이팅! 화이팅!"

한국패키지팀 중년 여자들은 요란스런 응원을 보냈다. 모처럼캄보디아 젊은 사람들도 눈에 띄었다. 이어 다국적 관광객이 모여드는 바람에 사원 안이 가득해졌다.

"레디 액션!"

"커트! 컷!"

녹화 슬레이트를 갈아치우며 몇 번의 리허설과 의상을 갈아입고 찍었다. 다른 장면들을 미리 준비하는 모양이었다.

한국 가이드는 자연과 유적이 공존하여 보여주는 독특하고 신비한 경이로움에 입을 다물지 못하는 팀을 계단 앞으로 불러 모았다.

"이 타프론은 앙코르왕국 자야바르만 7세의 작품입니다. 어머니가 부처님께 올리는 보시를 위해 지었던 사원입니다. 왕국이 망하자 이렇게 수백 년 묵은 뽕나무 뿌리가 절집 자체를 마치 거대한 문어발처럼 뒤덮고 있습니다. 그리고 이곳은 할리우드의 안젤리나 졸리가 출연했던 영화인 <툼 레이더>의 촬영 장소이기도 합니다. 아, 저쪽에 북한 사람들이 들어오고 있네요."

가이드의 마지막 멘트에 패키지팀의 눈이 서쪽을 향했다.

선글라스를 쓴 남자가 인공기를 흔들어 보이고 뒤로 흰 저고리와 검정 치마를 입은 여자들이 두리번거리며 안으로 들어서고 있었다. 선글라스 남자는 한국팀을 흘깃 쳐다보더니 지나쳐 러시아 국기를 흔드는 팀 옆으로 향했다. 여자들은 드라마 녹화를 마치고 떠나려는 남한 탤런트들을 훔쳐보느라 여념이 없었다. 선글라스 남자는 일행을 멈추게 하였다. 땀을 훔치던 손수건과 깃발까지 흔들어대며 주의를 주고 다시 가이드 노릇을 해 나갔다.

이때 일정한 거리를 두고 사람들이 따르고 있었다. 긴소매의

흰색 셔츠와 검정 통바지를 입고 테가 큰 선글라스 차림의 로안이었다. 사진기자와 건장한 사내가 보디가드처럼 따랐다.

북한팀이 동북쪽에 있는 사당에 들어섰다. 어둑어둑했지만 미리 들어와 있던 사람들이 제각기 킹콩처럼 가슴을 손바닥으로 치는 모습이 보였다.

포와~앙!

구조물로 인해 메아리가 울려 퍼졌다. 그 재미에 사람들이 동작을 반복하며 즐거워했다. 이 느슨한 틈을 타서 사진기자가 선글라스를 벗었다. 미스 아코디언 옆으로 다가가 슬쩍 옆구리를 찔렀다. 미스 아코디언은 가슴을 두드리며 북한팀의 후미로 처졌다. 로안의 보디가드들과 섞이면서 옆의 회랑으로 밀려들어 갔다. 사진기자가 배낭에서 등산복 바지를 꺼내 미스 아코디언의 치마를 걷어내고 속곳 위에 입혔다. 얇은 차광용 푸른색 점프를 저고리 위에 덧입혔다. 구두를 벗기고 운동화를 신겼다. 치마와 구두를 배낭에 담으며 재빠르게 옆에 있는 반테아이스레이 사원으로 빠졌다. 3분 정도의 시간이 걸렸다. 문어발 뽕나무를 지나면서 사진기자가 땀으로 젖은 미스 아코디언에게 선글라스를 건네주고 돌아보니 북한팀은 눈치채지 못한 것 같았다. 로안은 보디가드를 뒤따르게 지시하고 자신이 앞섰다. 일행은 앙코르와트 뒤쪽으로 나 있는 오솔길을 따라 자연스런 동작으로 움직였다.

로안 일행은 매표소 앞에 대기하고 있던 승합차에 몸을 실었다. 사진기자와 미스 아코디언은 맨 뒷자리에 앉자마자 손을 꼭 잡았다. 로안은 시엠립 시내 쪽으로 조금 내려가다 관광경찰초소에서 내리면서 운전기사에게 시동을 끄지 말라고 일렀다. 로안은 초소에 들어가 책임자와 몇 마디 나누더니 차로 돌아와 행선지를 지시했다. 만약의 경우를 대비해서 자신의 호텔을 지나 일반차량은 통제구역인 국왕 별장에서 법원 쪽으로 내달려 추격을 피하려고 시도했다. 검문소마다 로안의 신분증은 위력을 발휘했다.

시엠립에서 포이펫으로 가는 도로에 들어서자, 승합차는 속력을 냈다. 얼마 전까지 이 도로는 포장이 되지 않아 말이 아니었다. 곳곳이 파이고 끊어지고, 다리는 내려앉아 주민들이 빠진 자동차를 꺼내주려고 진을 치고 있었다. 물론 대가가 따랐다. 오죽했으면 주행시간을 가늠하기 힘들어 관광버스 기사는 푸념을 내뱉곤 했었다.

"탈이 없으면 4시간, 문제가 생기면 10시간은 잡아야 돼요."

로안은 잠시 지난 일을 생각하다가 웃음을 지으며 선글라스를 벗고 뒷자리 사진기자를 돌아보았다.

"기자 양반! 그래, 소감이 어때?"

"회장님! 너무너무 감사합니다. 이 은혜를 어떻게 갚아야 할지요."

미스 아코디언의 어깨를 감싸고 있던 사진기자가 로안을 향해 고마움을 표했다.

"아직은 안심 못 해요. 국경을 넘기 전까지 긴장들을 해요."

로안의 말이 떨어지기가 무섭게 운전기사의 목소리가 터졌다.

"회장님! 뒤차가 수상합니다. 아무래도 미행하는 것 같습니다."

로안은 미스 아코디언에게 고개를 낮추게 하고 쌍안경을 사진기자에게 건넸다. 사진기자는 뒤에 따라오는 차를 살폈다. 도요타 승용차의 보닛 안테나에 펄럭이는 것은 인공기였다. 번호판이 외교관용이었다. 로안은 휴대전화로 어디론가 연락했다. 도요타는 몇 번이나 추월을 시도했으나 번번이 실패하고 말았다. 구간의 중간지점을 지나자, 수로의 다리 입구에서 경찰이 바리케이드를 치고 검문하고 있었다. 이때 도요타에서 사람이 내리려고 하자 경찰이 권총집에 손을 갖다 대며 제지했다. 로안의 신분증을 확인한 경찰은 거수경례를 부치고 통과시켰다. 로안은 백미러를 통해 도요타를 살폈다. 트렁크가 열린 채로 남자 몇이 앞차를 가리키며 삿대질하고 있는 모습이 보였다. 로안의 입가에 비로소 미소가 번졌다.

4월 15일 PM 2:13 태국 국경의 캄보디아 출입국관리소.

기자와 미스 아코디언과 보디가드가 작은 콰이강의 다리를 건넜다. 보디가드가 출입국관리소에 들어가더니 얼마 지나지 않아 스탬프가 찍힌 기자와 미스 아코디언의 여권을 돌려주었다. 미스 아코디언은 사진기자의 손을 놓지 못하고 쩔쩔매긴 했지만, 차차 안정을 찾아갔다. 보디가드는 걸어서 10분 거리에 있는 태국 출입국관리소에 들어가 단기 비자에 스탬프를 받았다. 사진기자와 미스 아코디언은 검색대를 통과하고 여권을 손에 들고 주차장으로 와서 로안이 준비해 둔 승합차에 올랐다. 옷을 갈아입은 미스 아코디언은 다른 사람으로 변신했다. 승합차는 치앙마이를 향해 서서히 움직이기 시작했다.

"며칠 뒤에 미스 아코디언을 찾는다는 벽보가 시엠립과 포이펫에 나붙었지요. 사진과 복장을 설명하고 사례금도 있었답니다."

로안이 미스 아코디언의 얘기를 끝내자 마치 기다리고 있었다는 듯 창밖이 어두워지더니 금방 빗방울이 떨어졌다. 소낙비는 세차게 창을 두드렸다. 한줄기 스콜이었다. 통역이 파인애플과 망고를 담은 접시에 와인을 내놓았다. 잠시 휴식 시간을 가지고 자리에 앉았다.

"로안, 정말 감동적인 드라마 같은 탈출기를 들었습니다. 참으로 수고가 많았어요. 이런 일은 아무나 할 수 있는 일이 아니거든요."

"이 일도 사실은 이 선생님이 예전에 나한테 베푼 은혜를 보답하는 차원이라 여겨서 가능했지요. 이제 선생님의 근황을 듣고 싶습니다만, 그래도 되겠지요?"

"그럼요. 그때 내가 전쟁에 뛰어든 것은 학비 때문이 컸답니다. 물론 공산주의를 배척하자는 명분도 있었지만, 대부분의 병사들이 가난 때문이라 보아야지요. 직업군인들이야 전투 현장의 경력이 인사고과에 반영되어 진급 문제라든지 앞으로의 처세를 감안한 정치적 목적도 다분히 있었겠지요. 우리나라도 티우처럼 군부 출신 대통령을 지낸 사람 중에도 두 사람이나 베트남전쟁에

다녀갔지요. 한 사람은 두 번이나 파월했답니다. 그의 심복은 세 번이나 참전했지요."

"아, 그렇군요. 그런 내용은 미처 몰랐습니다. 그래서 이 선생님께서는 경제적 도움이 되었는지요?"

"네, 그래요. 얼마 되지 않는 참전 수당을 종잣돈으로 해서 힘은 들었지만, 학업을 마칠 수가 있었지요. 그리고 어린 시절부터의 꿈이었던 문학의 길을 걷게 되었지요. 주로 소설을 썼지요. 작품의 주제는 전쟁이 주는 슬픔과 아픔이었지요. 거기에는 베트남 전쟁도 포함되고요. 또한 로안의 이야기도 들어 있답니다."

"선생님 작품 속에 제 얘기도 들어있다니 너무도 영광입니다. 고맙고도 감사합니다."

"국가에서도 베트남 참전용사들의 위험수당을 떼어내 고속도로를 뚫고 제철공장을 세웠지요. 오늘날 한국의 경제발전이 여기서 기초를 놓았다고 보아도 무방하지요. 그렇지만 아까 로안의 말처럼 꽃다운 나이에 피어보지 못하고 전장의 이슬로 사라진 젊은이들의 용기 있는 희생이 있었기에 가능했지요. 자신보다는 전우를 위해 하나뿐인 목숨을 기꺼이 내놓은 그들을 생각하면 지금도 가슴이 너무 아파요. 그래서 그들을 기리는 6월 6일 현충일에는 부끄럽게도 살아남은 나와 전우들은 거의 빠지지 않고 묘지를 찾는답니다."

"베트남이나 캄보디아에도 지역마다 참전했던 전사자들의 묘지와 위령탑이 있습니다. 그런데 텔레비전에 나오는 한국의 현충원과는 비교가 되질 않지요. 시설이나 규모를 떠나서 분위기 자체가 다르다고 봅니다."

"참, 얼마 전에 베트남재향군인회에서 퇴역 장병들이 한국을 찾아 서울의 국립현충원을 참배하고 헌화하는 일이 있었습니다. 내가 속한 참전고엽제전우회에서 알선하고 도왔지요. 참으로 격세지감이 들었답니다. 이제 과거사에 대해 화해해야 할 시점에 왔다고 생각합니다. 누가 뭐래도 우리는 베트남으로부터 많은 며느리를 맞이한 결혼동맹 사이가 되었잖아요. 이보다 더 가까운 사이가 또 어디에 있겠습니까? 미래를 내다보고 다문화가정에서 태어난 아들들이나 딸들을 보아서라도 서로 적극적인 협력을 해야지요."

"이 선생님, 북베트남의 퇴역군인들이 한국의 국립묘지를 찾았다는 의미가 중요하네요. 정치가들의 입에서 흔하게 쏟아 놓는 영원한 적도, 영원한 친구도 없다는 말이 실감이 나는 것 같습니다. 오죽하면 베트남 포병사령관이 한국의 K-9 자주포 구매를 희망한다고까지 하겠어요. 전쟁 때 같으면 꿈에서도 못할 이야기죠."

"요즘은 전쟁의 후유증으로 고통받고 있는 고엽제 피해 전우들을 위해 힘을 보태고 있답니다. 병원에서 그들의 마지막을 지켜보는 것이 가장 힘든 일이지요. 더군다나 병상을 지키는 2세를 만나면 너무나도 가슴이 아려요. 그러한 실태를 언론에 알리기도 하고 강연도 하지요. 앞으로 고엽제 문제는 이슈화와 공론화를 시켜 세계적으로 알리는 데 한국, 베트남이 공동으로 대처해야 할 것입니다. 하지만 잊혀진 전쟁의 후유증에 관심을 가지는 사람들은 그리 많지 않아요. 그래요. 잊혀진 전쟁의 후유증이지요."

"선생님, 이곳도 별로 다르지 않습니다. 목소리야 해방 전사들의 고통을 함께 나누자고 하면서도 현장에서는 당장 돈이 드는 일이라 선뜻 나서질 못해요. 전쟁 세대가 점점 역사의 뒤안길로 사라지면서 사람들의 기억에서도 멀어지고 있답니다. 당사자들만 아픔의 상처를 안고 가는 것이지요."

로안은 학민의 잔에 와인을 따랐다. 두 사람 사이에 잠시 침묵이 흘렀다. 통역도 자리를 비웠다가 돌아왔다.

"로안, 한 가지 어려운 부탁이 있습니다."

"예, 선생님 부탁이라면 무엇이든 말씀만 하세요."

"로안, 좀 황당한 얘기입니다만 달밤에 앙코르와트를 한 바퀴 도는 방법은 없을까요? 내가 10년 전부터 가슴에 품고 있는 작은 소망이랍니다."

"선생님, 소설작품 때문에 그러시나 본데 로안이 그 정도는 문제없습니다. 제가 주선하겠습니다. 그러시면 지금 바로 시엠립으로 이동하시죠. 시간이 좀 늦어지겠지만 냉면집에서 식사를 하기로 하고요."

"로안, 바쁘실 텐데 저 때문에 너무 무리하는 게 아닌가요."

"선생님과의 일이라면 만사를 다 제쳐 놓아야지요. 모든 스케줄은 로안에게 맡기시고 마음을 편하게 가지시면 됩니다."

점심시간이 지나서인지 평양냉면집은 한산하기까지 했다. 주로 한국 관광객이 현지 옵션으로 오는 터라 썰물처럼 빠져나간 뒤였다. 학민과 로안은 선글라스를 벗지 않은 채로 식당 안을 꼼꼼하게 살펴보았다. 지도원도 바뀌고 아코디언 연주자도 다른 여자에다 출입문 쪽이며 주방에도 남자들이 늘어났다. 소를 한 마리 잃더니 외양간을 고친 것이 확연히 보이는 것 같았다.

로안이 저녁에 그랜드호텔로 압사라 무희를 불러 특별공연을 하겠다는 것을 학민은 극구 사양했다.

"로안, 그러지 말아요. 우리 그냥 디너쇼를 전용으로 하는 공연장으로 가요. 거기서 사람들과 어울리기도 하고요."

"식사도 부실한데다가 너무 복잡해서요. 어렵게 이곳까지 모신 선생님께 예의가 아닌 것 같기도 하고요."

압사라 공연장은 크기도 하지만 사람들로 넘쳐났다. 학민은 로안이 잡아둔 무대의 앞자리에 앉았다. 주위를 돌아보니 동서양의 사람들이 뒤섞여 제각각 다른 말들을 쏟아냈다. 메뉴는 로안의 말 대로라 손이 별로 가지를 않았다. 세 사람은 맥주로 목을 축이며 공연을 기다렸다.

폴 포트 폭정의 암흑기에 말살되었다가 새로이 부활한 압사라 공연은 화려했다. 특별한 발동작과 손놀림은 오리엔탈문화의 역동적이면서도 섬세함이 녹아 있었다. 권력의 탐욕이 사람들을 오로지 꼭두각시로 만들기 위해서 현대사회의 정신문화인 고전을 말살한다는 것이 가능한 것일까? 학민은 고개를 저었다. 로안도 동조했다.

자정이 되자 달이 세상을 다스리기 시작했다. 오토바이 소리가 멀어지고 전깃불이 나가면서 사람의 손길도 멈추었다. 밤공기가 써늘했다. 작은 구름 사이에 별들도 숨어 지낼 이유가 없어 보였다. 로안의 보디가드는 앙코르와트 매표소 앞에 승합차를 세워두고 경비초소를 다녀와 학민을 출입문으로 안내했다. 문 안으로 들어서자, 여자 안내원이 나와 학민에게 헬멧을 건넸다. 곧게 난 참배로 들머리에 오토바이 2대가 나란히 서 있었다. 안내원이 보디가드와 짧게 대화하더니 머리를 풀어 흔들며 뒤로 넘기고 헬멧을 썼다. 학민과 보디가드도 따라 썼다. 안내원은 오토바이 시동을 걸면서 학민에게 뒷자리에 앉도록 손짓했다. 뒷자리에 걸터앉았지만 잡을 데가 마땅치 않았다. 망설이는 사이에 안내원의 손이 학민의 손을 끌어다가 허리에 갖다 붙였다. 학민은 순간 멈칫했지만, 오토바이가 출발하는 바람에 허리를 붙들 수밖에 없었다. 오토바이는 길게 뻗은 참배로 위를 조용히 움직였다. 안내원의 부드러운 가죽 재킷에서 머리 향이 묻어 나왔다. 보디가드의 오토바이는 멀찌감치 따라왔다. 때마침 구름 속에 잠깐 숨어있던 달이 몸을 드러냈다.

달빛에 비친 회랑 벽에 묘사된 온갖 형상의 부조는 앙코르예술의 극치였다. 학민은 자신이 고대에 와있는 착각에 빠질 정도였다. 회랑만 도는 데도 시간이 만만치 않게 걸렸다. 계단이 가파르다 보니 밤이라 사원 위로는 올라갈 수가 없었다. 학민은 아쉬운 마음에 하늘을 올려다보았다. 살이 오른 달이 마냥 웃고 있었다. 앞뜰의 야자수는 달빛 아래 손잡이가 긴 비치파라솔처럼 서 있었다. 학민의 헬멧을 고쳐 매준 안내원은 시동을 걸어 매복지를 찾아가듯 앙코르톰으로 향했다.

앙코르톰의 남대문은 덩치에 비해 통로가 좁았다. 한가운데 자리한 바이욘 사원도 회랑의 부조물이 찬연하게 빛나고 있었다. 역시 계단은 오르지 못했다. 우뚝한 사면의 보살상은 달빛 조명에 보기만 해도 신비한 매력이 온몸을 감싸기에 충분했다. 학민이 꿈속을 헤매는 동안에도 안내원은 불평 한마디 하지 않았다. 코끼리 테라스 앞에서 오토바이는 앞바퀴를 슬쩍슬쩍 들면서 흡사 말을 탄 개선장군처럼 사열하며 두 차례나 오갔다. 그녀의 연출에 학민은 개미허리에 좀 더 힘을 주어 고맙다는 마음을 전했다. 오토바이가 잠시 멈추었다.

학민은 문둥이 왕의 테라스에 올라 사방을 둘러보았다. 껑충껑충 뛰어 보기도 했다. 앞서 언젠가 패키지 팀들과 헬기를 타고 내려다본 광경보다 더 숨이 막히는 순간이었다. 승리의 문이 달빛을 받아 만든 기다란 그림자가 오토바이를 어둠 속으로 빨아들였다. 학민은 시간을 거슬러 온 느낌에서 깨어나고 싶지 않았다. 오토바이가 그림자를 만나 멈칫하자, 학민은 안내원의 등짝으로 쏠린 몸을 바로잡으면서 왼쪽 손목을 들어 보았다. 야광 시계는 푸른빛으로 AM 3시를 절반이나 넘어가고 있었다.

이니셜 반지

베트남 고원지대 달랏의 새벽은 투명해져갔다. 쑤언은 지난밤을 꼬박 새웠다. 어제 늦은 시간에 로안으로부터 전화를 받고 깊은 생각에 빠져들었기 때문이다. 침대에 처진 모기장을 들추고 나와 가느다란 손을 뻗어 전기 스위치를 켰다. 작은 화장대 앞에서 얼굴을 가만히 들여다보았다. 세월의 흔적 같은 눈가의 주름이 거슬렸지만, 손으로 양 볼을 쓰다듬어 내렸다. 턱을 들어 목을 만져 보았다. 손가락으로 머리카락을 매만졌다. 적당한 흰머리가 오히려 중후해 보였다.

"쑤언, 잘 들어. 이 선생님이 와이프와는 몇 년 전에 사별했다는구나."

오빠가 전화를 끊기 전에 했던 말이 여진으로 남아 가슴을 잔잔하게 흔들었다. 수십 년을 잊는다고 다짐해 보았지만, 한 번도 성공하지 못했던 남자다. 그가 지척에 와있다고 생각하니 갑자기 두려워지는 것이었다.

쑤언은 습관처럼 커피머신을 켰다. 크게 기지개를 켜고 붉어지는 동쪽에 난 창문을 열었다. 전날 내린 스콜이 하늘을 맑게 해준 덕분에 구름이 별로 보이지 않았다. 붉은 소낙비로 쏟아지는 스콜. 그녀는 정말로 오랜 세월 동안 스콜이 내릴 때면 신열에 몸살을 앓아 왔었다. 스콜이 내리고 찾아오는 맑은 하늘의 몬순의 날씨를 사랑할 수밖에 없었다. 그녀로서는 운명으로 받아들인지 오래였다. 오늘따라 거의 매일이다시피 호수 쪽에서 밀려오던 안개마저도 자취를 감추었다. 수확을 앞둔 커피나무 사이로 한 줌의 바람이 지나가면서 잔가지를 흔들어 커피체리가 희끗희끗 속살을 보였다. 부지런한 다람쥐가 익은 커피체리를 삼키고 이리저리 눈치까지 보았다. 다락방에서 숨겨둔 일기장을 꺼내왔다. 쑤언은 들고 있던 커피를 한 모금 마셨다. 첫 장을 넘겼다. 곳곳에 번진 눈물 자국이 커피 색깔로 변해 있었다.

사이공이 함락되기 얼마 전이었다. 공산군은 평화협정으로 연합군이 철수한 틈을 노려 평화협정을 어기고 대공세를 펼쳐 비무장지대를 넘어 동하를 전격적으로 점령했다. 쑤언의 고향인 후에가 공산군의 수중에 떨어졌다는 입소문이 전해지자, 북위 17도의 휴전선은 무의미해졌다. 피난 행렬이 끊기질 않았다. 공산군의 침략이 있을 때는 언제든 육·해·공군을 보내겠다던 미국의 약속은 지켜지지 않았다. 쑤언은 앞으로 전개될 전황을 꿰뚫고 있었다. 몇 년 전부터 자금력을 총동원하여 암시장에서 전투식량과 무기를 사모아 지하조직에 넘겨주었기 때문이었다. 한 달을 넘기지 못하고 적화통일이 될 것이라는 확신이 섰다. 전화통에 흐르는 로안의 다급하고 들뜬 목소리만 해도 짐작이 가는 대목이었다. 벅차올라 미친 듯 신들린 고함이었다.

"쑤언! 우리는 승기를 잡았어! 미제괴뢰들은 지리멸렬이야! 인민해방은 이제 시간문제라고! 사이공 놈들의 북진 운운은 새빨간 거짓말이야! 우린 파도타기처럼 남으로 향하고 있다고! 아! 호치민 동지 만세! 만만세! 아! 조국 통일 만세! 만만세!"

5일 뒤였다. 쑤언의 집 앞에 베트남군 QC가 트럭을 호위하고 와서 대문을 거칠게 두드렸다. 머릿수건 여자가 빗장을 열었다.

"이 집이 레 티 쑤언 집이 맞아!"

"예, 그런데요?"

QC들은 다짜고짜 거실로 들어섰다. 군홧발 그대로였다. 쑤언이 아이를 데리고 방에서 나오자, 선임하사가 거수경례를 부치고 손가방을 내밀었다. 콧수염 아저씨가 보낸 밀사였다. 짤막한 편지가 들어 있었다.

– 딸처럼 생각하는 쑤언에게

아이는 잘 자라느냐. 전선의 상황이 시시각각으로 급변하고 있어 몇 자만 전한다. 이번 적들의 공세는 지금까지와는 다른 양상이라고 본다. 퀴논의 2군단 지역 병력도 조만간 사이공 방위를 위해 철수할 계획이다.

쑤언아, 복잡한 생각은 다음에 하고 아이의 장래를 위해서라도 일단은 짐을 빨리 챙겨 헌병들을 따라오도록 해라. 훗날에라도 후회가 없도록 하자. 다시 강조하지만, 시간이 너무 촉박하다. 여기는 붕타우에 있는 대통령 별장이다. 시간이 되면 바로 사이공으로 돌아갈 것이다. 우리는 최악의 시나리오로 필리핀이나 타이베이로 철수할지도 모른다. 그럴 경우를 대비해서 자리를 마련해두마. 이것이 네 아버지에 대한 마지막 도리라고 생각한다.

PS : 이 일은 극비사항이니 보는 즉시 태워라. 달러를 보내니 만약의 경우에 대비하도록.

콧수염 아저씨 씀

쑤언은 잠시 고민에 빠졌다. 아이의 장래를 위해서 조국을 떠난다면 과연 행복해질 수 있을까. 쑤언에게 조국은 언제나 양날의 칼처럼 가슴을 후벼왔다. 결코 용서할 수 없는 전쟁이 가까이 보였다. 전쟁을 일으킨 당사자들이 미웠다. 피해자였던 아버지와 어머니 그리고 삼촌의 죽음이 머릿속을 지나갔다. 살아있는 로안과 마리는 물론이고 주변의 가까운 사람들의 얼굴도 떠올랐다. 아니다. 적화통일이 되는 날 그들은 어떻게 될 것인가 말이다. 격랑 속에서 자신은 또 어떻게 될지 모르는 일이었다.

1975년 4월 19일. 월맹군 제3사단이 사이공에서 제일 가까운 전선에서 압박을 가하며 진격을 멈추지 않았다. 3사단에는 로안이 속해 있었다. 이에 따라 미국과 한국을 비롯한 연합군 참전국의 사이공 주재 대사관은 철수 준비에 여념이 없었다. 교민들과 가족들을 먼저 귀국시키느라 동분서주했다. 연합군사령부의 마지막 전문이었다.

 - 긴급

공산주의 추종자들이 지금까지 지구상에서 저지른 만행으로 볼
때 참전국의 국민은 철저하게 보복당할 것이 분명하므로, 하루빨
리 떠나야 합니다. 안전이 보장되지 않습니다. 상황이 매우 위급
합니다. 현재 시각 실제 상황입니다.

1975년 4월 24일. 사이공 주재 오스트레일리아와 뉴질랜드대
사관이 폐쇄되었다. 왜 어쩌다가 이 전쟁에서 지고 있는지 아무
도 설명을 해주지 못했다.

1975년 4월 28일. 비가 내렸다. 사이공 시내 웬주가 109번지
에 위치한 주월 한국대사관의 분위기는 날씨만큼이나 흐리고 무
거웠다. 앞뜰에는 문서들이 불태워지는데 연기가 피어오르지 못
하고 근처를 맴돌았다. 국기 게양대 앞에는 남아있던 직원들이
내려오는 태극기를 향해 경례를 하고 있었다.

1975년 4월 30일 정오. 남베트남군의 장군 5명이 자결했다.
그들은 비장한 유언을 남겼다.

'억울하고 억울하다. 내 조국은 힘으로 망한 게 결코 아니다.
간첩에 망하고, 좌파의 속임수에 망하고, 극성맞은 데모에 망하
고, 부정부패에 망했다. 개처럼 끌려가 도살될 것이 뻔한 그 치욕

을 당하지 않고자 내 손으로 목숨을 거둔다.'

썩어빠진 책임자들이 미국으로 도망가고 없는 사이공에 공산군이 탱크를 앞세워 입성했다. 대통령궁에는 황성적기가 걸렸다.

쑤언은 콧수염의 밀사를 돌려보냈다. 아이를 안고 하염없이 울었다. 어둡고 무거운 시간은 멈추지 않았다.

1976년 1월 17일 치화형무소. 쑤언은 14일 만에야 일광욕을 할 수가 있었다. 눈이 너무 부셔 발걸음을 떼기가 쉽지 않았다. 땅바닥에 주저앉아 손수건으로 얼굴을 가렸다. 머릿속에 기억이 자꾸만 뒷걸음질을 해갔다.

앞서 8개월 전이었다. 베트남을 통일한 공산당이 붉은 정치로 숙정 작업에 돌입했다.

- 1급 전범 숙청

'자본주의 사회에서 반정부활동을 하던 인간들은 사회주의 사회에서도 똑같은 짓을 저지를 우려가 다분하여 불가피한 조치이다.'

이 조치로 남쪽에서 반정부, 반체제 운동을 벌이던 종교인, 대학교수, 학생 대표 등 민주 인사들은 쥐도 새도 모르게 사라졌다.

- 인간 개조 학습소

인간 개조라는 명목 아래 남쪽 베트남 정치인, 공무원, 언론인, 군인, 경찰 등 지도층은 모조리 형무소로 잡혀들어갔다.

1975년 5월. 쑤언도 감격과 불안이 교차하는 마음을 하루하루 추스르고 있었다. 로안과의 연락이 끊겨 일주일째 외출을 하지 않고 집에만 박혀 있었다. 텔레비전에서는 두 달째 호치민의 일생을 내보냈다. 퀴논도 예외 없이 숙청 바람이 불었다. 밤중에 공안들이 대문을 망가뜨리고 쳐들어왔다.

"동무는 반동분자로 확인되어 학습이 필요하오."

공안은 거칠었다. 거실에 나온 쑤언을 아이를 밀치고 낚아챘다.

"이게 무슨 소리요! 내가 누군지 아시오! 3사단의 보급 장교가 내 오빠웃!"

쓰러진 쑤언은 비명을 질렀다.

"알고말고. 레 티 쑤언이 아니면 아니라고 말해 봐!"

"한 가지만 묻겠소. 부탁이오. 누구의 고발이오?"

"끝나는 마당이니 말해주지. 롱이란 자를 알아?"

우기에 접어든 퀴논은 비가 그치질 않았다. 쑤언은 옷가지 몇 벌이 든 보따리를 안고 군용트럭에 실렸다. 앞자리에는 20명 남짓이 실려 고개를 숙이고 있었다. 여자는 쑤언이 유일했다. 트럭 지붕에는 가리개가 없어 쏟아진 빗줄기는 그들의 가슴을 적셨다. 트럭은 중간에 몇 군데를 들러 젖은 사람들을 실었다.

쑤언은 깜박 졸다가 트럭이 급정거하는 흔들림에 눈을 떴다. 큰 철창문 앞에 펼쳐진 광경에 놀랐다. 철창문 위의 간판 때문이었다. 뉴스로만 보았던 호아로형무소가 눈앞에 버티고 있는 게 아닌가. 프랑스 식민시대부터 한번 들어가면 형장의 이슬로 사라진다는 감옥이었으니 순간적으로 쓰러질 뻔했다.

'하노이 힐튼호텔'

전쟁 중에 미군 포로를 수감해서 얻은 별칭이었다.

'왜? 내가 여기까지 오게 되었을까? 내가 대관절 조국에 무슨 죄를 지었단 말인가?'

쑤언은 몸서리치면서 아이를 걱정했다. 또한 아이를 데리고 있을 마리와 머릿수건은 무사한지 걱정이 앞섰다.

군복 입은 여자가 몸수색을 하고 짐을 풀어보라고 손짓했다. 모기장과 비닐로 된 돗자리를 하나씩 지급했다. 철창문이 열리고 감방 안으로 들어섰다. 창문이 없어 어둠을 익히고서야 조금씩 보이기 시작했다. 시멘트벽이 썩어 얼룩진 감방 안의 냉기가 죽음처럼 다가왔다. 안쪽 모서리에 쭈그려 일을 보는 변기에서 나는 냄새가 고약했다. 변기 옆에는 작은 물독이 서 있었고 함석으로 만든 낡은 양동이가 놓여 있었다. 플라스틱으로 된 그릇과 숟가락이 하나 있었다.

시간은 멈추지 않았다. 근기라고는 찾아볼 수 없는 밥 한 덩어리와 멀건 국은 사람의 내장을 개조했다. 그것도 하루 두 차례 배식이었다. 눈가에 경련이 심해지고 움푹 패어졌다. 귀에서는 환청이 들렸다. 몸무게가 얼마나 빠졌는지 파자마의 고무줄 끈을 줄였는데도 자꾸만 흘러내렸다.

인간 개조를 당하면서 6개월이 지났다. 면회는 물론 편지도 철저하게 통제되었다. 소낙비가 쏟아지던 날 아침, 호루라기 소리가 길게 나고 호명이 있었다.

"수번 742499번, 명령 제2호! 치화학습소로 이송!"

치화형무소 B동 2층 2호. 여자감방이었다. 쑤언은 이감 첫날에 알몸 검사를 받으면서 삶의 의욕을 던지고 싶었지만, 아이를 생각하며 이를 악물었다. 감방 안은 똥통이며 작은 물독과 낡은 양동이 그리고 플라스틱 식기가 호아로와 다를 바가 없었다. 다른 게 있다면 독방이 아니라는 점이었다. 미국대사관에 근무했던 타이피스트가 룸메이트였다. 잡혀 온 지 7개월 된 타이피스트는 전직이 믿기지 않을 정도였다. 손톱에 끼어 있는 땟자국과 헝클어진 머리카락은 흡사 마귀할멈 같아 보였다.

식사는 간단하고 메뉴는 변함이 없었다. 하루 2리터의 식수에다 공산군이 구치 땅굴에서 먹다 남은 묵은쌀과 늙은 호박국이 전부였다. 아침 식사가 끝나고 11시쯤 북소리가 울리면 시에스타 시간인데 쑤언은 낮잠을 자 본 적이 없었다. 오후 3시에서 4시 사이에 그날 두 번째이자 마지막 식사가 제공되었다. 어쩌다가 오이 반 토막과 느억맘이 나왔는데 먹고 나면 설사로 고생을 해야만 했다. 따라서 몸무게도 그만큼 줄어들었다. 그나마 호아로 수용소보다는 냉기가 덜해 지내기가 조금 나았다.

쑤언은 타이피스트로부터 놀라운 소식을 들었다.

"언니, A동에 따이한들이 있대요."

"항, 그게 사실이야?"

"왜요? 언니는 따이한과 무슨 연관이 있나요?"

"아니, 그런 건 아니지만 형부가 한국군사령부에 있었거든."

"그래요. 그러면 일광욕 시간에 멀찌감치 보일지도 몰라요."

"일광욕은 언제 하는데?"

"토요일인데 그것도 간수 마음대로 정해 남자와 여자 사이에 철조망이 있어 만나진 못해요."

쑤언은 갑자기 온몸이 공중으로 떠오르는 기분이 들었다. 오감이 마비되듯 변기의 고약한 냄새를 느끼지 못할 정도였다. 생각에 빠졌다.

'내 사랑 학민이 뉴스를 듣고 나를 구하려고 뒤늦게 찾아왔다가 잡혀 온 것은 아닐까?'

일광욕은 뒷마당에서 호루라기 소리에 맞춰 시작되었다. 경비원들이 사방에서 감시했다. 쑤언은 모처럼의 햇살에 무너지는 몸을 가누며 타이피스트의 부축으로 중간에 처진 철조망 쪽으로 걸어갔다. 첫눈에 일광욕하는 수감자들의 느릿느릿 이어진 모습이 마치 좀비들의 행렬 같아 보였다. 여자가 경계선에 나타나자, 호기심으로 남자들이 어슬렁거리며 모여들었다. 타이피스트가 나섰다.

"A동에 따이한이 있다는데 지금 여기에 나와 있나요?"

남루한 아오바바 차림의 남자가 대꾸했다.

"따이한은 배탈이 나서 나오질 못했어."

"누가 찾는다고 꼭 전해요. 이름을 알아요?"

"또이 콩 녀 뗀. 데 또이 띰."

남자는 이름은 모르지만 찾아본다며 건네준 지폐 한 장을 챙겨 경비원 쪽을 힐끔거리다가 사라졌다. 쑤언은 감방으로 돌아오자, 타이피스트에게 속옷 한 벌과 칫솔을 건네주었다. 타이피스트는 불심검문으로 잡혀 오는 바람에 가진 게 없었다. 그녀는 북소리가 울리고 잠자리에 들 때까지 고마움을 표했다.

다음 주였다. 쑤언은 다소 긴장감을 가지고 철조망 가까이에서 배회했다. 철조망 건너편에 있는 남자 수감자들이 여자에 관심을 가지고 슬슬 몰려들었다. 지난주에 만났던 남자가 수감자를 데려 와서 옆에 세웠다. 학민은 아니었다. 남자는 어렵게 찾아냈다고 너스레를 떨었다.

"띰 자, 띰 자."

이산가족처럼 마주 본 수감자는 호치민처럼 비쩍 말랐지만, 자세만은 꼿꼿했다.

"따이한인가요? 나, 한국말 알아요."

"그렇군요. 나, 한국 사람 맞아요. 누굴 찾나요?"

"이학민이라는 퀴논 맹호부대에 있던 따이한을 찾는데요. 선생님은 어쩌다가?"

"나는 대사관에 있던 외교관이오. 교민들을 살피다가 미처 철수를 못 했답니다."

"선생님과 학민이 같은 미스터 리군요. 반갑습니다. 저는 쑤언이라 합니다. 민을 찾는 방법은 없을까요?"

"우리 교민회장이 면회를 올 때 수소문을 부탁해 보리다."

이때 경비원이 호루라기를 불었다. 15분이 금방 지나갔다. 쑤언은 타이피스트와 얼른 자리를 피했다. 쑤언은 잠을 이루지 못하고 악몽 같은 나락으로 떨어져 갔다.

다음 만남은 경비원의 눈을 피해 구석에서 이루어졌다.

"쑤언, 미안한 얘기지만 교민회장이 알기로는 찾는 사람을 알 수가 없답니다."

"그럼, 여기는 다른 따이한은 없나요?"

"내가 알기로는 우리 외교관 몇이 있는 건 아는데 민간인은 없는 걸로 알아요."

"고맙습니다. 잘 버티시다 고국으로 돌아가시기 바랍니다."

"쑤언, 학민 군을 너무 원망하지 말아요. 그쪽도 무슨 사정이 있겠지요. 그리고 비밀 편지를 부탁하려면 프랑스대사관을 통하는 루트를 알아요. 참, 이것은 차입품인데 좀 나누어 주고 싶군요."

외교관은 작은 나일론 포대를 철조망 위로 힘껏 던졌다. 타이피스트가 배구선수처럼 받아냈다. 라면과 쪄서 말린 쌀이 눈물을 자아내게 했다. 캐러멜·비스킷·설탕·생선포·치약·세숫비누·가루비누에 쑤언은 그만 긴 한숨이 터졌다.

'따이한, 감사합니다. 아, 이 물건은 C-레이션과 SP 박스가 따로 없구나.'

로안이 치화형무소를 찾은 날. 날씨마저 궂었다. 한바탕 소나비가 지나갔는데도 태양은 모습을 보이지 않았다. 꼬리를 문 가랑비가 간간이 얼굴을 스치고 지나갔다. 지프에서 내린 로안은 곧장 소장실로 향했다. 뒤에 최고위 장군의 보좌관과 안녕국 경찰 간부가 따랐다. 한 발 뒤로 로안의 부관이 허리에 찬 권총집을 붙잡고 잰걸음으로 따라붙었다.

한편 B동 2호 철문이 열렸다. 간수가 얼굴을 들이밀더니 쑤언의 수번을 불렀다.

"면회를 왔어요. 옷을 갈아입도록 해요."

목소리가 오늘따라 거칠지 않았다. 먼저 옆방 1호실로 안내해서 들어갔다. 의무실에는 처음 보는 여의사가 책상에 앉아 있다가 일어났다. 머리를 감게 하고 얼굴에 바르는 크림을 내놓았다. 쑤언은 어리둥절했지만, 말을 들을 수밖에 없었다. 모처럼 맡은 화장품 냄새에 어지러움을 느꼈다.

쑤언은 부소장이 기다렸다 열어주는 소장실 문을 지나 안으로 들어섰다. 소장은 제자리에 서 있었다. 언제나 위압감을 주던 각 동의 구대장들이 줄지어 서 있는 것이 심상치 않아 보였다. 소파에는 제복이 다른 몇 사람이 굳은 표정으로 앉아 있었다. 앞자리에 있던 사람이 벌떡 일어나자 모두들 따라 일어섰다.

"쑤언! 쑤언아!"

로안의 목소리를 듣자 쑤언은 다리가 풀리면서 무너지듯 쓰러지고 말았다. 순간적으로 일어난 사고에 모두들 놀랐다.

"부관! 물 가져와! 물! 빨리!"

로안이 쑤언을 소파로 옮기며 소리쳤다. 의무실의 여의사도 달려왔다. 물수건으로 얼굴과 목덜미를 닦아주고 가슴을 눌러 심폐 소생술을 시도했다. 잠시 뒤에 쑤언이 정신을 차려 소파에 기대 앉았다가 로안의 품으로 쓰러졌다.

"오빠, 오빠, 오빠."

"쑤언아, 미안하다. 미안해."

로안이 쑤언을 조심스레 떼어 소파에 앉혔다. 안절부절못하는 소장을 노려보다가 권총을 빼 들었다. 옆에서 말릴 겨를도 없었다. 간수들을 밀어내고 소장 코앞까지 다가갔다.

"야, 이 새끼야! 어째서 저 모양이야! 저게 사람의 몸무게야! 민족해방전선의 위대한 전사이자 영웅을 저렇게 만들어도 돼! 이 더러운 새끼! 내가 자아비판을 받더라도 여기서 당장 죽여 버릴 테다!"

사태의 심각성에 쑤언이 기어가서 로안의 다리를 붙잡았다. 부관이 팔을 벌려 앞을 막자, 장군의 보좌관이 나서서 말렸다.

"동지, 제발 참아요. 착오를 용서하시오."

"여기 장군님의 친서로 추천서와 혁명위원회의 석방 허가서요. 즉각 조치하시오."

안녕국 경찰 간부가 누런 봉투를 소장에게 전했다. 쑤언은 겨우 정신을 차렸다. 여자 간수가 챙겨온 사물 자루를 바닥에 쏟았다.

"내 반지를 찾아야 해. 반지를…"

로안이 물었다.

"쑤언, 무슨 반지?"

지켜보던 여자 간수가 사색이 되더니 주머니에서 반지를 내놓았다. 쑤언은 여자 간수를 노려보다가 낚아채듯 반지를 빼앗았다. 포탄 껍질의 놋쇠로 만든 반지가 색깔이 바래 은빛으로 보였다. 반지를 기울여 안쪽에 새겨진 이니셜을 들여다보았다. 레와 이의 영문 머리글자였다.

　－ R&L

쑤언은 반지를 제자리에 찾아 끼우고 마른 입술을 갖다 대자 다시 눈물이 솟구쳤다. 쑤언으로서는 격랑을 헤치고 나온 조각배와 같았다. 입은 속옷까지 벗어 타이피스트에게 건네주었다. 시동을 건 케네디 지프 뒷자리에서 남매는 서로 안고 울었다.

3일 뒤에 남베트남 혁명 임시정부에 접수되었던 쑤언의 퀴논 집은 반환되었다. 로안이 보낸 부관과 함께 방칸에서 아이를 죽기로 보호하던 마리와 머릿수건이 돌아왔다. 그날은 울음바다였다.

"매, 매."

엄마를 부르는 아이는 울지도 못했다.

"꼰 짜이! 또이 꼰 짜이!"

아들을 부르는 쑤언은 목이 메었다.

"오, 마리!"

쑤언은 마리를 안았다.

"찌, 쑤언 찌."

언니를 부르는 마리의 눈빛은 정신 나간 사람처럼 멍했다.

"쑤언!"

머릿수건도 쑤언을 안았다.

석방되고 꼭 한 달 뒤였다. 쑤언은 통일 정부로부터 '전쟁영웅' 칭호를 받았다. 목숨 걸고 총기와 식량을 조달해 전선으로 보내 통일에 기여한 공로가 인정되었다. 퀴논 시청은 현수막을 걸고 군악대가 1시간 전부터 행진곡을 연주했다. 앞자리에는 로안과 가족들이 앉았다. 하노이에서 온 정부 고위 관리가 훈장을 달아 주었다. 화동이 꽃을 전해주었다. 보상 조치로 내려준 토지는 프랑스 식민시대 재산 중에 달랏의 커피농장을 받았다. 면적이 10헥타르를 조금 넘었다.

또 한 달이 지났다. 쑤언은 치화형무소를 찾았다. 타이피스트를 면회하기 위함이었다. 두 시간을 넘게 기다린 끝에 면회실에 나온 간수는 놀라운 소식을 전했다. 타이피스트가 병사했다는 것이다. 한참 동안 충격에서 벗어나지 못했다. 가까스로 냉정을 되찾아 A동의 외교관을 찾아보기로 마음을 먹었다.

"터이 짜오, 아니요. 한국말로 할게요. 선생님, 어떻게 지내셨는지요?"

"정말 쑤언이 맞군요. 석방 소문은 들었어요. 정말 믿기질 않아요."

"저의 룸메이트가 병으로 사망했다고 합니다."

"쑤언, 그것은 사실이 아니오. 자살했어요. 같은 방에 있던 남베트남군 공군 조종사의 부인과 같이 목을 매 죽었어요. 남편이 전투기를 몰고 타이베이로 도망을 쳐서 괴로움을 많이 당했다고 해요."

"선생님께선 몸이 더 줄어든 것 같습니다."

"하하. 허리끈 한 구멍을 줄이면 그만이오. 참, 한 2주 전에 롱이라는 자가 내 옆방에 들어와 있다오. 한국에는 인과응보라는 말이 있지요. '쑤언 스토리'는 이제 치화의 전설이 되어가고 있어요. 아니면 우리가 롱이란 자를 어떻게 알겠어요?"

"아! 롱이 여기 있다고요. 까맣게 모르고 있었네요. 선생님께 빚을 갚아야겠어요. 약소하지만 차입품 중에 여자 물건은 B동에 누구라도 쓰도록 해주세요. 잘 견디셔서 조국으로 돌아가시길 빌게요. 꼭요."

"쑤언, 정말 고마워요. 부디 아이 아빠를 만나기를 바라겠소."

쑤언은 착잡한 마음으로 돌아섰다. 통일된 조국은 어디로 흘러갈 것인가 생각하니 발걸음이 무거워졌다.

한편 한국 외무부는 치화수용소에 억류되어 있는 외교관들의 석방을 추진하고 있었다. 유엔난민고등판무관, 국제적십자위원회 등 가능한 모든 채널을 통해 노력을 기울였지만, 미국 등 우방국들은 적극적인 행동에 나서지 않았다.

"최선을 다하겠다."

판에 박힌 외교적인 답변만 메아리쳐 왔을 뿐이다. 이에 대해 세계의 언론들은 혹평을 쏟아냈다.

'한국은 베트남전쟁 파병국인데 미국이 마지막 철수 단계에서 한국인을 거절했다는 소식이 한국에 들어가면 이는 6.25 전쟁이 재발했을 때 미국이 공약을 지킬 것인가에 대해 의문을 제기할 것이다.'

한국 정부는 미국의 방관적인 태도로 어려움을 겪자, 스웨덴에 구원의 손길을 뻗게 되었다. 스웨덴은 외무차관이 직접 나서 통일 베트남 정부와 한국 공관원의 석방 중재에 나섰다. 인도적 협약인 비엔나협약을 따져 압박을 가했다. 하지만 북한이 이 사실을 알고 완강하게 반대하고 나섰다. 전쟁 중에 북한의 군사 지원을 받았던 통일 베트남 정부는 쉽게 결정을 내리지 못했다.

1977년 한국 정부는 공관원 석방 협상에 진척이 없자 프랑스 정부를 통해 수감 중인 북한의 남파간첩들과의 맞교환을 주장했다. 베트남 정부는 북한에 의사를 타진하고 북한은 맞교환에 동의하게 되었다. 한국은 이에 따른 간첩 명단과 석방 조건을 요구했다. 그러나 교환 협상은 파고를 넘지 못한 채 표류하고 말았다.

1978년 9월 치화형무소 소장실. 로안은 북한 측이 한국 외교관을 심문하는 자리에 배석했다. 베트남 측은 로안과 최고위 장군의 보좌관에다 비밀경찰이고 북한 측은 박영수를 포함한 3명이었다.

"이대용 동무래, 고생이 많으오. 어버이 수령께서도 동무에 대하여 관심이 지대하시오. 기래서 특별히 평양에서 나를 보내셨소. 동무래 이참에 전범국을 떠나스리 여기 전향서에 도장을 찍어스리 수령님 품에 안겨 행복을 누리는 영광을 찾으시오."

박영수는 수용소장보다 로안의 눈치를 슬쩍 보았다.

"나는 외교관이요. 따라서 치외법권의 면책특권으로 심문에 응할 필요가 없소."

이대용은 한마디로 거절했다. 심문은 다람쥐 쳇바퀴 돌 듯 7일간이나 계속되었다. 박영수는 열을 받자 점점 거칠게 나왔다.

"동무래, 정 이따우로 나온다면 나도 생각이 있지비. 평양으로 압송하는 수밖에는 달리 어카 갔어! 쫑간나 새끼!"

로안은 갑자기 전쟁 때 학민이 베트콩에게 납치되어 땅굴에서 심문받던 일이 떠올랐다. 그때 북한군 군관의 말투가 생각나 웃음이 나오려는 것을 겨우 참았다. 그때도 북한군은 심문 막바지에 3,000달러를 내고 학민을 평양으로 끌고 간다고 하지 않았던가.

"북조선 특사 동무, 이 사람은 아무래도 전향이 힘든 것 같소이다. 그렇다고 함부로 대해서는 안 돼요. 외부에 알려지면 골치 아파요."

로안은 박영수를 똑바로 응시하면서 조용하게 타일렀다.

1980년 4월. 스웨덴 외무차관은 호치민에서 이대용과 외교관 2명을 인계받게 되었다. 외무차관은 끝까지 소임을 완수하려고 함께 김포공항에 도착하여 감격을 맞았다.

같은 해 5월. 쑤언은 로안으로부터 이대용이 석방되었다는 연락을 받고 기뻐했다. 머지않아 학민의 소식도 그로부터 들을 수 있지 않을까 하는 기대감이 충만해졌다. 로안은 그동안 이대용 사건으로 미루어졌던 캄보디아로 급파되었다. 앞서 베트남군은 캄보디아 폴 포트의 크메르루주군을 내몰기 위해 전격 침공을 한 바가 있었다. 로안은 게릴라전의 작전 능력을 인정받아 점령군에 합세한 것이었다.

커피나무

1986년. 베트남 정부는 도이모이 신경제정책으로 전환하였다. 공산주의 경제의 한계를 느꼈기 때문이다. 쑤언은 베트남 커피와 카카오협회의 회장으로 선출되었다.

"베트남 커피는 싸구려라는 고정관념을 깨뜨려야 합니다. 이제 우리도 커피를 고급화하여 인민들의 소득을 올려야 합니다. 그래서 이 나라의 국격을 한 단계 높일 필요가 있습니다."

쑤언의 축사는 큰 호응을 얻었다.

10년이 흘렀다. 쑤언은 커피나무의 수종을 대대적으로 바꾸었다. 가격이 싼 로브스타 대신에 레귤러커피에 사용되는 아라비카로 대체한 것이다. 결과적으로 고급 종으로 바꾼 그녀의 판단은 옳았다. 나무에서 커피체리를 따서 껍질을 벗긴 생두는 자루에 60킬로그램씩 포장되었다. 커피의 국제 시세에 따라 수급 조절을 하여 농민들의 호주머니를 불려주었다.

쑤언은 커피나무 농장에 한국인 2세인 라이따이한 7명을 고용했다. 아들을 생각하며 그들이 차별받는 처지를 이해하기 때문이었다.

시간은 한순간도 멈추지 않았다. 쑤언은 국제결혼으로 한국으로 가서 다문화가정을 꾸렸다가 실패하고 돌아온 여성들의 재활을 챙겼다. 또한 베트남 신부와 한국 배우자와의 나이 차가 20살이 넘을 경우에는 국제결혼 허가를 불허해야 한다고 주장하기도 하였다.

쑤언은 학민의 소식에 모든 생각과 일상이 막히는 느낌을 받았다. 시간을 제자리에 돌려놓아야겠다고 다짐해도 헛수고였다. 틈틈이 적어놓은 비망록과 일기장 속에서 지난날들을 떠올리다가 입 안이 허전해졌다. 커피잔을 기울였다. 창밖을 내다보았다. 바람이 속도를 더해 가는지 커피나무의 몸동작이 커졌다. 무심코 왼손을 펴보았다. 이니셜 반지에 입을 맞추었다.

한편 학민은 앙코르와트를 달밤에 돌아보고 오토바이에서 내렸다. 보디가드와 승합차에 올랐지만, 비몽사몽 같은 혼미한 상태였다. 어디가 현실이고 어디까지가 환상인지 쉽게 구분이 되지 않았기 때문이다. 호텔로 돌아오니 로안은 혼자서 와인을 마시며 노래를 듣고 있었다. 통역이 없어 영어로 대화를 시도했다.

"로안, 너무 고마워요. 절실하게 바라던 일을 이루었네요. 이 노래는 사이공 테플람이군요. 나도 이 노래를 좋아하거든요."

"이 선생님이 꼭 하고 싶던 일을 했으니 이 로안도 보람을 느낍니다. 자, 기념하는 의미에서 저와 한잔하시지요."

"로안, 한 가지 부탁이 더 있는데 어떻게 해야 할지 모르겠네요?"

"선생님, 이제부터는 형제처럼 부담 없이 말씀하셔도 됩니다."

"염치가 없어 어떤 식으로 말을 꺼내야 할지……. 쓰, 쑤언을 한번 만날 수 없을까요?"

"그러지 않아도 첫날 선생님을 뵙고 나서 늦은 시각에 연락했지요. 내일 우리가 달랏으로 가기로 준비를 해두었습니다. 너무 어렵게 생각하지 마시고 편하게 만나시면 될 것 같습니다. 쑤언에게도 그리 전했고요."

"로안, 이 고마움을 어떻게 갚아야 할지요. 잘못이 많은 책임감 없는 이 못난 사람을 끝까지 믿어주니 정말 고맙습니다."

"선생님, 시대의 아픔을 누구의 잘못이라 탓할 수가 있겠어요. 전쟁을 일으킨 당사자들은 이 세상에 있지도 않고 가여운 피해자들은 이렇게 몸도 기억도 노쇠해져가고 있으니 어디에다가 맘껏

소리라도 지를 수가 있겠어요?"

두 사람은 날이 샐 무렵에야 쓰러져 잠이 들었다.

해발 1,000미터의 달랏 리엔쿠옹 공항은 생각보다 서늘했다. 끈적거리던 무더위는 어디에 숨었는지 다른 세상에 내린 착각을 불러일으킬 정도였다. 학민은 심호흡을 해보았다. 적당한 바람이 가슴속으로 들어왔다 나갔다. 하늘을 올려다보았다. 쑤언과 같은 하늘 아래에 서 있다고 생각하니 현기증이 일었다. 검색대를 지나 공항 대합실을 나오자 쑤언의 오래된 집사가 로안을 반갑게 맞았다.

"회장님, 어서 오세요."

집사는 로안의 캐리어 백을 넘겨받으려고 손을 뻗었다.

"오, 띠엡. 그동안 잘 있었나요. 난 괜찮아요. 이분 가방을 받아드려요. 참, 이분은 쑤언의 손님이야. 인사드려요."

"신 짜오."

"신 짜오."

학민이 합장으로 답을 했다. 공항 출구를 나와 차에 오르는데 뜻밖에 한국산 중고 소형버스였다.

― 종로학원

학원의 광고 문구와 전화번호가 선명하게 남아있었다.

"로안, 이 버스는?"

"이 선생님, 여기는 요즘 노래와 드라마는 기본이고 중고차도 한국산이 유행이랍니다. 본래 있던 로고나 광고를 멋으로 알아요. 재미있지요."

학민은 차창 밖의 풍경에 놀랐다. 프랑스가 탐을 내서 만든 시가지는 유럽풍이었다. 아열대답지 않게 시원한 날씨에 커피농장까지 만들어 천년 식민지의 꿈을 꾸었을 것이다.

쑤언의 커피농장에 도착했다. 철 대문을 열어주는 머리에 수건을 쓴 할머니가 눈에 익었다. 세월이 많이도 흘렀지만, 아담한 체구에 큰 눈은 변하지 않았다.

"오, 쿠에!"

"아아, 이 병장님!"

서로 손을 잡았다. 머릿수건은 금방 울음보가 터졌다. 정원은 쑤언의 퀴논 집과 너무 닮아 보였다. 단발한 소철나무 사이로 나타나는 붉은 기와의 집 모양도 흡사했다. 한 가지 달라 보이는 것은 남쪽 담을 병풍처럼 두른 대나무였다. 여전히 쑤언은 현관 앞에 모습을 보이지 않았다. 머릿수건이 앞질러 집 안으로 들어갔다.

잠시 후. 검은색의 아오자이를 입은 여인이 나타났다. 옷깃의 빨강 라인이 목선을 받쳐 주었고 빨간색 가죽신이 돋보였다. 오래전에 녹화되었다가 풀어놓은 장면 같았다. 학민은 계단을 오르다가 심한 무기력을 느꼈다. 왼쪽 다리가 휘청거렸다. 순간 로안이 팔을 붙들었다.

"오오, 쑤언!"

학민이 팔을 벌렸다. 쑤언은 손으로 얼굴을 감싸며 몸을 돌려 벽에 기대 울기 시작했다. 로안이 학민의 어깨를 두드리고 집 안으로 들어갔다. 학민은 쑤언의 등 뒤에까지 다가갔으나 손을 뻗을 수가 없었다. 죄의식이 몰려와 두려웠다. 너무 무서웠다.

"쑤언, 이제 와서 내가 변명한들 무슨 소용이 있겠어요. 거짓말 같겠지만 솔직히 말하면 몸은 여기에 없었지만, 마음속의 기억만은 떠난 적이 없었어요. 지나간 수십 년 동안 잠들지 않는 시간에 눈을 감으면 당신의 얼굴이 보였다오. 쑤언, 어디 좀 봐요. 제발 부탁이니 얼굴을 보여줘요. 쑤언, 부디 이 사수를 용서해주오."

한참 울먹이던 쑤언이 몸을 돌려 집 안으로 뛰어 들어갔다. 학민이 따라붙었다. 쑤언이 안방으로 들어가 문을 걸어 잠갔다. 학민이 손잡이를 돌려 보았지만 소용없었다.

"싸, 싸쑤님!"

학민은 등 뒤의 소리에 돌아섰다.

"아아, 마리!"

마리는 학민의 가슴으로 뛰어들었다. 학민이 애써 풀려 해도 쉽지 않았다.

"마리, 언니 방의 키를 찾아봐. 안 보이면 마스터키라도 가져와! 빨리!"

그때서야 마리가 팔을 풀고 싱크대 서랍에서 열쇠뭉치를 찾아왔다. 학민이 문을 따고 방으로 들어섰다. 모두 자리를 피했다.

쑤언은 침대에 엎드려 울고 있었다. 학민은 조용히 다가갔다. 침대에 걸터앉아 쑤언의 등에 손을 얹었다. 어깨를 잡고 천천히 몸을 돌렸다. 얼굴은 눈물로 젖어 있었다. 그 위에 학민의 눈물이 떨어졌다. 쑤언이 감고 있던 눈을 떴다. 눈가의 주름이 파르르 떨었다.

"쑤언, 쑤언, 쑤언."

"민, 민, 미인. 어째서 이제야……."

학민의 얼굴이 쑤언에게 포개졌다. 얼마나 지났을까. 문 두드리는 소리가 났다.

"찌 가이, 씬 머 끄어 호 또이!"

문 열라는 마리의 목소리였다. 쑤언은 학민을 살며시 밀어 올렸다. 학민이 쑤언의 손을 잡고 문을 열었다. 거의 동시에 폭죽이 터졌다.

"환 응에잉!"

환영한다는 합창도 같이 터졌다. 쑤언을 위한 라이따이한과 한국에서 살다 온 이혼녀들이었다. 학민은 얼른 보아도 로안의 게릴라 작전이 틀림없었다. 학민은 주위를 둘러보았다. 그사이에 거실 천정에는 조명탄 낙하산이 펴졌다. 오색실을 사방으로 걸어 풍선이 매달려 있었다. 가운데 벽에는 들어올 땐 못 보았던 전쟁 때 남베트남군 공군 대령의 사진이 걸려 있었다. 모자에는 여전히 황금색 휘장이 변하지 않았다.

"쑤언, 아버님 사진이네요. 용케도 잘 간직해 왔군요."

"사수님, 이 사진은 감추었다가 특별한 날만 걸어 본답니다."

"쑤언, 아직도 내가 사수인가요?"

"민, 당신은 내 가슴에 남은 영원한 씨쑤님인걸요."

여러 식탁에는 후에의 왕실 요리가 주 메뉴였다. 쑤언은 학민의 어머니가 그랬듯이 국수를 손수 삶았다. 학민과 쑤언의 테이블에는 쌀국수가 5인분 정도 올랐다. 와인과 꼬냑이 나왔다.

"쑤언, 이 커피는 맛이 아주 독특하네요."

"민, 우리 농장의 특산품인 다람쥐 커피랍니다."

"다람쥐라니요. 아라비카가 아니고요?"

"호호. 아직 모르는군요. 다람쥐가 커피체리를 따먹고 나온 배설물에서 건진 커피지요. 이따 밭에 나가보면 다람쥐를 키우는 막사를 볼 거예요."

그날 밤이었다. 환영객들도 모두 돌아갔다. 로안도 달랏 대성당에 신부를 만나러 나갔다. 쑤언은 술이 오르자, 마리와 어깨동무를 하고 노래를 불렀다. <사이공 테플람>이었다. 밤이 늦었다. 학민은 술에 취해 방이 정해지길 기다렸다.

"디 응우, 디 응우."

마리와 머릿수건이 졸고 있는 학민을 부축해 방으로 옮겼다. 잠옷으로 갈아입히고 나갔다. 이어 쑤언이 물이 든 보온병과 컵을 침대 옆 탁자에 두고 돌아섰다. 학민이 손을 뻗어 쑤언의 손을 잡았다.

"쑤언, 가지 마. 쑤언, 가지 마."

두 사람은 밤이 깊어 갈수록 눈물이 더해갔다. 눈이 퉁퉁 부어 올랐다. 서로 눈물을 닦아 주었다. 밤이 깊을수록 잡은 손에 힘이 더해갔다. 잠 못 이룬 다람쥐가 새처럼 울었다.

꾹, 꾸억.

쑤언은 여느 아침처럼 일찍 깨어났다. 커피 향에 학민도 잠자리에서 일어났다. 커피를 타고 있는 쑤언의 가는 허리를 감싸 안았다. 목덜미에 입을 맞추었다. 은은한 향이 흘렀다.

"쑤언, 이렇게 깊은 맛이 다람쥐 커피군요. 역시 최고네요."

"민, 쑤언의 커피를 브랜드 삼아 호치민과 후에의 도심에 매장을 낼까 해요. 고엽제 구호와 여러 지원 사업에 비용도 보태고요."

"쑤언의 취지는 참 좋아요. 그런데 나이도 있고 너무 힘들지 않을까요?"

"민, 걱정 말아요. 이래 보여도 쑤언은 아직 청춘이랍니다. 서울에도 분점을 낼까 하는데요. 어때요, 내 사업구상이 말예요. 민은 작가니까 브랜드 이름이나 지어 봐요."

"금방 떠올랐는데 쑤언 이름을 따서 <쑤언스프링커피하우스>가 어때요?"

"쑤언스프링커피하우스? 봄, 봄에 커피 마시는 집이라 좋은데요. 좋아요. 그걸로 정할게요."

"그럼, 서울에는 쑤언스프링K-하우스가 좋겠군요."

"당신은 천재예요. 그런데 요즘 어떤 곳은 커피나무를 뽑아내고 두리안을 심는다고 난리랍니다. 중국의 인해전술이죠."

"중국이 북쪽 국경에 쳐들어왔나요?"

"아니요. 중국인들이 두리안을 싹쓸이해 가거든요. 커피나무보다 수익이 몇 배나 되니 너도나도 두리안에 빠지고 말았답니다."

"쑤언, 이럴수록 커피의 고급화로 가야 할 것 같아요. 믹스커피도 좀 더 나은 원두를 사용하여 품질을 높이는 방법도 있고요. 특히 한국은 커피 애호가들의 취향이 까다로워요."

"알았어요. 민에게 한 가지 더 제안이 있어요."

"쑤언, 무엇이든 이야기해요. 내가 할 수 있는 일은 다 할게요."

"민이 한국 신문사에 소설로 우리 이야기를 쓴 적이 있지요. 그걸 영문과 베트남어로 번역하여 책으로 내고 싶어서요."

"쑤언, 그런데 베트남당국에서 허가할까요? 이데올로기 부분도 있고요."

"그건 걱정 마세요. 여기도 도이모이정책 이후로 많이 달라졌어요. 민과 오빠와 쑤언과 아이를 위해서 우리들의 이야기를 세상에 알리고 싶어요. 베트남과 한국 두 나라의 보이지 않는 묵은 감정도 푸는 계기가 되지 않을까 싶어요."

"알았어요. 쑤언의 판단력은 녹슬지 않았군요."

"민, 고마워요."

쑤언은 손을 내밀어 악수를 청했다.

"쑤언, 그 탄피를 녹여 만든 반지를 아직 지니고 있네요. 나도 챙겨서 왔어요. 내 커플 반지는 별로 쓰지를 않아서 새것이랍니다. 미안해요."

"민은 나와 사정이 달랐잖아요. 너무 힘들어하지 말아요. 이제 아셨죠?"

"참, 저 대나무는 나를 위해 심었군요."

"나무 중에 소나무와 대나무를 좋아한다고 그랬잖아요."

"쑤언 물어볼 게 있어요."

"민, 잠깐만요. 내가 맞춰 볼게요. 우리 아들 얘기죠?"

쑤언의 얼굴이 빨개졌다.

"그래요. 로안이 말해준 그 아이요."

학민의 눈이 빛났다.

"민은 지금 IT와 반도체 사업 일로 미국에 출장 중이랍니다. 한국의 산업화 과정을 벤치마킹해 제조업에 접목하려는 포부를 가지고 있답니다."

"민이라니요. 그 아이 이름인가요?"

"네, 그래요. 레 녹 민이랍니다."

"성은 엄마를 따르고 이름은 발음이지만 내 이름을 땄군요."

날이 바뀌었지만, 잔치 분위기는 이어져 갔다. 쑤언은 학민과 넓은 커피나무 농장을 한 바퀴 돌았다. 지붕 없는 랜드로버로 한참을 오르내렸다. 바람 따라 쑤언의 긴 머리카락이 날렸다. 옛 모습 그대로였다.

학민은 잔잔하게 그녀의 옆모습을 바라보았다.

맹그로브 숲

저녁 식사가 준비될 무렵에 로안이 돌아왔다. 누이동생을 위한 배려로 자리를 피해준 것이라고 학민은 느꼈다. 로안은 예전보다 3자가 하나 늘어난 333맥주를 꺼내왔다. 그는 들떠 있었다. 쑤언이 먼저 와서 통역을 맡았다.

"다들 모여요. 우리 소중한 시간을 보내요. 아픈 인연이라도 인연이 없는 것보다는 있는 것이 낫다는 말도 있답니다. 베트남과 한국의 관계가 그런 거지요. 이제 좋은 마음만 가져요."

쑤언도 말했다.

"치화형무소에서 나도 그렇지만 학민의 나라 외교관을 심문한 비밀공작원이 한국 외교관으로 가는 세상이 왔으니 이제 다 풀어야 하지 않겠어요."

로안이 갑자기 생각이 난 듯 한마디 했다.

"치화형무소 말이 나왔으니 생각나는데 한국 외교관을 전향시키려고 왔던 북조선 대표가 있었어요. 훗날 회담장에 나와서 서울을 불바다로 만들겠다는 소리를 듣고 놀란 적이 있지요."

로안이 덧붙였다.

"자 여러분, 북한은 북한이고, 베트남이 점점 좋아지니 학민도 너무 기뻐요. 우리나라에서는 소나무가 무성하니 잣나무가 좋아

한다는 말이 있습니다. 건배!"

모두 술잔을 높이 들었다.

"그리고 다행스런 일이 있어요. 늦게나마 미국이 고엽제 피해 지역에 정화 사업을 벌이고 있으니 말입니다."

쑤언이 급변하는 국제정세를 전하자, 모두가 놀라는 눈치를 보였다.

학민이 말을 꺼냈다.

"이번에 한국 정부에서 주관하는 베트남과 <맹그로브 숲 프로젝트>에 협조해 달라는 요청을 받았지요. 고심 끝에 동참하기로 마음먹었습니다. 베트남전쟁 중에 바닷가 맹그로브 숲이 고엽제로 많이 없어졌지요. 전쟁 후에도 지역 주민들이 맹그로브를 마구 베어 사용하였지요. 요즘은 새우 같은 어류 양식장이 들어서면서 숲이 망가졌답니다. 또한 산업개발로 숲이 점점 사라지고 있습니다. 연합군의 일원이었던 우리나라도 베트남의 맹그로브 숲 복원에 적극적으로 나서게 되었답니다."

모든 시선이 학민에게 쏠렸다.

"그러면 이제 민이 베트남에 있게 되는 건가요!"

쑤언의 들뜬 목소리가 단숨에 올라갔다.

"그래요, 베트남에 한동안 있을 거예요. 한국군 주둔지였던 나트랑에서 퀴논은 물론 다낭까지 맹그로브를 심어나갈 것입니다. 한국은 베트남처럼 동족 간에 전쟁을 치렀지요. 그때 산림이 초토화되었답니다. 전쟁 후에 50년이나 산림녹화에 정성을 다해

120억 그루의 나무를 심어 매년 4천만 톤의 온실가스를 흡수합니다. 이렇게 성공한 노하우를 그대로 옮겨와 베트남에 나무를 심을 생각입니다."

로안이 바짝 다가앉았다.

"이 선생님, 한국 정부가 발 벗고 나선다는 건가요?"

"로안, 우리나라에는 산림청이라는 정부 조직이 있어요. 나무를 심고 가꾸는 일을 하죠. 내가 베트남전쟁에서 돌아와 한동안 홍보실에 몸담고 있었답니다. 이제 세계 각국은 지구와 지구인을 위하여 기후변화와 생태계 보전에 적극적으로 나서야 할 때가 된 것입니다."

"우리는 지금껏 바닷가 맹그로브를 거추장스런 나무로만 알고 있었는데 그게 아니군요."

"로안, 맹그로브는 열대나 아열대지방 해안가 갯벌에 뿌리를 내려 지반을 튼튼하게 해주어 천연방파제 역할을 톡톡히 합니다. 지진해일에 일어나는 쓰나미를 막아줍니다. 맹그로브 밑에서는 게나 새우와 조개 등이 살아가며 생물의 다양성 보전에도 도움을 줍니다. 또한 탄소를 빠르게 흡수하여 오래 저장한다는 연구 결과도 나왔어요. 그럼으로 기후변화 대응을 위한 탄소 흡수원으로서 요긴한 나무라 평가받고 있습니다."

"우리 싸수님은 이제 나이도 있으니 너무 힘들게는 하지 말아요. 코치만 하고 조수들에게 맡기면 안 돼요?"

"하하하. 쑤언, 고마워요. 언제나 내 편을 들어 주어서."

"쑤언은 절박한 전쟁 때도 나보다 이 선생님 편이었는데 뭘요."

"오빠는 대관절 누구 편이야?"

모두가 박수를 치면서 웃었다.

"이 선생님, 맹그로브 사업은 언제부터 하나요?"

"로안, 베트남에 진출한 한국기업이 기부하여 짜빈성 메콩강 삼각주 지역에 맹그로브 나무를 심기 시작했어요. 로안도 알다시피 맹그로브는 민물과 바닷물이 만나는 습지에서 잘 자라지요. 이번 프로젝트는 생태계복원은 물론 지역사회에 경제적으로도 도움을 줄 수 있다는 전망입니다. 일단 맹그로브 숲이 이루어지면 일대에 병충해 예방과 산소와 영양소를 공급해 줄 것입니다. 맹그로브 숲에 이어져 어류 양식장을 만들면 농약이나 항생제가 없어도 무난하리라 봅니다. 당장에 지역 어민들의 새우 양식을 두고 계산하더라도 생산성이 높아질 것이지요."

"민, 일석이조네요. 내 말이 맞죠?"

"맞아요. 한국 속담에 도랑 치고 가재 잡는다는 말이 있지요."

"이 선생님은 참으로 훌륭합니다."

"로안, 아닙니다. 비행기 태우지 말아요."

"생각이 올바른 데다 마음까지 따뜻하죠. 남바 완!"

하나같이 두 손을 들어 엄지를 치켜세웠다. 쑤언과 학민의 눈길이 부딪쳐 별처럼 반짝거렸다.

"나 혼자서 너무 떠들었네요. 얼마 전 한국에서 <탄소중립 실현을 위한 블루카본 확대 심포지엄>이 개최되었지요. 국제임업

연구센터와 베트남 농림부 산림사업단도 참석하였습니다. 이 심포지엄은 한국의 미래 50년을 그린카본 산림을 넘어 맹그로브와 해안 습지 등 바다의 숲과 블루카본에 주목해 관련 주제로 정책 방향과 연구 사례를 공유하고 협력하기 위해서였습니다. 연구원 중에는 '연구 결과로 한국의 제주도에서도 황근 같은 <세미맹그로브> 수종이 있어 탄소흡수 능력이 뛰어났습니다. 한국 제주도와 남해지역의 <세미맹그로브>의 보존 및 보급 기반을 닦기 위해 지속적으로 개체군 모니터링과 증식은 물론 기술개발 연구를 추진할 계획이다'라고 했습니다."

다음날 쑤언 일행은 퀴논을 거쳐 안케 고개를 찾았다. 푸르고 무성한 정글이 초토화되었던 예전과는 크게 달랐다. 산허리로 난 구불구불한 도로에는 간간이 화물차가 숨이 차서 지나갔다. 바람을 따라서 학민과 로안은 깊고 깊은 상념의 골짜기로 내려갔다.

"이 선생님, 저기 보세요. 638고지가 보이네요. 내 동지들이 죽어가며 지키던 고지가요."

"로안, 내 전우들이 죽은 곳이기도 하고요. 그들이 있어 오늘 우리가 여기 격전장에 돌아왔네요. 참 그러고 보면 인간은 삶과 죽음 중 헛된 것은 없다는 생각이 드는군요."

"테 쭈엔 지 싸이 자 피엡 테오?"

로안이 학민에게 전장에서 무슨 일이 벌어졌는지 물었다.

"그 마지막 전투에서 로안도 나와 박경석과 같은 전장에서 총을 겨누고 있었을 것입니다."

"참, 사수님, 박 병장님은 어찌 되었나요?"

쑤언이 끼어들었다.

"아, 박 병장 그 친구 말이군요."

학민은 잡았던 쑤언의 손에 힘을 더하면서 천천히 입을 열었다. 등 뒤에서 한 줌 바람이 지나자, 나뭇가지 끝자락의 잎들이 흔들렸다.

붉은 소낙비

창작수첩에 적힌 전장에 스콜이 내렸다. 점심때가 지나자마자 하늘이 갑자기 어두워졌다. 뜨거운 햇살이 검은 뭉게구름에 가려지는가 싶더니 번개가 치고 이어서 천둥이 울렸다. 세상은 온통 또 다른 전운에 휩싸였다.

쿵 꾸웅 꾸르르 쿵.

마치 155밀리 곡사포 소리를 가까이서 듣는 것처럼, 요란스러웠다. 용트림이 끝나자, 소낙비가 쏟아졌다. 동남아 특유의 소낙비는 세상을 쓸어버리기라도 할 듯 세찼다. 점점 거칠어졌다. 전장의 병사들은 망고샤워라 불렀다. 참호 밖에는 커다란 기포가 풍선처럼 둥실 생겨났다. 황토물을 따라 노점을 하는 마마상들처럼 이리저리 떠돌아다녔다. 비릿한 물비린내가 퍼지자, 기진하여 처져 있던 야자나무 잎들이 다시 살아나 너풀거리기 시작했다.

병사들도 꿈적거리고 있었다. 온몸에 비누칠하고 뛰어나가고 싶은 충동이 일었다. 작전이 시작되고 매복을 한 지 6일째였으니 그럴 만도 했다. 그때였다. 정말 벌거숭이가 나타났다. 머리에 비누가 하얗게 묻어 있었다. 이학민 병장의 바로 앞 참호였으니 전초분대였다.

"야, 이 새끼! 뭐하는 짓이야! 안 내려왓! 죽고 싶냐?"

선임하사의 고함소리가 터지자, 뒤를 돌아보는 얼굴에는 빗물에 비누칠이 지워지고 있었다. 화기분대 윤 병장이었다. 비누 거품은 가슴을 타고 내려 배꼽을 지나 거웃에서 사라졌다. 그는 총질보다는 코미디에 재주가 많았다. 병사들은 환호를 질렀다.

"야야, 윤 병장 끝내준다. 끝내 줘."

그때였다.

따꿍!

AK 소총 소리와 동시에 단말마의 비명이 터졌다. 윤 병장 손에서 하얀 돌멩이가 떨어졌다. 비누였다. 윤 병장의 몸에서 붉은 빗물이 솟는가 싶더니 앞으로 꼬꾸라졌다.

타타타타!

참호마다 M-16 소총에서 불을 뿜었다. 비 맞은 총구에서 김이 피어올랐다. 얼굴에 뜨거운 빗물이 튀어 따끔거렸다. 적진은 반응이 없었다. 저격수는 어느새 사정거리 벗어나 고목 나무 아래에서 한숨 돌리며 비에 젖은 담배를 빨고 있을 것이다. 상황은 끝나고 한순간에 병사 하나를 잃고 말았다. 스콜이 거짓말처럼 그쳤다. 언제 그렇게 세찬 억수가 쏟아졌냐고 비웃는 햇살 사이로 적십자를 방패로 삼은 헬리콥터가 독수리 마냥 참호 위를 선회하고 있었다. 후송되는 윤 병장의 맨발바닥은 하얗게도 푸르게도 보였다. 헬기가 날개를 퍼덕이며 비상했다. 전우들은 철모를 벗어 옆구리에 차고 거수경례로 작별을 고했다.

중대원들은 참호 밖으로 나와 엄폐물을 찾았다. 적의 눈길을 피하기 위해서였다. 젖은 몸을 말리면서 모두 망연자실했다. 그런 중에도 시간은 멈추지 않고 흘렀다. 중대장은 노출된 거점을 미련 없이 버렸다. 적의 보급로를 따라 매복지점을 옮길 수밖에 없었다.

"아니 씨발, 귀국 신고 딱 일주일 남기고 참호를 다시 파게 하다니 콩놈의 새끼들."

1분대장 박동수 하사가 투덜거렸다.

"자자, 어둡기 전에 위장을 철저히 해라. 마지막 밤이니 조심하도록! 알겠나."

소대장이 재촉을 했다. 얼굴에 번뜩이는 개기름을 감추려고 까만 구두약 같은 위장크림을 발랐다. 병사들은 '말표구두약'이라 불렀다. 목과 손등에도 문질렀다. 종이를 태워서 나온 재로 크림을 대신하기도 했다. 열심히 위장술을 끝냈다. 전우와 마주 보면 이빨만 하얗게 보였다.

"히히, 이 깜상을 보게."

잠시나마 낮에 있었던 윤 병장 일은 잊었다. 매복에 들어가면 비상시가 아니면 말문을 닫아야 했다. 교대로 밤을 맞았다. 전장에 목덜미를 지나는 싸늘한 긴장과 가슴을 짓누르는 공포만이 감도는 것은 아니었다. 낮에 내린 스콜 때문인지 밤하늘엔 별들이 더욱 푸르게 총총했다.

수상한 기척이 맨 앞줄인 2분대 전초 참호에서 감지되었다. 참호에서 분대장으로 소대장에게 전화선으로 연결된 인계철선을 당기고 속삭이듯 상황을 보고했다.

"뭐냐?"

"적들이 접근함다."

"확실해?"

"12시 방향."

"사격 개시잇!"

총구에서 일제히 불을 뿜었다. 전초분대의 선제사격에 이어 100정이 넘는 소총에서 탄피가 쏟아졌다.

타타타 ……

불협화음으로 시작한 총소리는 호흡을 맞추어 갔다.

꾀애 꽥! 꾀애 꽥!

갑자기 터진 괴성에 5발 사이에 하나씩 끼워져 있던 예광탄이 불을 밝히며 날았다. 축제의 피날레에 장식하는 레이저빔처럼 중대원들의 타깃은 제각각이었다. 아니다. 제멋대로였다.

타탕! 타탕!

하늘을 잡는 총소리였다. 분명 신참일 게다. 오금이 저려 머리를 처박고 총구가 들린 채로 쏘아대는 것이 맞을 것이다. 학민은 입 안에 고였던 침을 삼켰다.

"언놈이야! 대공사격하는 놈이."

선임하사가 예광탄의 꼬리를 잡은 것이었다. 총소리가 멈추었다. 이어 툭툭 소리가 나는가 싶더니 무엇인가 떨어졌다.

"수류탄! 엎드려엇!"

절박한 외침이 터졌다. 학민은 철모를 고쳐 쓰며 납작 엎드렸다. 납덩이 같은 무거운 정적이 흘렀다. 어디선가 놀란 원숭이의 울음이 들리다 그쳤다.

"불발탄인가?"

참호마다 고개를 반쯤 내민 채로 동태를 살피는 모습이 뿌옇게 비쳤다. 마치 굴에서 머리만 내민 미어캣 같은 모습이었다.

"씨발 거! 야자야, 야자열매! 웃기고 자빠졌네."

전초분대장이 참호에서 신음하듯 내뱉는 소리가 들렸다.

"야, 대갈통 내렷! 죽고 싶엇!"

소대장이 뒤에서 나직하게 주의를 주었다.

"사격 중지. 상황 끝!"

중대장의 명령이 복창으로 전초분대까지 전해졌다. 순찰조가 새벽을 더듬기 시작했다. 1, 2소대의 2개 분대는 적의 퇴로를 차단하기 위해 양쪽 측면으로 나가 일직선으로 정글을 뚫고 나갔다. 3소대는 전면 가운데서 수색에 들어갔다. 예상되는 적의 후방에 1, 2소대 순찰조가 엄폐물을 찾아 사주경계에 들어갔다는 무전이 중대장에게 보고되던 시각이었다. 참호 주위가 정글화의 끈이 보일 정도로 밝아왔다.

"아니, 이거 돼지 새끼들 아냐."

3소대장은 긴장이 풀려 맥없이 중얼거렸다. 멧돼지 몇 마리가 집중사격을 받아 형체를 알아보기조차 힘들었다. 까만 털이 몇 올 보이지 않을 정도였다.

D데이로부터 7일간의 작전이 끝났다. 작전으로 얻은 성과가 하나 있었다. 적을 하나 생포한 것이었다. 마구 갈긴 신병의 총알에 떨어진 야자열매를 아군이 던진 수류탄으로 오인한 적이 튀어나온 것이었다. 적은 얼떨결에 AK-47 소총을 버리고 두 손을 번쩍 들었다. 중대장은 굴러온 전과에 고무되었다. 특히 포로의 까만 파자마 안주머니에서 나온 지도에 한껏 들떴다. 지도의 여러 군데에 그려진 빨간 표시는 들여다보는 모두를 흥분시키고도 남았다.

"놈들의 아지트나 침투 루트를 알게 될지도 몰라."

중대장은 소대장들에게 의기양양했다. 무공훈장이 눈앞에 가까이 왔다고 계산하고 있었다. 비육사 출신인 중대장으로서는 육사를 나온 3소대장에게 과시하고 싶었는지도 모른다.

해가 수평선에서 몇 발은 솟았는지 환하게 밝았다. 학민은 참호 둔덕에서 뻣뻣한 몸뚱이를 일으켰다. 밤새 엎드려 거총 자세를 하고 있은 탓에 흙바닥에는 몸에 눌린 자국이 그대로 드러났다. 자신의 몸을 다시 찍어내는 형틀인 거푸집이 생겨난 것이었다. 아직도 모기들이 윙윙거려 손뼉을 쳐서 잡는 소리가 여기저기서 들렸다. 멀리서 독수리 날갯짓 소리가 들렸다. 기다렸다는 듯 헬기가 퍼덕거리며 편대를 지어 내려다보고 있었다. 전장의 병사들을 군수품처럼 실어 가기 위해서였다. 중대본부 요원까지 17개 팀으로 나누어 4대의 헬기가 번갈아 날랐다. 전초소대였던 화기소대가 첫 번째 4대의 헬기에 올랐다. 평소에 의협심이 강한 3소대장은 마지막 철수를 자원하고 나섰다. 중대장은 두 번째로 날아온 선두 헬기에 올라탔다. 그는 바로 대대장에게 보고했다.

"여기는 070, 060 나와라. 오버."

"여기는 060, 귀소는 송신하라. 오버."

"독수리들은 사냥을 마치고 둥지로 간다. 병아리 한 마리를 낚았다. 이상."

"070장은 수고 많았다. 이상."

학민은 헬기에 올라 깜박 졸았다가 요란한 로큰롤 음악에 놀라 깼다. 엘비스 프레슬리의 <하운드 독>이었다. 미군 조종사가 한껏 기분을 냈다.

"유 앤 나띵 버라 하운드 독 크라잉 올더타임 웰, 유 에인 네버……."

껌을 질겅대며 엘비스 프레슬리를 따라 몸을 흔들던 선글라스

의 미군이 놀란 학민을 보고 히죽 웃었다. 그리고 출입구에 매달
린 M-60 기관총을 잡더니 아래를 겨냥하고 볶아댔다. 무차별
사격에 놀란 물소 떼와 농부들이 달아나기 바빴다. 물소 한 마리
가 논둑에서 맥없이 쓰러졌다.

"갓뎀! 갓뎀!"

미군의 껌 씹는 속도가 빨라지며 입이 돌아가기 시작했다. 살
상의 전율을 느끼는 표정이었다. 학민은 모두가 그 중독에 빠져
들고 있는 것이 아닌가 하는 순간 샤워를 하고 싶은 생각이 들었
다. 3소대가 마지막으로 헬기장에 도착했을 때는 중대본부 인사
계인 선우 상사와 서무계 마 병장이 마중 나와 있었다. 중대 기
지의 외곽초소 근무자들이 손을 흔들어 보였다. 학민은 군장을
힘겹게 메고 숙소인 분대 벙커를 향했다. 연병장을 가로지르는데
팔각정 기둥에 포로가 묶여 있었다. 소대원들이 한마디씩 던졌다.

"헤이, 땅콩! 기분이 어때?"

"야! 땅콩이나 베트콩이나 저 새끼가 우리 윤 병장 죽인 거 아
냐?"

깡마른 포로는 지쳤는지 눈을 감고 널브러져 있었다. 헌 타이
어 조각으로 만든 샌들은 어디 가고 맨발이었다. 발가락 사이가
벌어져 마치 타조의 발 같아 보였다. 열대기후에 맞게 진화된 모
양이었다. 발등은 까맣지만, 발바닥은 햇볕이 조금은 가려서인지
검붉은 색깔이 났다. 학민은 파병 때부터 이곳 사람들의 발가락
만 보면 웃음이 났다. 포로의 발끝이 하늘을 보고 있어 발가락은

더욱 인상적이라 그냥 웃고 말았다. 아직도 현지에서 진화하지 못한 연합군의 발가락들은 피부병에 시달리고 있었다. 그것은 늪지대와 울창한 정글을 터득하는 것에서도 마찬가지여서 연합군은 적응하지 못하고 수렁에 빠지고 숲속을 헤맸다.

그날 오후였다. 중대본부 벙커는 소란스러웠다. 중대장은 민사병을 통해 포로를 취조했다.

"뜨 투! 뜨 투!"

자백하라고 윽박질렀다. 중대장의 말을 빌려서 다시 민사병이 지도를 흔들어 대며 닦달을 해보았지만, 포로는 무너지지 않았다. 야자열매 떨어지는 소리에도 놀라 손을 들고 나온 그의 어디에 그런 용기가 숨어있는지 모를 일이었다. 중대장은 바로 정보를 캐내려 했지만 쉽지 않았다. 포로는 보기 드물게 뿔테 안경을 쓰고 있었다. 앙다문 입술은 결연한 의지를 보여주었다. 취조에 실패하자 벙커 안에는 땀 냄새가 더욱 진동했다.

포로는 다시 개처럼 끌려 팔각정으로 나왔다. 포승줄로 손을 뒤로 묶고 서너 발 정도의 줄로 늘어뜨려 놓았다. 중대장은 평소 곱게 보지 않던 3소대장에게 포로의 경계 임무를 맡겼다.

"한 중위, 육사 졸업할 때 몇 등 했어?"

괜한 트집을 잡곤 하는 것이 소대원들 눈에도 보일 정도였다. 중대장은 급해졌다. 중대에서 포로를 잡아둘 시간이 별로 없기 때문이었다. 상급 부대로 압송하기 전에 굵직한 정보라도 얻었으면 하는 바람이었다. 그는 무공훈장도 그렇지만 보병중대를 떠나

사령부나 사단의 정보계통으로 가고 싶은 야망을 키우고 있었다. 포로를 팔각정에 묶은 채로 심문하기에 이르렀다.

"소속이 어디야! 베트콩이야? 월맹군이야?"

"지도의 빨간 표시는 뭐냐!"

"이 새끼 대답 안 해! 본부가 어디야!"

목이 길어 기린이란 별명을 가진 민사병 유경철 병장은 소리를 지르다 목이 쉴 지경이었다. 포로의 입은 열리지 않았다.

"중대장님, 이놈 이거 쉽지 않겠는데요."

"야, 기린! 시간이 없어. 어떻게 좀 해봐!"

소기의 성과를 거두지 못한 중대장은 화가 났다. 태권도 유단자인 그는 옆차기로 포로를 걷어찼다. 교육계 김광석 상병이 포로를 일으켜 앉혔다. 옆에 있던 누군가 개머리판으로 포로의 어깻죽지를 내리쳤다. 포로는 썩은 나무처럼 힘없이 무너졌다.

"이 새끼! 윤 병장의 복수다."

언제 왔는지 화기소대 3분대장인 구 하사였다. 포로는 정신을 놓았는지 움직이지 않았다. 조급해진 민사병이 포로 턱밑에 사상을 바꾸겠다는 전향서를 내밀었다. 몇 번의 강요에 겨우 눈을 떴다. 눈빛은 여전히 흐트러지지 않았다. 피 묻은 입술에서 실낱같은 소리가 나왔다.

"뜨 조, 뜨으 조……."

"뭐라고, 자유 좋아하네. 자유를 찾으려면 여기에다 서명을 하라구!"

하늘이 수상해졌다. 대포 소리 같은 천둥이 몇 번 치더니 스콜이 쏟아졌다. 연병장에는 커다란 풍선들이 생겨났다. 물풍선들은 흙탕물을 따라 조각배처럼 떠돌아다녔다. 물 냄새를 맡은 종려나무 잎이 생기를 되찾으면서 포로도 꿈틀거렸다. 그는 버둥거리며 기어서 팔각정 처마에서 떨어지는 빗물을 따라갔다. 빗물을 만나자마자 입을 벌렸다.

"야! 보초! 그 새끼, 빗물도 못 처먹게 해!"

중대장은 대나무를 쪼개는 소리로 고함을 질러댔다. 보초는 자신이 걸치고 있던 판초 우의로 포로를 덮어씌워 버렸다. 후드득 빗소리가 났다. 빗줄기 사이로 뛰어온 중대장은 보초 둘을 노려보다가 포로를 걷어찼다. 중대장은 보초병 말고는 포로 근방에 얼씬도 못 하게 명령을 내렸다.

"아인뗀지! 아인뗀지!"

민사병이 이름을 대라고 고함을 질러 댔지만, 포로는 겁먹지 않았다. 급기야 중대장은 권총을 빼 들고 노리쇠를 잡았다 놓으며 포로의 머리통을 겨누었다. 먹혀들지 않았다. 교육계에게 눈짓하여 포로의 오른손을 샌드백 위에 올려놓게 하고 대검을 들었다. 민사병이 대신 입을 열었다.

"이 새끼! 총질도 못 하게 손가락을 잘라!"

해 질 무렵이 되어서야 이름을 알아냈다.

"또이 뗀 라 로안."

"이 새끼! 성과 미들네임까지 똑바로 대!"

"레 흐우 로안."

"자식, 로안이면 불사조라고! 웃기고 자빠졌네."

한나절 만에 가까스로 알아낸 포로의 이름은 로안이었다.

학민과 박경석 병장은 저녁에 보초를 섰다. 둘은 잔뜩 긴장했다. 꽁꽁 묶여 있기는 했지만 적이 바로 옆에 있다는 것은 결코 유쾌한 일이 아니었다. 거기에다 중대장으로부터 언제 불똥이 튈지 알 수가 없기 때문이었다.

"어이, 브이 씨 친구. 눈 좀 떠봐."

박경석이 포로를 툭툭 건드렸다.

"야, 자게 그냥 둬."

학민이 심드렁하게 말렸다. 포로가 눈을 떴다. 어두워지고는 있었지만, 학민은 그의 눈을 보았다. 흐트러지지 않는 눈빛은 이념의 외피가 얼마나 견고한지 실감나게 하는 순간이었다.

'어, 이것 봐라. 눈초리가 낯설지를 않네. 얼굴의 윤곽도 그렇고, 하기야 양키들이 비슷하고 이 깜상들도 비슷하니 대관절 알 수가 없네. 혹시 연대 1종계 시절에 공팔 칠 때 암시장에서 보았나?'

포로도 학민을 뚫어져라 올려다보았다. 적의는 보이지 않았다. 박경석이 수통 마개를 열고 물을 마시자, 포로는 일어나 앉았다.

"이 병장, 얘 물 좀 줘도 되겠나?"

"안 돼. 쫌만 기다려 봐. 낮에 중대장 하는 거 못 봤어?"

"맞아. 안 되겠네. 굶겨 죽일 판인가? 쓰발."

"이건 명백하게 제네바협정을 위반하는 것이야. 안 그래?"

어두워지고 주위가 조용해지자, 학민은 수통을 꺼내 들었다.

"야, 박 병장. 잘 살펴라."

"아니, 어쩌려고?"

학민에게 눈길을 떼지 않던 포로도 고쳐 앉았다. 학민은 포로와 마주 보려고 쭈그려 앉았다. 그는 스스로 물을 한 모금 마셔 안심시킨 뒤에 포로의 입에 수통을 갖다 댔다.

꿀꺽, 꿀꺽.

학민은 물이 목구멍을 넘어가면서 내는 소리가 이렇게 크게 들린 적이 없다고 생각했다. 그는 긴장한 탓에 입 안에는 침이 마르고 손이 마구 떨렸다. 주황색 반쪽 달이 구름 사이를 숨었다 나왔다.

밀국수

앞서 이학민 상병은 마음이 다급해졌다. 강원도 화천의 전방 부대에서 복무기간을 절반이나 넘기고 있었기 때문이었다. 한편 베트남전쟁은 막바지로 치닫고 있었다. 그는 입대할 때부터 전쟁터를 염두에 두고 있었다. 아버지가 하던 원동기 사업이 실패하는 바람에 대학 2학년을 끝으로 학업을 중단했었다. 아버지 회사의 회계책임자가 돈을 들고 줄행랑을 친 것이었다. 집안 사정이 꼴이 아니었다. 제대하면 학비가 절실했다.

아무도 몰래 베트남전쟁에 지원했다. 결과적으로 부모님께 불효를 저지르고 만 것이었다. 사단 의무중대에서 신체검사를 받았다.

"야, 시력이 문제야. 불합격!"

중위 계급장의 군의관은 사무적인 말투로 판정을 내리고 빨간 스탬프에서 고무인을 들었다.

"군의관님! 안 됩니다."

학민은 팬티 바람으로 군의관의 손을 꽉 잡았다.

"얌마, 왜 이래?"

"봐주세요. 전 꼭 가야 합다. 공부를 해야 됩니다."

"얌마, 이 눈깔로 전쟁터는 안 돼! 죽고 싶어 환장했냐!"

"가면 죽을 수도 있지만 못 가면 더 빨리 죽습니다. 보내주십쇼"

"그렇게 절실한가?"

"죽으면 효도를, 살면 공부를 하고 싶습니다. 제발 눈감아 주십시오!"

그해 1월은 몹시도 추웠다. 화천의 오음리 파월교육대는 눈이 자주 내렸다. 무릎이 눈 속에 묻히는 것은 흔한 일상이었다. 세상이 온통 흰색으로 덧칠해 쉽사리 다른 색깔을 낼 것 같아 보이질 않았다.

사격장에서 사선에 엎드리면 뱃가죽으로 시린 냉기가 차올랐

다. 소총 아가리에 실탄을 장전하면 가늠자 너머로 어머니의 얼굴이 보이기도 했다. 미군에 맞춰 만들었던 M-1 소총 대신 가벼운 M-16 소총은 그나마 위안이었다.

대한민국 남자들은 자신의 이름을 남기길 좋아하는 모양이었다. 훈련장 곳곳의 반반한 자리에는 어김없이 흔적을 남겼다. 연예인의 이름도 몇몇 보였다.

부모님 전 상서.
조국이여 영원하라!
그대여 사랑한다.

영아, 니 내 사랑하제.

기다려라 베트남.

사이공, 사이공.

아이러브 꽁까이.

쳐부수자 공산당.

굿바이 베트콩.

조지 워싱턴, 고마워.

모두들 잘 있어라.

전우를 두고서는 결단코 고국 땅을 밟지 않으리라.

학민도 대검으로 벽을 쓱쓱 그었다.

　－ 반의 확률로 죽게 되면 효도를, 남은 확률로 살게 되면 공부를. 그리고 국수를 위하여.

　야간 각개전투 훈련이 있던 날이었다. 저녁 식사를 1시간 당겨서 먹고 탄띠에다 수통과 대검을 찬 단독군장으로 연병장에 집합했다. 신문지를 태워 검정을 만들어 얼굴에 발랐다. 도깨비가 따로 없었다.

　"철조망을 통과하고 돌아올 때 팔뚝에 도장을 잘 받아야 한다. 표시가 없으면 재훈련이다. 알았나!"

　교관은 지휘봉을 왼손 장갑에다 탁탁 치면서 지침을 내렸다.

　"넷! 알겠습닷!"

훈련병들은 목이 쉬었다. 훈련이 3주를 넘기면서 고비를 맞고 있었다.

"목소리가 이 정돕니까? 알겠습니까!"

"네엣!"

자정이 가까워오자 훈련은 절정에 이르렀다. 철조망을 기어서 통과하는데 머리 위로는 LMG 기관총이 실탄을 연이어 날려 보냈다.

타타타타타……

중간중간에 예광탄이 불을 켜고 날아다녔다. 흡사 도깨비불 같았다. 학민은 소매를 걷어 올려 팔뚝에 고무도장을 받았다. 훈련 교장을 비켜 나와 맨땅에 벌러덩 드러누웠다. 하늘이 보였다. 낯익은 별들이 총총했다. 하얀 입김 사이로 은하수가 떠 있었다. 한숨 돌리자, 볼일이 마려웠다. 화장실 표시를 따라 젖은 솜방망이 같은 몸을 움직였다.

"아이구, 죽갔네. 으흐, 죽갔네."

학민은 순간적으로 누가 똥통에 빠졌다고 판단했다. 다른 사람을 부를 겨를도 없이 화장실 문을 열어젖혔다.

"누구얏! 씨팔 거."

어가이 안칸진 소리가 터져 나왔다. 통로 중간에 그네를 타는 희미한 전등의 간접조명을 받은 화장실 안에는 진풍경이 벌어지고 있었다. 한쪽 모서리에는 엿판 같은 광주리가 놓여있었다. 안쪽에는 두 사람이 엉켜 있는 것이 무슨 적나라한 영화 포스터를 보는 것 같았다. 벽에 기댄 여자는 치마를 올린 채였고 흙으로 칠갑한 군인은 바지를 훈련화까지 내린 채로 매미처럼 달라붙어 있었다. 학민은 그 와중에도 가운데 있는 배변구가 위험하다는 걱정이 들었다. 하기야 빠지기라도 한다면 낭패였기 때문이었다. 하지만 화장실 가운데 있어야 할 구멍이 보이질 않았다. 그는 죄인이라도 된 듯이 머리를 꾸벅하고는 도망쳐 나왔다.

학민은 한동안 가빠진 숨을 고르기가 힘들었다. 어둠 속에 묻혀 그 팀이 사라지길 기다렸다. 잠시 후에 수컷이 바지를 추스르며 나왔다. 좀 더 기다려 보았지만, 암컷은 나올 기미가 안 보였다. 학민은 갑자기 발동하듯 생리작용이 빨라졌다. 살금살금 첫 화장실 문을 열고 들어갔다. 잠금장치가 없었다. 급하게 조준사격에 들어갔다. 참았던 물꼬가 터졌다. 이때였다.

똑똑.

"노크는 무슨, 안에 있어!"

잠기지도 않는 문이 삐걱 열렸다.

"누구요?"

"이동 PX야."

여자는 들어서자마자 엿판에 깔린 판자 조각을 꺼내더니 남자가 오줌을 튀기다 만 배변구를 덮었다. 좁은 화장실 안에 함정 같은 위험 요소가 사라지자 꽤 넓어졌다. 냄새도 잠시 어디로 사라졌다. 여자의 싸구려 분 냄새가 방향제처럼 진하게 돌았다.

"군바리 총각, 서로 돕는 거야. 맥주도 있어. 빤쓰 안에 꼬불친 비상금 꺼내 봐. 어잉."

여자는 다짜고짜 학민의 허리띠를 잡더니 손을 집어넣고는 물건을 찾았다.

"아줌마 왜 이래욧!"

남자는 제정신이 아니었다.

"손 좀 녹이자고오."

여자의 얼음 같은 손은 마술을 부렸다. 남자는 바로 뜨거워졌다.

"소리칠 거요."

남자의 목소리가 점점 처져갔다.

"시방 일개 소대는 와있어야. 정 싫으면 안 해도 괜찮아. 메뚜기도 한철이라는데 나도 바쁜 몸이야."

"……."

남자는 한입 고인 침을 삼켰다.

"총각, 인자 훈련 마치고 의무실에서 주사 몇 대 맞으면 이것도 안 선대. 후회하들 말고 이참에 구경이나 실컷 하고 가. 자, 자, 이건 마지막 동포애야."

여자는 치마를 거침없이 걷어 올렸다. 속곳이 아무것도 없었다. 바로 준년의 굵은 허벅지와 거웃이 무성한 숲을 보여주었다.

마지막 훈련은 40킬로미터 야간 행군이었다. 말로만 듣던 백리 길이었다. 저녁 식사를 마치고 군장을 꾸렸다. 양말 바닥에 비누칠을 했다. 그래야 발이 덜 부르튼다고 했다. 소대장의 군장검열이 끝나기도 전에 눈발이 날리기 시작했다. 어둠에 묻혀서인지 검은 눈이었다. 모두들 표정이 보이질 않았다.

"니미, 우린 죽었다."

자정이 넘자, 행군 중에 앞뒤 병사들과 줄을 이어 묶었다. 앞에서 깜박 졸다 절벽으로 떨어지기라도 했다간 뒤따라 낙화암의 3천 궁녀가 될 판이었으니까 말이다. 학민은 행군 중에 휘청거리며 다리가 꼬인다 싶은 찰나에 꿈을 꾸었다. 고향마을의 감나무 과수원이 보였다. 회화나무가 우뚝한 학교 운동장도 지나갔다. 친구를 부르며 뛰어다니기도 했다. 끝없이 펼쳐진 우포늪 둑의 자운영 꽃밭 위에 벌러덩 드러누웠다. 달밤에 손수건을 건네던 여자친구의 숨결도 맞았다. 그러다가 눈물짓는 어머니의 모습에 화들짝 깨어났다. 뽀드득, 뽀드득. 밤새 눈 밟는 소리가 빨랐다가 느렸다가를 반복했다. 눈발은 그치지 않았다.

"야들아! 이 하얀 눈도 마지막이 될지 모르니 실컷 맛봐라! 알았나!"

인솔하던 선임하사가 한 마디 던지고 하늘을 향해 입을 하마처럼 벌렸다.

"월남은 눈이라고는 구경도 못 한다던데 이게 무슨 개지랄이고 말이다."

대열에서 누군가 눈싸움을 하듯 받아쳤다. 하지만 선임하사는 뒷말이 없었다. 죽을지도 모르는 졸병들에게 베푸는 선심인지도 몰랐다. 앞서가는 행렬이 마치 열대우림의 큰 뱀이 꾸물대며 헤엄쳐 지나가는 것처럼 보였다. 눈길이 강물처럼 보였기 때문이다. 학민이 그날 밤을 잊지 못하는 것은 도사리고 있는 죽음을 보았기 때문이었다.

먼동이 트면서 어둠이 걷혀 사라질 무렵에 그는 혼잣말을 중얼거렸다.

"그래, 전장에서 죽고 살고는 반반일지 몰라. 전우 중에 누가 죽을지, 아니면 내가 죽을지도 모르지."

다음 날 오후였다.

"이학민 상병, 면회야. 정문으로 나가봐."

교육대 행정반에서 전달이 왔다. 어머니가 눈길을 헤치고 마지막 면회를 왔던 것이다. 면회소 안은 어머니들의 눈물바다가 되어 있었다. 누이나 연인으로 보이는 젊은 여자들도 합세하여 갯내가 날 것만 같았다.

"필승!"

학민은 부동자세로 철모를 고쳐 쓰며 거수경례를 부쳤다. 그의 어머니 황 여사도 바로 눈물바다에 빠졌다. 앞서 호적에서조차 파내겠다던 노여움은 다소 가라앉은 눈치였다. 정말 다행이었다. 그는 마음속으로 어머니의 얼굴도 못 보고 고국을 떠나게 될까봐 걱정이 태산 같았으니 말이다. 어머니를 끌어안았다.

놀랄 일이 있었다. 국수였다. 어머니는 삶은 국수를 기름종이에 싸서 불을까 조바심치면서 새벽에 서울을 나선 것이었다. 기차와 버스를 몇 번이나 갈아타며 춘천 고개를 넘어 오음리까지 한달음에 온 것이었다.

두 사람은 국수를 좋아했다. 아들이 휴가를 나왔을 때도 어머니는 딱 한 마디만 했다.

"응, 왔어?"

그러고는 아들의 얼굴도 제대로 보지 못하고 부엌으로 가서 국수부터 삶았다. 눈물이 멈추질 않았다.

"엄마, 우시는 거예요?"

"아니야. 기쁜 날에 울긴 왜 울어. 솥에 김이 올라와서 그래."

국수 솥에서 뜨거운 거품이 부풀어 올랐다. 거품은 어머니의 감정처럼 주체하기 힘들 정도로 솥뚜껑을 들어 올렸다. 급히 찬물로 주저앉히면서 당신의 복받치는 마음도 가라앉혔다. 찬물에 국수를 헹구며 몇 가닥 돌돌 말아 맛보기로 아들의 입에 먼저 넣어 주었다. 맹물에 몇 번이고 씻었는데도 간이 배어 있었다. 어머니의 국수는 눈물이 간을 맞춰 주었다.

"우리 엄마 국수는 양념이 없어도 제맛이지. 하하하!"

그제야 어머니는 눈물을 멈추었다.

"이걸 다 먹어요?"

언제나 그랬듯 양푼에 수북하니 동산을 만들어 주었다. 아침부터 준비했는지 국수 동산 꼭대기에는 애호박볶음에다 붉은 고명이 꽃처럼 피어났다.

"국수는 한 번에 말아야지 나중에 보태면 맛이 덜해. 어여 먹어."

어머니는 젓가락을 건네주며 아들의 입 안으로 면발이 1초라도 먼저 들어가도록 재촉했다.

"잘 먹겠습니다."

"어서 먹어. 어서."

"엄마도 같이 드세요."

"내 걱정은 말고 불어 터져야. 얼른 먹어."

휴가 때에 마주한 어머니의 국수는 아들을 긴장시켰다. 아들은 어머니의 국수 상을 마주할 때마다 첫 키스를 떠올렸다. 긴장하여 마른침을 몇 번이나 삼켜야 하는 것이 그랬다. 또한 밀려드는 기대와 설렘이 따르고 젖어오는 기쁨에 오감이 좋아졌다. 아들은 면발이 멈추지 않고 이어질 정도로 젓가락질이 바쁘게 움직였다. 입 안 가득 국수를 밀어 넣는 아들을 보고서야 어머니의 얼굴이 펴지면서 만족스러워 보였다.

"좀 천천히 먹어. 또 있어야."

"목이 매어 넘어가야 국수 맛이 나죠. 하하."

국수는 그들에게 여러 음식 중에 하나가 아니었다. 적어도 어려운 일이 있을 때 가족들을 이어주는 끈이었다. 또한 그리움이었다. 언제 어디서든 국수에는 어머니가 있었다.

부대 앞의 여관들은 대목을 만났다. 전국에서 모여든 면회객들은 아무도 빈손이 없었다. 손마다 각양각색의 보따리며 꾸러미를 들고 있었다. 학민은 가까스로 방을 구했다. 그것도 영외 거주자인 선임하사의 도움으로 가능했다. 좁은 여관 통로에 신발들은 빈틈없이 나뒹굴고 있었다. 얼마나 멀리서 얼마나 절실한 가슴들을 안고 각자의 다른 길을 통해서 저 신발을 신고 왔을까. 학민은 황 여사를 돌아보았다. 신발을 내려다보았다. 털신 끝에 얼음이 매달려 있었다. 사진에서 보았던 극지 탐험을 나섰던 아문센의 수염에도 얼음이 저렇게 붙어 있었다. 학민이 얼어붙은 황 여사의 신발을 방으로 가지고 들어왔다. 가슴에 품고서라도 녹여서 말리고 싶은 심정이었다.

"학민아, 신발은 그냥 두지 그러냐?"

"그럼 얼어서 낼 못 신어요. 이곳은 밤에 영하 20도나 내려가요."

"애, 민아. 가서 냄비 좀 빌려와야 쓰겠다."

"예. 국수 담게요?"

"그래, 어서. 다 불어 터지겠다."

낭패였다. 여관 부엌의 냄비나 작은 솥은 동이 나고 없었다. 그릇도 제대로 남아있는 게 없을 정도였다. 학민은 철모를 쓰기로 했다. 파이버를 빼내고 얼룩무늬 위장포를 벗겼다. 알 철모를 우물가에서 씻었다. 손이 시린 것은 둘째 치고 바로 얼어붙었다. 그는 하늘을 한 번 올려다보았다. 여전히 함박눈이 마음대로 내리고 있었다. 대각선으로 어긋난 놈, 뒤돌아보지 않고 직선으로 달아나는 놈, 휘돌아 맴도는 놈, 바로 떨어지는 놈이 그의 얼굴에 닿았다. 방 두 칸을 가른 벽의 중간에 걸쳐진 전등에서 흘러나온 희미한 불빛에 비친 눈은 주황색이었다.

"얘, 눈썹에 눈이 붙었네."

"그나저나 냄비가 없어서 철모를 씻었어요."

학민은 알 철모 안의 얼음이 녹자 잘 닦았다. 철모를 놓고 베개로 양쪽을 받쳐 세웠다. 황 여사는 보자기를 펼쳤다. 기름종이를 벗겨냈다. 어머니의 국수였다. 황 여사는 조심스레 국수를 철모에 담았다. 국수는 한 덩어리로 뭉쳐져 잘 떨어지지 않았다. 양은 주전자에 담아온 동치미 국물을 부었다. 철모에 거의 절반이나 차올랐다. 양념장을 풀었다. 그 위에 어머니의 굵은 눈물이 간을 더해 주었다.

학민은 젓가락을 들었다. 면발이 헝클어진 털실 뭉치처럼 잘 풀리지 않았다. 그는 떡처럼 굳은 면발을 실타래 풀듯 헤쳐 나갔다. 퍼진 탓에 젓가락으로 올라붙지를 못했다. 국숫발이 이어지지 않고 뚝뚝 끊길 정도였다. 꼭두새벽에 삶은 국수를 밤에야 먹으니 그럴 만도 했다. 퉁퉁 불어 끊어진 국수 가락을 따라 그의 눈물이 철모 안으로 같이 떨어졌다. 황 여사는 가슴이 메어왔다. 집에서 학민의 국수 먹는 품새는 볼 만했다. 면발을 젓가락으로 휘감아 걸어 올리면 입으로 미처 들어가지 못한 것들은 볼따구니를 치기도 했다.

"많이 먹고 꼭 살아서 돌아와야 한다. 알았지."

"엄마, 너무 걱정하지 마세요. 편지 자주 할게요."

"민아, 네 아버지처럼 사람이 지켜야 할 도리며 덕목이네 하면서 너무 나서지 말고 몸을 사려라. 죽고 나면 다 소용없는 법이란다. 부디 매사 조심하고."

"네, 알겠어요. 엄마도 건강하시고요. 정말로 죄송해요. 용서하세요."

"아니다. 학비 때문인 거 안다. 다 부모 잘 못 만난 탓이야."

"아녜요. 괜한 말을 꺼냈네요."

황 여사는 아들의 목숨이 국수 면발처럼 길게 이어지길 바랐다. 끼고 있던 금반지까지 건네주었다.

"엄마, 왜 이러세요. 이거 몸에 하나 달랑 있는 걸 제게 주면 어떡해요."

"호신용 부적이라 생각해라. 춘천역에서 들으니, 엄마들이 모두들 금반지를 준비했다더라."

"반지 없어도 손끝 하나 안 다치고 돌아올 테니 걱정 마세요."

"월남엔 국수도 없을 텐데 그게 문제다."

"베트남에도 쌀로 만든 국수가 있대요. 염려하지 않으셔도 돼요."

밤새도록 눈이 내려 우물가에 세숫대야가 묻혀버려 찾기가 어려웠다. 버스정류장 가는 길은 정강이까지 빠질 형편이었다. 황 여사는 약한 모습을 보이지 않으려고 애를 썼다. 간밤에 먹다 남은 국수 덩어리를 아들에게 건넸다. 학민은 표정을 감추려고 이를 악물었다. 황 여사는 얼어붙은 차창을 가까스로 열었다. 마지막으로 아들의 손을 잡았다. 버스가 체인 소리를 내면서 움직이기 시작했다. 두 사람은 손을 놓지 못했다. 학민은 버스를 따랐다. 손을 놓았는데 진눈깨비가 볼에 와서 닿았다. 황 여사의 눈물이 바람에 날렸던 모양이다.

오음리 파월교육대의 마지막 밤을 맞았다. 눈발은 여전했다. 17시경에 육군본부 경리단에서 12월까지의 봉급이 몽땅 나왔다. 국가는 전사할지도 모르는 장병들에게 가불을 해준 셈이었다. PX 안은 오스카 샴페인이 터지는 소리가 마치 폭죽 같았다.

뻥! 뻥!

병뚜껑이 날아 천정에 부딪혀 요란한 소리를 냈다.

탕! 탕!

총소리처럼 들리기도 했다. 고국에서의 마지막 회식 자리였다. 파월교육대에 오기 전 학민과 같은 부대에서 함께 온 박경석 상병은 잔뜩 취해 있었다. 박경석의 형이 얼마 전에 베트남에 파병되었다가 포로가 되어 참혹한 죽임을 당했다.

"두고 봐라. 이제 전장에 가면 쌍둥이 형의 복수를 할 것이다. ㄱ다음 아버지 영전에 고할 테다."

"그래. 알았으니 그만 마셔라."

"친애하고 고상한 우리 이 상병니임, 전장에서 두 눈으로 똑똑히 봐주세요. 형의 원수를 이 잡듯 찾고야 말겠어요. 그런 뜻에서 우리 모포부대에 한 번 가보실까요?"

"박 상병, 취했구나. 모포부대는 몇 사단인데 밤에 거긴 무슨 일로다."

"모포부대도 모르는 바보 등신 같은 자식! 날 따라와 봐!"

"안돼야. 지금이 몇 신데 외출을 해. 내일이면 출국이야. 출국 몰라?"

학민은 팔을 들어 머리 위에 동그라미를 그리면서 박경석을 놀렸다. 박경석은 그를 끌다시피 연병장으로 나왔다. 고구려의 성벽처럼 쌓은 돌담 위에는 보초가 왔다갔다 시간을 때우고 있었다. 둘은 당기고 뿌리치고 하면서 성벽을 향했다.

"우린 오늘 보초도 안 서잖아. 담장엔 왜 가?"

학민은 영문을 모르겠다는 표정을 지었다.

"이 친구 말도 많네. 따라오기나 해. 알았어? 알겠냐고."

박경석은 혀 꼬부라진 소리를 냈다. 성벽을 기어오르는 둘을 보고도 보초는 암호를 대라고 소리를 지르지도 않았다. 둘은 폭이 세 발도 넘는 성벽 위에 걸터앉았다. 어둠이 차츰 눈에 익어갔다.

"야, 저길 봐."

박경석의 손가락을 따라 머리를 돌렸다.

"눈밭을 보라고?"

학민은 시큰둥했다.

"이 바보야, 눈밭에 뭐가 있는지 보라고. 히히."

박경석은 혼자서 낄낄댔다.

"아무것도 안 보이는데 뭐가 있다는 거야. 야, 가서 마지막 편지나 쓰자."

"안경잡이는 할 수가 없네. 눈 위에서 뭘 하는지 자세히 좀 봐봐."

"아, 그래. 뭐가 움직이네. 사람인가? 저 추운 데서 뭘 한대?"

"얌마! 닥터 지바고야, 저게 모포부대야. 이제 알아 모시겠냐?"

눈밭에 군데군데 검은 점이 박혀 있었다. 점박이마다 움직이는 물체가 있었다. 엘로우하우스가 아니라 이동식 사창가였다. 몸 파는 여자들이 군대 모포를 4등분으로 접어 말아 겨드랑이에 끼고 다닌다고 해서 붙은 별칭이었다. 모포부대에서는 남자가 욕구를 풀기 위해서 바지를 홀랑 벗는 것이 아니고 반만 내려야 한다고 덧붙였다. 박경석은 업주나 되는 것처럼 거침이 없었다. 그는 머뭇거리는 학민을 끌고 눈밭으로 내려왔다.

"박 상병, 너나 하고 와. 나는 그만둘래."

학민의 목소리는 점점 얼어붙고 있었다.

"얌마, 죽으러 가는 마당에서 도덕 선생만 찾을 거냐고. 그냥 따라오기나 하라구."

박경석은 다짜고짜 학민을 끌었다. 하얗고 차가운 정글 안으로 들어섰다. 모포부대는 몇 미터 간격으로 열을 지어 진을 치고 있었다. 곳곳에서 키들대는 소리가 났다.

입대 전에 청과물 도매상을 하던 삼촌을 도왔던 박경석은 계산이 빨랐다. 그는 흥정을 끝냈다. 모서리에 쑥스러워하는 학민을 배치하고 자신은 안쪽에 자리를 잡았다. 깡통맥주를 하나씩 배당 받았다. 너무 차가워서 입 안이 얼얼하더니 뒷골이 당겼다. 술이 약한 학민은 금방 정신이 혼미해져 갔다. 제정신이 아니길 바랐 는지도 모른다. 바람이 힘차게 일더니 작은 눈보라가 지나갔다. 사방의 깔린 눈이 반사되어서인지 얼굴 윤곽을 식별할 정도는 되 었다.

학민은 모포 위에 지붕처럼 펼쳐져 있는 우산 안으로 기어들었 다. 여자는 드러누워 껌을 씹고 있었다. 학민은 여자를 살펴보았 다. 밉상은 아닌 듯 보였다. 어쩌면 까만 머리에 회색 빛깔의 이 집트 여자 같았다. 껌만 씹지 않고 가만히 있었다면 죽은 사람 같았을지도 모른다는 생각이 들었다. 껌 씹는 소리를 따라 푸른 이빨이 잠시 잠깐 보였다가 사라졌다.

"어이, 군바리 아자씨. 추운데 바지는 벗지 마. 알겠지."

"그럼 어떻게 하라고?"

"어떡하긴 반만 내리고 연장만 꺼내."

"그게 말이 돼."

"미안하지만 우리 이동창도 시방이 대목이잖아. 부산서 배 탈 적에 미군 애들이 양쪽 팔뚝에 주사를 찔러대면 똘똘이도 안 선 대. 끝장이지 뭐. 할 거야 말 거야."

"아가씨 이름이 이동창이야?"

"자꾸 말 시키면 롱타임이야. 두 대가리 낼 거냐고. 이동식 사창가야. 시팔."

여자의 아랫도리는 얼어붙은 북어였다. 학민은 몇 번의 시도 끝에 북어를 두드리는 데 가까스로 성공했다.

"이거 항생젠데 예방 차원에서 먹어두는 게 좋아. 더운 나라에서 파이프가 새면 곤란하잖아."

여자는 몸을 빼자마자 캡슐 두 알을 내밀었다. 학민은 뒤통수를 맞은 기분이 들었지만, 바지를 추슬러 올리고 군화 끈을 매만졌다. 주머니를 뒤져 돈을 찾았다. 있는 대로 여자의 가슴 위에 얹어 놓았다.

"살아오면, 사창리 칠보옥으로 놀러 와. 흘린 추억을 주워 담으러 말이야. 코 옆에 점 있는 미스 박이야."

여자가 다시 껌을 갈아 씹기 시작했다. 학민은 박경석의 자리를 돌아다보았다. 쌍방 간에 전투가 치열해져 갔다. 점점 격렬해져 고지 탈환을 눈앞에 둔 것처럼 보였다. 학민은 장난기가 발동했다. 눈을 뭉쳤다. 하나, 둘, 셋. 덩어리를 만들었다. 눈덩이를 타깃을 향해 던졌다. 곡사포처럼 서너 발 만에 박경석의 엉덩짝을 명중시켰다.

"전우의 몸뚱이를 넘고 넘어 앞으로 앞으로……."

깡통맥주 덕분에 취기가 오른 박경석은 모포 사이를 지나면서 군가를 불러댔다. 그는 돌담 밑에서 멈춰 섰다. 군가도 멈췄다. 담치기하면서 학민의 궁둥이를 받쳐주며 혼잣말처럼 중얼거렸다.

"전쟁터에서는 그냥 미쳐 버리는 거야. 윤리강령보다, 미쳐서

128

타락하는 게 정신건강에 도움이 될지도 몰라.”

“나는 엄마 때문에 타락 못 해.”

“이 자식은 끝내 고상한 척은.”

“타락한 놈.”

“전장아, 기다려라. 이 탕아가 납신다!”

“야, 똑바로 밀어!”

한줄기 눈보라가 둘의 등짝을 때리면서 흩어졌다.

이튿날 춘천역에서 환송식이 있었다. 군악대가 힘찬 행진곡을 연주했다. 여고생들이 꽃다발을 장병들 목에 걸어주었다. 하늘에서는 색종이가 흡사 오색의 눈인 양 플랫폼으로 날았다. 열차는 북한강을 따라 서울로 향했다.

용산역은 환영식 인파로 붐볐다. 군악대와 의장대가 더욱 번쩍거렸다. 여학생들이 조화처럼 양쪽으로 서 있었다. 연예인들이 꽃을 들고 나섰다. 하지만 영영 못 볼지도 모르는 조국 땅을 떠나는 장병들의 마음은 꽁꽁 얼어붙었다. 장병들은 차창을 모두 열었다. 피켓을 흔드는 가족들, 이름을 외치는 아버지들, 눈물이 가득한 어머니들. 그 사이로 황 여사도 모습을 보였다.

“학민아, 이거 줄라고 다시 안 왔나.”

김치와 고추장이었다.

“엄마, 왜 고생을 사서 하세요.”

“그리고 금가락지 하나 더 해 왔다. 이거 받아라.”

"나 참, 우리 엄만 말릴 수가 없네."

창문마다 맞잡은 손에 묶여 열차가 움직일 수가 없었다. 열차가 움직이는데도 사람들은 손을 놓지 못했다. 헌병들의 호루라기도 호송단의 제지도 통하지 않았다. 바람결에 이슬비 같은 물기가 학민의 볼에 와 닿았다. 앞 칸에서 누가 그토록 복받쳐 눈물을 날렸을까. 학민의 눈물도 그렇게 이슬비처럼 다음 칸으로 날아갔을 것이다. 결국 초강수로 창문을 내리게 했다. 열차는 끝내 수많은 손을 떼어 놓고 말았다. 눈총을 맞은 열차가 자지러지는 기적을 마지막으로 울렸다. 열차가 증기를 내뿜으며 기적소리를 고르더니 다시 서서히 움직였다. 열차 안의 유리창은 곧바로 뿌옇게 결로현상이 일어나 밖이 보이지 않게 되었다. 학민은 재빨리 습한 유리에 손가락으로 글자를 만들었다.

— 어머ㄴ

글자가 닮은 '어머ㄴ'라는 미완의 투명한 길을 따라 두 손을 흔드는 어머니가 점점 작아져만 갔다.

부산역에서 부두로 이어진 도롯가에 태극기를 흔드는 학생들이 줄지어 서 있었다. 부산항 제3부두에서 마지막 환송식이 벌어졌다. 피켓은 더욱 커졌다. 메가폰까지 동원되었다. 승선번호대로 미국의 퇴역 구함인 업셔호에 올랐다. 마중 나온 가족들은 다윗이 되었다. 골리앗 같은 군함을 상대로 돌팔매질을 해댔다. 편지나 고춧가루가 든 봉지를 돌멩이에 싸서 갑판 위로 던져 올리는 것이었다. 힘이 모자라 배 위까지 오르지 못하는 경우가 많았다.

뱃전에서 바다로 떨어지는 물건을 먹잇감으로 착각한 갈매기들이 이리저리 공습 비행을 나섰다.

뱃고동 소리가 길게 울렸다. 집채만 한 닻이 서서히 올랐다. 영화의 한 장면을 연출하듯 움직이지 않는 사람이 없었다. 정연하던 대열이 술렁대기 시작했다. 수많은 아들의 이름이 불려졌다. 선상에서는 어머니라는 이름이 한목소리로 울려 퍼졌다.

"어머니이!"

어머니들의 천 리 길 배웅도 이별을 막지 못했다. 확성기에서 애국가가 울려 퍼졌다. 모두가 따라 부르며 젖은 눈을 주체하지 못했다.

"동해물과 백두산이 마르고 닳도록."

멀미

업셔호 항해 2일째가 되었다. 불청객으로 찾아온 멀미 때문에 성한 사람이 별로 없었다. 선실에서 식당까지 가는 일이 고역이었다. 롤링이 심해 잠시라도 멈추거나 숨을 쉬면 속이 메스꺼워 견디기가 어려울 지경이었다.

학민은 선실 입구에서 일단 심호흡을 했다. 숨을 멈춘 채로 한

달음에 취사반 복도를 지났다. 미군들의 조크를 들으며 식당 문을 붙잡았다. 멀미를 심하게 하던 그는 고통이 이만저만이 아니었다. 토스트 한 조각과 커피 한 잔으로 식사를 마쳤다. 그것도 같은 동양인이라고 봐준 필리핀 출신의 조리사 덕분이었다.

"댕큐, 베리마치."

이번에는 돌아서 오는 길도 만만치가 않았다. 식당 문에서부터 기다시피 겨우 선실로 돌아와 침대에 엎드려 고통을 참아내야만 했다.

"야, 이 상병! 아직 안 죽었지?"

갑판에서 내려온 박경석은 멀쩡했다.

"박 상병, 나 죽으면 수장은 절대로 안 된다고 해라. 난 수영을 잘 못하거든. 끽!"

학민은 손을 들어 목을 쳐 긋는 시늉을 해 보였다.

항해 5일째였다. 학민은 가까스로 갑판으로 올라섰다. 축구장 절반 크기의 갑판 위에는 아직 전투도 못 해본 전우들이 여기저기서 쓰러져 있었다. 구석마다 토하느라 기도하듯 엎드려 있었다. 그들을 피해 난간을 붙잡았다. 은빛 날치 떼가 파도를 가르며 곡예비행으로 뱃길을 따라왔다. 한쪽에서는 심한 멀미를 견디다 못한 병사가 바다에 뛰어내리겠다고 엄살을 부리고 한패는 말리고 있었다.

"말리지 마. 이래 죽으나 저래 죽으나 마찬가지야. 참치나 만져보고 죽을 겨."

그 바람에 갑판에 드러누워 있던 사람들도 웃음보가 터졌다. 학민도 소리 내어 웃었다. 배를 타고 처음 웃는 모습들이었다.

"야아! 인당수에 같이 빠져 죽자!"

학민을 뒤에서 끌어안고 바다에 뛰어들 기세였다.

"누구야! 애 떨어질 뻔했잖아."

박경석이었다.

"놀라긴 자식. 공양불 4천 달러에 팔려 왔으면 뛰어들어야지. 뭘 꾸물대."

"난 아직 미국 뱃사공에게 사인을 안 했거든."

"네 생각은 아무짝에도 소용없어. 박정희와 닉슨이 대표로 사인을 했는걸."

"임마, 조용히 해. 보안대 신병이 저기 구석 자리에서 꽥꽥거리며 토하고 있을지도 몰라."

"암튼 군대에서 쫄따구는 대가리 굴려 잡생각을 해선 안 돼. 시키는 대로만 하는 거야. 튀라면 튀고, 죽이라면 죽이고 말이야. 오케이?"

"어찌됐건 우린 사지가 멀쩡해서 귀국선을 타야 해."

석양을 배경으로 날치 떼가 번갈아 가며 은빛 무지개를 계속 만들었다. 곳곳에서 탄성이 터졌다.

저녁 식사를 마치고 영화 관람이 있었다. 대한극장보다 더 넓은 극장에서 게리 구퍼와 잉그리드 버그만이 나오는 <누구를 위하여 좋은 울리나>를 보았다. 멀미에 다소 익숙해졌는지 병사들의 입에서 농담이 한마디씩 터져 나왔다.

"우리는 누구를 위해 종을 울리려고 베트남으로 가는가."

"누구긴, 달러가 필요한 조국을 위해서지."

"엄마의 가난을 벗겨주기 위해서지."

"나 자신을 위해서야."

7일간의 항해 끝에 베트남의 동쪽 바다에 도착했다. 새벽의 퀴논항은 조용했다. 작고 허름한 고깃배들이 출항 준비를 하고 있었다. 날이 밝자 야간조업을 나갔다 돌아오는 배들은 평화롭게 보이기까지 했다. 멀리 산 너머 포성 뒤에 번쩍거리는 번갯불 같은 섬광마저 이름다웠다. 여기가 수십 년 동안이나 전쟁을 치른 곳이라니 믿기질 않았다.

학민의 그런 감상은 잠시였다. 해가 뜨고 시간에 맞춰 배에서 내리자, 현실이 성큼 다가왔다. 바로 동남아 특유의 매캐한 냄새와 무더위에 무력감을 느꼈다. 메스꺼워 뱃속이 뒤집혔다. 펄럭이는 태극기 아래 엎드렸다. 아침 식사 대신 마셨던 커피를 모두 토했고 전투복은 식은땀에 흠뻑 젖고 말았다.

부두에서 이동해 온 전입병들이 맹호사단 연병장에 도열해 있는 동안에도 포대에서는 155밀리 포탄을 연신 날리고 있었다. 모두 불안한 기새이 역력했다.

"우리 맹호부대는 우방인 월남의 자유민주주의를 수호하는 데 이바지할 연합군의 일원으로서 긍지를 가지고 임전 태세를 갖춰 나가야 할 것입니다."

사단장의 축사가 끝났다. 한국의 도지사에 해당하는 빈딩성의 성장이라는 베트남군 현역 대령이 선글라스를 끼고 단상에 올라와 연설했다.

"우리나라를 도와주는 연합군 중에서도 따이한은 적들도 멀찌감치 피해 다니는 용감무쌍한 군대입니다. 우리로서는 매우 든든합니다."

바닷바람에 하얀 아오자이 자락을 펄럭이며 꽃다발을 걸어주는 여학생들은 미소를 잃지 않았다. 판에 박힌 환영식이 끝났다. 전입병들은 소지품을 챙겨 사단 보충대로 향했다. 막사 주변의 야자수가 바람에 춤을 추고 있었다. 출입구에는 호랑이 마크가 그려진 표지판이 서 있었다. 입을 한껏 벌린 호랑이 입에서 금방이라도 선홍색 핏물이 떨어질 것 같았다.

학민과 박경석은 같은 막사에 들어서자 붙어 앉았다. 몇 걸음 사이로 천장에 매달려 삐걱거리며 돌아가는 선풍기는 전시효과용이었다. 침상 끝에 걸터앉은 그들에게 바람 한 줌 내려주지 않았으니 말이다. 오전인데도 대포 소리가 멈추질 않았다. 박경석은 자신을 불안한 눈으로 빤히 쳐다보는 학민에게 어깨를 으쓱해 보였다.

"아, 저 포격은 아군의 작전을 지원하는 것이니 모두들 걱정하지 마라. 모두 잘 들어라! 자의든 타의든 이곳에 왔지만 살아서 고국으로 돌아가고 싶지?"

검게 그을린 선임하사의 목소리가 자못 진지하게 들렸다.

"네잇!"

전입병들의 대답도 어느 때보다 우렁찼다.

"주목! 이 빌어먹다 남은 전쟁터에서 살아서 고국 땅을 밟아보려면 지금부터 두 달, 그리고 마지막 두 달을 각별히 조심해야 한다. 무슨 말인지 알겠습니까!"

"네잇!"

지뢰가 이렇고 물소 똥을 묻힌 죽창은 저렇고 베트콩은 뭐며 월맹군은 다르다고 했지만 제대로 알아듣지를 못했다. 아니다. 정확히 말해 알아들을 수가 없었다. 중간중간에 선임하사가 동의를 구하면 대답만 크게 할 뿐이었다. 죽고 사는 얘기만 들었다.

4일째 아침이었다. 사단사령부에 그대로 좌충되는 전입병들이 미소를 지으며 더블백을 메고 기간병을 따라나섰다. 더러는 금반지 로비를 잘했거나 연줄이 닿아 목숨이 보장되는 대열이었다. 어쩌면 타이핑 한 줄에 사람의 운명이 바뀌는 갈림길이었다.

트럭이 연병장에 줄지어 섰다. 학민과 박경석은 같은 연대로 떨어졌다. 학민의 보호자를 자처하는 박경석이 간밤에 들락거리더니 보충대 서무계에 쥐약을 먹인 모양이었다. 오음리에서 여기까지 같이 온 병사들이 서로 부둥켜안기도 하고 울면서 헤어졌다.

"죽지 말고 우리 귀국선에서 꼭 다시 만나자."

연대장에게 신고식이 있었다. 전입병들은 보충대로 넘어갔다. 전투에서 손실이 난 빈자리를 채우려는 말 그대로 보충병이었다.

본부중대의 깡마른 인사계로부터 군인수첩을 받았다. 군표와 달러도 비교해 보였다. PX에서 면세품 사는 요령도 배웠다. 부대 안의 아리랑식당에서 냉면을 먹으면서 또다시 눈물바다를 이루었다.

다음날, 인사계는 병사들에게 유서를 남기게 했다.

"부모님도 좋고 아니면 형제자매에게 써도 된다. 그것도 아니면 친척이나 누구에게도 상관이 없다. 단지 돈이 관련된 일이니 잘 생각해서 하도록."

전사를 당했을 경우를 대비해서 미국으로부터 받아낼 달러가 누구에게 가느냐의 문제였다. 먼저 고국의 정부에서 기간산업 육성을 위한 외화 보유 명목으로 뚝 떼어 갈 것이고 나머지는 돌고 돌아 유가족에게 남겨질 것이다.

"아니, 유서를 쓰다니……."

병사들이 웅성거렸다.

"주목! 한 가지가 더 있다. 손톱과 발톱을 깎아서 봉투에 담고 머리카락은 두 사람이 한 조가 되어 서로 잘라준다. 옆 사람과 섞이거나 바뀌면 절대로 안 된다. 무슨 뜻인지 알겠나!"

병사들은 대답하지 못했다. 자신들의 주검이 산산조각 나서 형체를 알아보지 못하든지 아니면 아주 찾을 수가 없는 경우를 대비하는 것이니 대답이 쉽게 나오질 않았다. 학민은 인사계의 사무적인 말투에 추위를 느꼈다. 젊디젊은 나이에 유서를 남기다니 도무지 실감이 나질 않았다. 시체실 같은 썰렁한 분위기를 파악

한 인사계가 다시 한 걸음 앞으로 나섰다.

"제군들, 이것은 만약의 사고에 대비하고자 행정 절차상 미리 준비해 두는 것이니 절대로 불안해하거나 미리 겁먹을 필요까지는 없다."

병사들의 귀에 다른 말이 들어올 리 없었다. 오직 유서에 골몰하고 있었다. 침상에 엎드려 '부모님 전 상서'로 시작되는 편지를 쓰기 시작했다. 쓰고 지우고 다시 쓰다 보니 누런 편지지 위에 눈물이 뚝뚝 떨어졌다. 아무도 말릴 수가 없는 남자들의 피눈물이었다.

학민도 며칠 사이에 몇 번을 울었다. 어머니에게 유서를 쓸 때는 물론이고 고국 얘기만 나와도 눈물이 났다. 하기식에 펄럭이는 태극기만 봐도 그랬고 애국가를 따라 부를 때도 눈에 이슬이 맺혔다. 그는 전우들도 그렇게 보이지만 자신의 눈물샘이 그 정도로 깊은 줄을 새삼 깨달았다.

모두가 낮잠 자는 시에스타 타임이었다. 작전대로 사단사령부에 남지 못하고 보병연대로 떨어진 박경석은 점점 안달이 났다. 그는 막사 밖 햇빛 가리개가 있는 원두막에 드러누웠다가 벌떡 일어났다.

"야, 이 상병! 이러다가 우리 소총소대까지 내려가 총알받이 되는 거 아냐?"

"그래. 우리 그러려고 배 타고 온 거잖아."

학민은 난간에 기댄 채로 무덤덤하게 대꾸하고 메모에 열중하고 있었다. 박경석은 짜증을 내면서 학민이 들고 있는 작은 다이어리를 낚아챘다.

"야, 너 작은아버지가 육군본부에 있다면서 어디 관등성명이나 대 봐."

"얌마! 그건 안 돼! 그 양반한테는 절대로 폐를 끼치지 않을 거야. 경석아, 우리 이대로 어디까지 가든지 갈 데까지 가보자. 난 정말로 정글을 제대로 한번 기고 싶다야. 너도 쌍둥이 형 복수를 해야지. 안 그래?"

"그래, 이 짜슥아. 네놈은 쩡글이나 빡빡 기다가 동작동 국립묘지나 가거라."

"그것도 나쁘지는 않지. 허어, 우기도 아닌데 무슨 소낙비가 오려나?"

학민은 딴전을 부리며 고개를 빼 갑자기 몰려드는 뭉게구름을 올려다보았다. 박경석이 볼멘소리를 준비하는 사이 소낙비가 쏟아졌다. 이름도 처음 듣는 스콜이었다. 원두막 안의 절반까지 대각선 빗줄기가 죽창처럼 내려꽂혔다. 얼마 지나지 않았는데도 보충대 작은 연병장은 모내기를 앞둔 논처럼 흙탕물로 출렁거렸다.

"야! 끝내준다! 비누칠이라도 했으면 좋겠다!"

학민은 소리를 냅다 질렀다.

"짜슥, 태평한 소리나 하고 자빠졌네."

박경석은 마시든 미지근한 깡통맥주를 밖으로 던지며 쏘아붙였다. 그러다가 원두막을 내려서더니 빗속을 뚫고 뛰어갔다.

"야! 비누나 가져와."

학민의 농담에 박경석이 돌아보며 주먹을 쥐고 흔들어 보였다.

하루가 지난 저녁이었다. 취침 점호를 준비하는 중이었다. 연대 주임상사가 학민을 찾는다고 했다. 학민이 정글화를 챙겨 신고 급하게 보충대 행정반으로 뛰쳐나가는데 웅성거리는 소리가 귓전에 들렸다.

"저 자식이 벌써 금반지 뽑았나 봐."

"새끼이, 짜웅이 통했나 보네."

"동작동이 만원이라 살려두는 거래."

침상 끝에 쌓인 매트리스에 기대고 앉아 있던 박경석은 빙그레 웃었다.

"상병 이학민! 행정반에 용무 있어 왔습니다."

"야, 우리가 무슨 신병교육대야? 쉬어, 쉬어."

상사 계급장 위에 작은 별 하나가 무거워 보이는 주임상사는 학민에게 자리를 권했다.

"괜찮습니다. 그냥 서 있겠슴다!"

"이 사람 보게, 기차 화통을 삶아 먹었나. 목소리 좀 죽이게나."

행정반에는 아무도 보이지 않았다. 상황근무자도 없는 것이 자리를 피한 모양이었다.

"자네, 지금부터 내가 묻는 말에 솔직하게 대답해야 하네. 알겠느가?"

주임상사의 표정이 다소 굳어 있었다.

"넷! 제가 뭘 잘못했습니까?"

학민은 갑작스런 일이라 무척 당황했다.

"아냐, 아냐. 이 사람 참, 소리를 좀 줄이라고. 볼륨 말이야."

"네, 알겠습니다."

"높은데 누가 있지. 나한텐 어려워 말고 그냥 얘기해도 돼."

"높은 데라니요? 공군에 말입니까?"

"이 사람, 지금 농담할 때가 아냐. 육본이야? 아냐? 그럼, 국방부?"

"주임상사님, 전 솔직히 도무지 뭔 말씀인지 모르겠습니다."

"이제 알겠네. 청와대구나. 청와대가 맞지?"

"……."

학민은 일단 나쁜 일이 아니기에 다행이라 여겼다. 순간 아들의 목숨을 건지려고 어머니가 나서는 바람에 모처의 손길이 여기까지 뻗쳤다는 생각이 들었다. 이러다 귀국 조치 같은 일이라도 벌어진 게 아닌가 하는 불길한 사태를 가정해 보기도 했다.

"그거 참, 자네가 대답을 안 하면 도리가 없으나 애초에 주월사령부나 사단본부에 가지 뭣 하러 여기까지 내려왔어. 지난번엔 별 셋짜리 아들이 왔다가 사단에 파견을 보냈다니까. 문서 수발병으로 말이지."

주임상사는 골칫덩이를 떠맡은 떨떠름한 표정을 지었다.

"전 지금도 영문을 모르겠슴다."

학민은 정말 알 수가 없다는 얼굴을 지었다.

"알았네, 알았어. 자네 아무래도 우리 연대 1종계를 맡아주어야 겠네."

"1종이라면 쌀이나 부식 같은 거 말이죠."

"여기서야 레이션이지. 모두가 탐내는 노른자위야. 노른자위."

"주임상사님, 저는 솔직히 소총소대에 가고 싶습니다. 그래서 여기에 왔고요."

"이 사람 보게. 아직도 내 말귀를 못 알아듣는구먼. 자네가 이런 식으로 나오면 우리 연대장님 입장이 곤란해져. 그걸 모르겠나?"

"그럼, 한번 생각을 해보겠습니다."

"생각이고 뭐고 얘긴 끝났네. 오늘은 여기서 자고 낼 오후에 연대장님께 신고해야 하니 준비하게. 인사과 서무계를 보내겠네."

주임상사가 자리에서 일어나자, 보충대 행정반의 얼굴들이 나타났다. 주임상사는 학민이 내밀지도 않은 손을 잡아 흔들고 돌아갔다.

"주임상사가 여기까지 납시다니 이 사람 빽이 보통은 넘는구먼. 이봐, 여기선 기회가 왔을 때 잡아야 해. 개밥은 어느 개가 먹든 먹어 치우걸랑."

보충대 선임하사가 학민의 어깨를 두드려 주었다.

"상병 이학민, 행정반에 용무 마치고…."

"됐네. 이제 높은 자리에 갈 사람이 무슨 복창인가. 앞으로 잘 부탁함세."

"무슨 부탁입니까?"

"이 사람도 참, 잘 알면서 그러나. 박스 말이야, 귀국 박스."

선임하사는 거수경례를 마치지도 않은 학민의 손을 끌어다 악수까지 청했다.

메이저리그

연대장실은 번쩍거렸다. 창문을 등진 책상은 크고 화려하였다. 책상 위에 야구장갑이 하나 덩그러니 놓여 있고 아가리에는 하얀 공이 여의주처럼 물려있었다. 창틀 위에 귀가 큼지막한 대통령의 사진이 걸렸다. 반대편 벽에는 커다란 메이저리그 포스터로 장식했다. 모서리 벽에는 야구 배트가 여러 개 세워져 있었다. 장식장 안에는 영문 사인이 그려진 야구공들이 크리스털 쟁반에 진열되어 놓였다. 누가 보더라도 미국 프로리그의 구단주 사무실 분위기였다. 주임상사는 아까부터 학민에게 자리를 권했으나 서 있기를 고집하고 있었다.

"연대장님 들어오십니다."

　당번병이 한발 먼저 알려주었다. 회의 탁자에 앉아 잡담하던
참모들과 주임상사가 자리에서 잽싸게 일어나 벽 쪽으로 가서 나
란히 줄지어 섰다. 학민은 모자를 바로잡고 전투복을 고쳐 보았
다. 까까머리를 한 당번병이 문을 열어주자, 풍채 좋은 연대상이
들어섰다. 대령 계급장이 번쩍번쩍 빛났다. 동시에 거수경례가 연
이어 올라갔다. 학민은 죽을힘으로 목청을 가다듬기 시작했다.

"신고합니다! 상병 이학민은 일천 구백…."

"스톱, 그만해. 알고 있으니까."

연대장이 주임상사 쪽으로 손을 한 뼘 정도 들어 보였다. 주임상사가 학민에게 눈짓하여 신고식은 중간에 멈췄다. 주임상사는 학민을 당번실로 잠시 물러나 있게 했다. 모두 회의 탁자에 모이자, 연대장이 자리를 잡았다. 연대장은 딱딱한 표정으로 말문을 열었다.

"이 작전은 극비사항임을 먼저 밝혀 둔다. 메모 대신 숙지만 하도록 한다."

1. 전쟁은 오래가지 않는다. 이것은 본국 수뇌부의 판단이다. 연대본부를 위시한 예하 부대의 일부 비전투원들의 M-16 소총을 회수한다. 탄약고의 실탄과 유탄발사기, 휴대용 로켓포 등 소형화기를 작전 중에 소모, 멸실한 것으로 장부에서 떨어 장교용 귀국 박스로 위장해 고국으로 반출한다. 암시장에 흘러 다니는 소련제를 모방한 북한제 무기도 같이 취급한다. 이 정책박스는 최우선으로 취급하여야 한다. 국익을 위한 이 작전은 최고위층 몇 사람만 취급하고 있으므로 기밀 유지가 최우선이다.

2. 비전투원들에게는 예전에 선발대가 쓰던 카빈으로 대체 무장한다. 부족한 카빈은 미군이 캄란항의 보급기지에서 월남군에 보급하면서 흘러나오는 것이나, 또는 적에 넘어갔다 다시 노획한 것을 암시장에서 구매한다. 단, 구입 루트는 상황에 따라 대처한다.

3. 비용은 남는 백미와 레이션과 맥주 등을 처분해 충당한다.

4. 특히 미군이 알아선 안 된다. 연합군에도 극비로 해야 한다. 또한 월맹군이나 민족해방전선에 붙어 있는 북한군도 주의 대상이다.

5. 책임 있는 장교가 전면에 개입해서는 곤란하다. 만약에 사고가 발생하면 외교 문제로 비화될 수 있다.

6. 연합군의 공공연한 비밀로 되어 있는 1종의 암거래 시장을 활용한다. 레이션과 총기의 암거래를 주로 같은 마피아가 하므로 이 작전을 1종계가 총괄한다. 병기계는 반입된 화기를 점검한다.

7. 관련 부서에서는 이번 작전이 성공하도록 적극 협조하도록 한다. 특히 1종계의 활동에 민사는 물론이고 보안, 정보 쪽에서도 이유 불문하고 편의를 제공해 주어야 한다.

"본부에 세이파 공격이라도 받으면 어떻게 하지요?"

작전참모가 질문을 했다. 연대장은 귀찮다는 얼굴을 지었다.

"이 사람아, 카빈도 맞으면 죽어. 본국의 소대장들이 모두 카빈 아냐?"

"연합사에서 재물조사라도 나오면요?"

"허 참, 융통성 하며. 대대에서 잠시 변통하든지 무슨 수를 내 봬."

"신참 1종계가 작전 수행을 잘할 수가 있을까요?"

"으음, 나도 그게 좀 걱정이지만 고위층에서 신원보증을 섰어. 이번 작전은 무엇보다 신원이 확실해야 하잖아. 그리고 저 친구

외모가 순수한 동양인 기준이라 나가 다녀도 특별히 티가 나지 않는다는 게 정보부 판단이래. 헤어스타일을 손보고 해변에서 며칠 태우기만 하면 그럴싸하게 보일지도 모르잖아. 결정적인 것은 이석범 장군님이 저 친구 삼촌이야. 녀석이 좀 유별나긴 해. 파월도 몰래 지원했다는 거야. 죽어도 소총소대를 가겠다고 말이지."

"나는 새도 떨어뜨린다는 이 장군님이라고요. 쟤, 보기보단 센데요."

"다른 연대도 우리와 상황이 같습니까?"

"이봐! 우리 군의 최고 통수권자의 명령이야! 우리는 비밀작전대로 M16을 모아 고국으로 보내면 되는 거야. 딴말은 필요 없어!"

잠시 침묵이 흘렀다.

"자, 다들 입조심하라고! 회의 끝."

연대장은 자리에서 일어나 당번병을 불러 메모지를 태우게 했다. 연대장 혼자만 손바닥 안에 놓고 보던 메모지는 재떨이에 니코틴 같은 노란 자국을 남기고 사라지고 말았다. 그는 버릇처럼 책상 위에 놓여 있는 야구장갑을 끼었다. 공을 아가리에 넣었다 빼냈다를 반복하기 시작했다. 다들 용무가 끝났으니, 방을 나가달라는 제스처였다.

연대장은 야구광이었다. 시간만 나면 야구 경기를 벌였다. 아니다. 경기가 아니라 그의 원맨쇼를 위한 플레이였다. 숙소와 사무실의 당번병들이 집합하면 그런대로 한 팀은 꾸려졌다. 공격하는 팀의 타석에 타자는 연대장 한 사람뿐이었고 어쩌다가 안타가 터졌을 때 후속 타자로 참모부에서 불려 온 고참병이 둘이나 셋 정도가 대기하고 있었다. 어쨌든 수비만 잘하면 그만이었다.

투수는 세탁병이었다. 고교 때는 꽤 이름을 날려 전국대회 결승에 올라 준우승까지 했었다. 체육 특기자로 대학에 갔으나 팔과 무릎에 심한 부상을 입어 벤치 신세를 지다가 그만둔 터였다. 그는 낙차가 큰 커브볼을 주 무기로 삼았다.

"야, 세탁! 직구로 던져!"

헛스윙을 몇 번 한 연대장이 약이 올랐다.

"예썰!"

세탁병은 마지못해 직구 폼을 잡았다.

"짜식, 너무 빠르잖아. 백 킬로만 던져!"

"예썰!"

노래 부르는 사람에 맞춰 반주를 해주듯 투수가 타자에게 평범한 볼을 주다 보면 장타가 터질 때가 있었다. 공중으로 뜬 볼에 약한 외야수 포지션을 맡은 무전병은 자기 머리 위에 공이 오지 않기를 매일 기도했다. 공을 놓치기 일쑤라 옆에서도 긴장하여 도와주려고 하다 보면 서로 부딪치는 경우가 많았다.

"그걸 놓쳐! 이 무식한 자식들, 마이 볼도 몰라! 마이 볼!"

"시정하겠습닷!"

"전 팀, 제자리에서 쿠샵 열 번 실시!"

"실싯!"

뜨거운 흙바닥은 손바닥을 달구었다.

"아이 씨, 마이 볼 좋아하시네. 이게 어째서 지 볼이지 내 볼이야."

꽁무니에서 투덜거리는 소리가 들렸다.

경기 내용은 대체로 비슷한 양상을 보였다. 연대장은 빗방울을 싫어했다. 머리숱이 적어 머리에 비를 맞는 것을 끔찍이도 싫어했다.

"야구는 말이야. 젠틀맨들이 하는 스포츠야. 축구하는 녀석들과는 질적으로 다르단 말이야."

날짜를 정하면 전천후로 경기를 치르는 축구를 비아냥거렸다. 스포츠라면 기를 쓰는 그도 사이공의 미군 방송에서 녹화해서 보내는 세계적인 축구를 아예 보지도 않았다. 야구는 메이저리그 중계방송을 한다면 열 일을 제쳤다. 샌프란시스코 자이언츠의 열광적인 팬이었다.

"몰라서 그렇지, 1962년에 리그 우승 후에는 침몰해 있지만 머지않아 통산 다섯 번의 월드시리즈 우승의 영광을 되찾을 거라구."

연대장은 말로는 그렇게 하지만 전설적인 외야수인 윌리 메이스를 짝사랑하기 때문이라는 것은 당번병 야구팀에서 다 아는 사실이었다. 그는 기분이 좋은 날은 외야에서 수비를 보기도 했다.

"야구는 작전이야. 무식한 자식들."

연대장은 투덜거리며 자신이 거느린 보병연대의 수천 명이나 되는 장병들을 미개한 세상에서 구원의 손길을 보내는 계몽주의자로 착각했다. 그를 그나마 컨트롤할 수 있는 사람은 세탁병 투수였다. 적당한 볼 배합으로 연대장을 요리했다. 포크볼로 열나게 했다가도 평범한 직구로 달래주기도 하는가 하면 다시 포수 안쪽을 파고드는 변화구로 애가 타도록 만들곤 했다. 투수는 다음 1종계의 후보 1순위였다.

연대장은 재임 동안 당번병 중에서 1종계를 뽑았다. 요직의 대원을 심복으로 길러 선발한다는 그의 용병술이었다. 아니다. 투수를 키워서 선발하는 야구 감독의 지론이었다. 타자에게 타율이 있듯 투수나 감독에게는 승률만이 존재한다고 굳게 믿었다. 그만큼 1종계는 승부를 걸 만한 돈줄이었다. 하늘에 있는 별을 따려고 우주선을 쏘아 올려도 돈이 들지만, 지상의 별을 따는데도 만만치 않은 비용이 들 때도 있었다. 연대장은 동기들보다 늦은 별따기에 전장을 택했는지도 모른다.

"야구의 작전은 절묘한 타이밍이 생명이야."

연대장의 입버릇처럼 이번에는 타이밍을 놓쳤을까. 그린베레처럼 낙하산을 타고 내려온 학민은 연대장의 용병술에 꽤나 큰 오점을 남기고 만 셈이었다. 하지만 구단주의 엄중한 결정을 감독으로서는 치고 달리는 '히트 앤드 런' 같은 작전을 시도할 대책이 없었다.

보안대 파견대장은 작전회의에 참석하고 내려오자, 보충대로 대원을 보냈다. 박경석이 불려 왔다. 파견대장 책상 위에는 알몸의 권총이 문 쪽을 향해 드러누워 있었다. 박경석은 바짝 얼어붙었다. 학민의 알성급제 소식만을 기다리다 느닷없이 보안대로 끌려오니 영문을 알 수가 없었다.

"이 새끼야, 너 똑바로 불어. 허튼소리 나왔다간 죽을 줄 알아."

파견대장은 권총을 움켜잡더니 책상을 두드리며 겁을 줬다.

"넷! 알겠습니닷!"

박경석의 부동자세는 후들거렸다.

"너, 임마! 육본에 이 장군님은 어떻게 알고 주임상사를 찾아간 거야?"

"넷! 옆자리 친구의 수첩을 보고 알았습니닷!"

"친구라? 이학민이 말이지?"

"넷! 그렇습니다."

"그래, 주임상사한텐 뭐라고 했나?"

"이학민이 이런 얘니 소총수는 면해 달라고 했습니다."

"너, 이번 연대 작전을 미리 알고 있었나?"

"예에? 작전이라니요?"

"모르면 됐고. 알고 보니 네놈은 참 맹랑한 놈이더구나."

"무슨 말씀이신지?"

"너 이 새끼, 배 타기 전에 육군본부에 탄원서 냈지? 그래, 안그래!"

"냈습니다. 쌍둥이 형의 복수를 위해 그 중대로 보내 달라고 하였습니다."

"그렇지, 알아. 그래서 네가 이리 오게 된 거야. 또 지금 그리로 가는 길이야. 그런데 잘 나가다가 무슨 꿍꿍이로 옆길로 샌 거야.?

"복수를 하자면 보직이 괜찮아야 할 것 같았습니다. 그래서 이학민에게 묻어가면 될 것 같다는 생각이 들었습니다."

"좋아. 넌 친구를 위해서 소총소대에 가서 조용히 처박혀 있어! 알았어? 대신 네가 현지 적응이 되면 때를 보아 쌍둥이를 죽인 이중 첩자를 찾아주마. 알았지?"

"넷! 감사함닷!"

파견대장은 자리에서 벌떡 일어나더니 박경석의 정강이뼈를 사정없이 걷어찼다. 나긋하던 목소리를 갑자기 높였다.

"앞으로 이학민 앞에는 얼씬도 하지 마! 이번 일을 입 밖에 냈다간 오늘은 쪼인트를 까지만, 다음은 쥐도 새도 모르게 골로 갈 줄 알아! 이 새끼야! 알았어?"

파견대장은 권총을 집어 들더니 노리쇠를 뒤로 당겼다. 실탄 한 발이 마룻바닥에 툭 떨어졌다. 사무실 안은 긴장으로 팽팽해졌다. 박경석의 얼굴은 백지장이 되었다. 그는 사색이 되어 보충대로 돌아왔다.

"어이, 좋은 데 갈 사람 표정이 왜 그래?"

"대대본부라도 가는 거야?"

"웬만하면 우리랑 소총중대로 직행하지 그러냐."

박경석은 소지품을 얼른 챙겨 침상 끝자리로 옮겼다. 파견대장으로부터 학민 앞에는 얼씬도 말라는 다짐이 떠올랐기 때문이다.

저녁 식사가 끝나고 점호를 마치자, 학민이 돌아왔다. 그의 얼굴은 상기되어 있었다. 큰 짐이라도 지고 먼 길을 돌아온 사람 같았다.

"여기 있던 내 친구 어디 갔어?"

학민은 옆자리를 보고 물었다.

"그 친구 총 맞고 저기 끄트머리에 쓰러져 있잖아."

옆자리는 턱으로 침상 끝을 가리켰다. 박경석이 이마에 팔을 올리고 누워 있었다.

"경석아, 어째 자리는 옮기고 난리야. 왜 그래?"

학민이 흔들자, 박경석은 눈만 슬며시 떴다가 감았다. 돌아누우며 한마디 뱉었다.

"이제부턴 너하곤 절교야. 끝났어. 아는 척도 하지 마."

"너 임마, 연대 1종계로 가는 내 얘기 듣고 삐졌구나. 설마 내가 그냥 있겠냐. 걱정 마라."

"얌마, 네 걱정이나 해라. 나는 그냥 가는 대로 흘러갈 테니까."

"경석아, 오늘이 마지막이니 옆에서 같이 자자. 응?"

"안 돼! 절대로 그건 안 돼!"

박경석이 벌떡 일어나며 소리를 지르는 바람에 내무반의 모든 눈길이 두 사람을 향했다.

"짜식아! 웬 놈의 트집이냐? 나도 멀미가 난다. 멀미가 나!"

학민도 신경질을 부렸다. 그는 짧은 시간에 이루어진 일들을 생각하면 감당이 되지 않아 머릿속이 텅 비는 현기증을 느꼈다.

"오매, 조것들 보소. 수컷끼리 뭔 놈의 사랑싸움이여?"

이상야릇한 상상을 하는지 빈정거리며 따가운 눈총을 쏘아댔다. 보충병들은 배에서 내린 지 며칠이 지나서인지 멀미에서 조금씩 헤어나는 여유를 보였다.

망고가 익을 무렵이 되자 더위가 절정에 달했다. 전입병들은 태어나서 한 번도 겪어보지 못한 무더위와도 전쟁을 치러야 했다. 그뿐인가. 지독하고 매캐한 냄새가 코를 혼란스럽게 만들었다. 또한 '살인'이란 단어가 명찰을 붙이고 여기저기에 따라다녔다. 살인 더위는 물론이고 살인 정글, 살인 모기, 살인 거머리 등 정글화를 뗄 적마다 지뢰밭을 지나듯이 조심스러웠다.

학민이 1종계를 맡은 지 한 달이 지났다. 점심을 먹고 시에스타 시간이었다. 정보과에서 파견 나온 정정석 상병이 케네디 대통령처럼 책상 위에 다리를 뻗고 낮잠에 빠져들고 있었다. 창밖 먼 하늘에 뭉게구름이 솜처럼 모여들고 있었다. 1년을 채우지 못하고 조기 귀국한 전임 1종계였던 김종호 병장이 악수하면서 남긴 말을 학민은 떠올렸다.

"야, 이 상병. 연대 1종계는 총 맞을 일은 없어. 적에게 타깃이 아니거든. 차라리 보호를 받는다고나 할까. 근데 언제나 외줄을 타야 하니 조심해. 너나 나는 어차피 남사당패가 아니잖아. 줄타기가 쉽진 않을 거야. 1종계 주변에 있는 모든 인간은 절대로 믿지 마. 뜯어 먹기만 하지 아무 놈도 책임은 지지 않거든. 사고가 나면 모두가 오리발이야. 내 말을 바로 알게 될 거야. 몸 간수 잘 하고."

김종호는 탁구선수였다. 전국체전에서 개인단식과 혼합복식에서 메달을 딴 적이 있었다. 체육 특기자라고 스카우트한 연대장과는 당번병 시절부터 야구공과 탁구공의 크기가 달라서인지 서로 호흡이 잘 맞지 않았다. 그런데도 남다르게 유머러스한 그가 마음에 들었는지 1종계에 앉혔다.

연대장의 욕심은 끝이 없었다. 귀국선이 갈 때마다 박스가 서울의 연희동 집으로 향했다. 장교용 귀국 박스를 채우려면 그리 간단한 일이 아니었다. 선풍기와 텔레비전은 기본이고 냉장고를 눕히고도 모퉁이에 자리가 남았다. 군수참모는 뒷전으로 물러나 앉았다. 장병들의 전투식량인 C-레이션을 암시장에 내다 팔아 박스를 채우는 일은 고스란히 김종호의 몫이었다. 김종호는 떡장사를 하다 보니 손에 고물이 묻었다. 고물 맛에 정의를 부르짖던 그도 결국에는 영혼을 팔았다.

"씨발, 나 혼자 고고한 척 해봐야 아무 소용이 없는 거야. 높은 자리 있는 것들부터 잘라먹고 있는 판에 계란으로 바위 치기지. 아니 여기선 야자나무 치기야. 참 더러워서. 니이미."

1종계 인수인계를 하고 퀴논의 스팀베드에서 뱉은 넋두리였다. 학민은 듣기만 하는 수밖에 없었다.

앞서 1종계 인수인계에는 절차가 있었다. 한국군의 파월 초기부터 내려오는 관례라고 했다. 전임에게 장교 이름을 빌려 귀국 박스를 채워주어야 했다. 일제 산요 선풍기와 소니 텔레비전과 히타치 냉장고였다. 김종호는 학민에게 금성사의 텔레비전 티켓도 3장이나 요구했다.

"아니, 김 병장님, 내가 지금 무슨 재주로 이걸 다 마련해요?"

학민은 어처구니가 없었다.

"이 친구, 아직 깡통이네. 정말로 초짜야. 앞으로 걱정이다. 야 임마, 너 땜에 밀려나는데 이 정도는 약과야. 앞으로 딸라는 가이드해 주는 여자가 있으니 아무 걱정하지 마라."

"본부에서는 김 병장님이 큰 사고를 쳤다고 하던데요."

"그래? 그래야겠지. 어차피 소모품이니 후임에게 달리 뭐라고 하겠나? 북한군 심리전 애들과 접촉했다고는 하지 않아?"

"이번 인사 조치는 내 뜻과는 아무 상관이 없으니 오해는 마십시오."

"그래 알아. 모두 접고 떠나야지."

김종호는 말을 아끼려고 애썼다. 그는 가이드 여자를 부탁하면서 눈물까지 지었다.

"지하시장의 문을 따는 열쇠를 가진 여자가 필요해. 걔가 없으면 우린 시체야. 악어와 악어새인데 누가 악어인지는 지내다 보면 알게 돼."

김종호는 퀴논 시내에 사는 가이드 여자를 학민에게 소개해 주고 귀대하며 술에 취해 M-16 소총에 장전을 했다. 말릴 겨를도 없었다. 방아쇠를 당겼다. 총구에서 연발로 불을 뿜었다.

타타타!

김종호는 울분을 토하듯 탄창을 갈아 다시 연발로 갈겼다.

타타타! 타타타!

저공비행의 기총소사같이 실탄은 논바닥 탄착점에 흙탕물을 튀기고 작은 물기둥을 만들면서 지나갔다. 뜨거운 탄피가 짧은 금속음을 내면서 지프 안에 쏟아졌다. 순식간에 탄창이 비워졌다. 물소가 혼비백산하여 달아나고 논에서 뛰쳐나온 농부가 주먹을 만들어 보이면서 흔들어댔다. 농부의 그림자도 따라서 길길이 뛰었다. 부대 가까이에서 차는 속도를 늦추었다. 뒤를 돌아보았다. 이글거리며 지는 해가 사이공 길바닥에서 분신한 어느 스님의 모습으로 온몸을 불사르고 있었다.

주임상사는 관례를 깨고 지나간 달의 진급자 명단에 학민을 끼워 넣어서 병장으로 만들었다.

"양놈들한테 딸라도 더 받아내야 하고 여기선 상병으로는 아무 일도 못 해. 암튼 이 병장, 날 잊어먹으면 안 돼야. 뭔 말인지 알겠지?"

주임상사는 학민의 어깨를 가볍게 치면서 웃어 보였다.

인수인계가 끝나자, 주임상사는 영선반의 목수들을 불렀다. 비품을 넣어두던 창고를 1종계 사무실로 개조하기 위해서였다. 군수과와는 별도의 공간이었다. 오히려 군수과 사무실보다 넓었다.

학민의 조수로 연대장 숙소에서 상황병으로 있던 윤종일 상병이 차출되었다. 세탁병은 이학민보다 계급으로 보나 군번으로 따져보아도 선임이라 곤란하다는 주임상사의 설명이었다. 아니면 연대장이 혹시라도 모를 대형 사고에 대비하여 마무리투수로 기용하기 위해 벤치에 두고 보자는 복안일지도 몰랐다. 정보과에서 정정석이 SP박스에 파일을 몇 개 담아 들어왔고 민사과에서 황경인 병장이 합류했다. 군수과의 선임하사인 고창호 중사는 구색을 갖춘다고 책상만 안쪽으로 놓았을 뿐 코빼기도 내밀지 않았다. 병기과의 유준기 중사도 마찬가지였다. 팀은 속전속결로 꾸려졌다.

동병상련

　암시장의 가이드 여자를 만나려고 퀴논 시내로 들어서는 학민은 다소 긴장했다. 시계를 들여다보았다. 13시를 넘고 있어 시에스타 시간이라 그런지 거리는 한산했다. 레방동 거리를 지나면서 M—16에 장전을 했다.

　철거덕.

　노리쇠를 당겼다가 놓는 소리에 운전병 석전운 상병이 놀란 눈치였다.

"이 병장님, 왜 그래요?"

"어, 아무것도 아니야. 그냥."

"이 차는 장갑차라 걱정 붙들어 매요."

"무슨 장갑차? 이거 닷찌차 아냐?"

"이 병장님, 닷찌라도 여기선 제일 안전한 차랍니다. 베트콩들도 알아보는 차니까요. 암튼 좋은 자리로 오신 겁니다. 앞으로 잘 좀 봐주세요. 히히."

"적십자 마크 때문인가?"

"파병 초기부터 하노이의 호지명이 전언통신문을 보내 우리 차에는 절대로 총질하지 못하게 했다는 거 아닙니까. 히히."

"오지명이 했다는 게 정말이야?"

"히히, 오지명이 아니고 호지명요."

"흐흐. 암튼."

"그럼요. 지금처럼 우리 부대 1종계가 바뀌는 바람에 C-레이션이 안 나가니 시장이 마비된 거라고요. 지놈들도 처먹어야 총질도 하지요. 시방 레이션 값도 박스에 30센트나 단박에 올랐대요."

"대관절 무슨 말인지 모르겠네."

"바로 알게 될 겁니다요. 참, 서울의 오지명도 잘 있지요. 히히."

그 바람에 학민은 긴장이 좀 풀렸다. 힘이 잔뜩 들어가 있던 어깨도 느슨해졌다. 하지만 총을 잡은 손아귀는 여전히 단단했다.

"참, 오른쪽에 보이는 저 팔각정 우리가 지어준 거랍니다."

남자 몇이 그늘에 누워 있는 낯익은 정자의 단청이 산뜻해 보였다. 차 안으로 바다 냄새가 들어왔다. 소금기 묻은 바람 때문에 매캐한 냄새가 사라졌다. 석전운은 외갓집을 찾아가듯 야자수 사이를 지나 한 번도 머뭇거리지 않고 가이드 여자의 집 앞에 도착했다. 차 소리를 들었는지 머릿수건을 하고 몸집이 있어 보이는 여자가 사자머리 장식이 붙은 철 대문을 열었다. 차가 대문의 턱에서 한 번 움찔대더니 마당으로 들어섰다. 주차 공간만 시멘트로 포장되어 있었고 정원은 넓었다. 담 쪽에는 종려나무와 망고나무가 몇 그루 보였다. 앞쪽으로는 키가 작은 나무들이 늘어서 있고 그 사이로 붉은 꽃들이 피어 있었다. 학민은 차에서 내렸다. 머릿수건 여자의 안내를 받아, 단발한 소철나무가 양쪽으로 줄지어 서 있는 통로를 따라 붉은 기와가 퇴색한 프랑스풍의 안채로 향했다.

현관 앞에 검은색의 아오자이를 입은 여자가 보였다. 키가 훤칠한 것이 비엣족 같아 보이지 않았다. 학민이 두어 계단을 딛고 올려다보자, 여자는 묵례를 했다. 검은 머리카락이 윤기가 흘렀다. 고개를 숙이면서 쏟아졌던 머리를 쓸어 올리는 손가락이 가늘고 길었다. 옷깃의 빨강 줄은 무선을 선명하게 보여 주었다. 여자는 샌들이 아닌 빨간 가죽신을 신고 있었다. 집 안으로 돌아서는 여자의 등 뒤로 연한 향이 피어났다. 머리카락이 엉덩이까지 흘러 내려와 출렁거리며 반 아름의 허리를 감추었다.

거실은 에어컨으로 시원하였다. 물소 가죽 소파가 놓여 있었고 테이블은 무겁고 단단해 보이는 흑단목이었다. 여자가 학민에게 자리를 권했다. 머릿수건 여자가 녹차를 내왔다. 학민은 비로소 여자를 바로 쳐다보았다. 시원스런 눈이며 오뚝한 콧날이 알맞은 턱선으로 균형 잡혀 있었다. 의외였다. 1종계를 인수받으면서 김종호를 따라 한 번 왔었지만, 그때는 여자의 얼굴을 뜯어볼 겨를이 없던 터였다.

"마이 네임 이즈 리…."

학민은 더듬거렸다.

"나, 그냥 한국말 알아요."

여자가 웃었다. 치아가 가지런하게 보였다가 숨었다.

"나, 따이한 써전 이학민. 오케이."

"나, 레 티 쑤언. 오케이."

쑤언이 일어나더니 손을 내밀었다. 학민도 당황하여 자리에서 벌떡 일어나 두 손으로 악수를 받았다. 피아노 건반 위에나 있을 법한 쑤언의 손가락이 간지럽게 꼼지락댔다.

'이런 손이 암시장의 검은손이라니 도대체 알 수가 없네.'

학민은 짧은 생각에 잠겼다.

"무쓴 쌩각을 해요?"

쑤언의 질문에 학민은 놀라는 얼굴로 두 손을 잠시 들어 보였다. 둘은 그만 쑥스럽게 웃고 말았다.

"쑤언은 무슨 뜻인가요."

학민이 물었다. 베트남 사람들의 이름이 대체로 한자에서 뜻을 가져왔다는 얘기를 들었기 때문이다. 쑤언이 수첩에다 한자로 춘(春)을 써 보였다.

"예에, 스프링이라는 뜻이에요."

쑤언의 입에서 재미나듯 대답했다.

"아, 봄이라. 우리나라에서도 이름으로 써요. 춘향, 춘옥, 춘자라고 하죠."

학민도 분위기에 말이 많아졌다.

"그럼, 레씨는요?"

쑤언은 려(黎)를 썼다.

"가운데 티는요?"

"레씨의 딸이라는 의미예요."

"이학민의 가운데 이름에 해당하군요."

"여기도 남자들은 민(文)을 많이 써요. 공부를 잘하라는 뜻이에요. 학민도 그런 뜻인가요?"

"글월 문이네요. 발음도 비슷하지만 같은 뜻이랍니다."

학민은 문(文)을 써 보이며 한자문화권의 동질감을 느꼈다. 그리고 역사로 따져도 한문이라는 글자를 전파한 한족에게 끊임없는 침략과 고통을 당한 것에 대한 동병상련도 뒤따랐다.

"베트남은 성씨가 많지 않아요. 구엔이 제일 많고 쩐씨에다 우리 레씨를 합치면 절반이 넘어요. 다해야 몇십 개가 안 돼요. 여기선 성보다 이름이 중요해요. 티우며 키가 성이 같으니까 이름을 부르듯이 말입니다."

"아하, 그렇군요. 우리나라도 김, 이, 박이란 세 가지 성씨가 절
반을 넘어요. 오죽하면 남산에 올라가서 돌을 던지면 셋 중에 하
나가 맞는다고 할까요. 성씨의 숫자는 백 개가 넘어요. 그래서 예
전에는 국민을 백성이라고 부르기도 했지요. 그래도 우린 성씨가
중요해요. 이 병장, 김 병장 하거든요."

"우리 베트남과 한꾸욱은 닮은꼴인가요?"

"맞아요. 참, 호랑이도 잡은 떠이썬의 쑤언이란 여장군이 있었
죠. 코끼리부대의 대장으로 전쟁터에서 이름을 날렸다면서요."

"아, 부 티 쑤언을 아시는군요. 전쟁 끝에 사랑을 위해 목숨까
지 내놓았지요."

"베트남의 역사 공부를 조금 하였지요. 대대로 여성들의 활약
이 대단하더군요."

"따이한은 대학을 다녀도 병사로 군대를 간다면서요."

"그래요. 우린 가방 줄과 상관없이 병사로 군대를 가요."

"가방 줄이라니요?"

"아참, 쏘리예요. 가방은 책가방을 말하고 줄이 길다고 하면 대
학을 뜻한다고나 할까요."

"호호. 재밌군요."

"근데 저 사진은 누군가요?"

학민은 거실의 넓은 벽에 걸려 있는 실물 크기의 사진을 가리
켰다. 집 안 어디에서도 눈에 띄는 자리여서인지 처음부터 궁금하

던 차였다. 오른쪽 가슴에 훈장이 셋이 달렸고 왼쪽에는 여러 색깔의 약장으로 장식하고 있었다. 어깨에는 대령 계급장이 무겁게 보였다. 모자에는 챙이며 테두리에 금장이 가득했다. 사진 아래 향로에서는 진하지 않은 향이 꼬리를 감으며 피어오르고 있었다.

"아버지예요. 파일럿이었지요. 돌아가셨답니다."

쑤언의 얼굴이 바로 어두워졌다.

"아아, 쏘리. 미안해요. 내가 또 실수했군요."

학민은 유감이라며 적절한 단어를 찾았지만, 머릿속에 금방 떠오르지를 않았다.

"콧수염 아저씨와는 같은 부대의 파일럿이었지요. 두 사람은 동지이자 경쟁 관계였답니다."

쑤언이 한숨을 크게 쉬더니 털어버리듯 말했다.

"콧수염이라면 지금 부통령을 말하는 건가요?"

"어릴 때부터 그렇게 불렀어요."

"애칭이네요."

학민은 얼떨떨한 기분이 들었다.

"7년 전에 쿠데타로 디엠을 쫓아낼 때 아버지가 전투기를 몰고 대통령궁에 위협사격을 가해 그가 비밀통로를 통해 도망치게 만들었지요."

쑤언은 상기되어 있었다.

"고딘 디엠은 그 뒤로 바로 죽었잖아요?"

학민은 호기심이 발동했다.

"예. 처음에는 케네디가 디엠을 미국으로의 망명을 시도했지요. 디엠은 결국 중국인들이 사는 촐론의 교회에 숨어 있다가 공항으로 데려간다는 말에 장갑차에 올랐죠. 하지만 사이공경찰서 간부가 디엠을 먼저 쏜 다음 동생 누를 살해했지요. 그러자 죽은 누를 여럿이 찌르고 짓밟았대요. 누는 비밀경찰을 만들어 워낙 못된 짓을 많이 했거든요."

쑤언의 얼굴에 결의가 엿보였다.

"참, 마담 누는 쑤언만큼 예뻤나요?"

학민은 분위기를 바꿔보려고 화제를 돌렸다.

"호호. 나는 어림없어요. 누의 아내였지만 아름다웠죠. 우리나라는 물론 이곳에 와있던 미국대사관이나 군사고문단을 사로잡았죠. 그들 부부가 나라를 망쳤지요."

"우리와 베트남은 닮은꼴이 많아요. 너무 빼닮아 일란성 쌍둥이라고나 할까요?"

"쑤언은 잘 모르겠는데요."

"잘 들어 보세요. 지도를 보면 먼저 남북으로 길게 뻗어 있지요. 다음은 남북의 허리에 우리는 북위 38도 선이 있었고 여긴 17도 선으로 나누어져 있거든요. 북은 소련의 공산주의를 신봉하고 남은 미국의 자유민주주의를 따르는 것까지도 같아요. 땅 모양을 놓고 보면 두 나라는 모두 토끼를 닮았어요. 베트남이 조금 야윈 토끼지만요. 하노이가 토끼의 눈이라면 디엔비엔푸는 입이고 중공 쪽으로 뾰족한 몸까이는 귀라고 보면 되죠. 후에에서 퀴논까지는 등짝이고 나트랑과 캄란은 엉덩짝이라 볼 수가 있잖아요."

"우리나라 지리를 많이도 알고 있군요. 그럼 사이공은요."

"사이공으로 치자면 뒷다리라고나 할까요. 껀토 쪽은 꼬리고요."

"호호. 설명을 들으니 토끼가 맞네요. 그래서 늑대들에게 당하기만 한 건가요?"

"우리도 베트남처럼 유교를 존중해요. 고향 땅에서 부모님을 모시고 공경하면서 살고 싶어 하지요. 그러다가 조상들이 잠든 묘소 아래에 묻히기를 바라죠."

"어쩌면 형제국 같네요. 사이공에서 들은 얘긴데 전래 설화도 같은 것이 있다네요. 변형된 신데렐라라고 할까요. 우리는 계모와 딸에게 구박받는 <떰깜>이 있거든요. 떰은 깨진 쌀알이고 깜은 벼 껍질인 겨예요. 이름부터 곡식이라 재밌어요."

"금방 알겠어요. 우리도 곡식 이름으로 <콩쥐팥쥐>가 있어요. 불교에서 인과응보가 있잖아요. 권선징악의 해피엔딩도 같은 닮은꼴이에요."

"이번에는 필땀이 아니래도 쑤언이 잘 알아듣겠어요. 호호."

쑤언은 손뼉을 치며 즐거워했다. 학민은 말을 이어갔다.

"참 시기하죠. 대통령도 같아요. 우리도 불교 신도가 많은 나라거든요. 그런데도 디엠처럼 가톨릭은 아니지만 개신교인이 대통령이 되었어요. 미국에서 살다가 온 것도 디엠과 같아요. 또 있어요. 고딘 누와 비슷한 이기붕이라는 사람도 있었고요. 이 사람 때문에 이승만 대통령이 욕을 많이 먹었지요. 이기붕에게는 박 마리아라는 마담 누 같은 아내도 있었어요. 두 사람이 독재정치에다 부정선거까지 저질러서 나라를 망쳤지요. 이기붕은 대통령 한 사람을 속이기 위해 관영 신문까지 따로 만들 정도로 철저했어요. 진실을 감춘 채로 물가를 낮춰 지면으로 올리고 정부에 불리한 시위 소식은 감추기 위해서죠. 대통령이 시장 순시라도 나간다면 상인들에게 미리 가서 가격은 낮춰 거짓으로 말하라고 으름장을 놓았답니다."

"우리와 너무 닮았네요. 디엠의 말대로 국민과 접촉한답시고 시장에라도 나서면 누의 비밀경찰이 며칠 전부터 돌아다니며 선수를 쳤어요. 쌀이나 생선, 망고 등의 값은 절반으로 부르라고 겁을 준 거예요. 심지어는 이런 일도 있었어요. 당시 디엠은 협동을 강조하며 이스라엘의 키부츠 공동체에 열 올리고 있었어요. 물론 전시용이었지만요. 한번은 정부의 지원으로 만든 지가 얼마 안 된 키부츠 부락을 찾았지요. 뜻밖에 오렌지 나무에 열매가 주렁주렁 달려 있어 디엠은 원더풀을 연발했답니다. 누의 비밀경찰이 어디서 좋은 나무를 빼내다가 하루 전에 옮겨 심어 놓았던 거죠. 참, 기발하지 않나요. 그런 머리에서 나온 방법으로 공산군과 싸웠다면 이 전쟁은 벌써 끝났을 텐데요. 참, 쑤언이 말을 너무 많이 했죠? 아버지 영향이에요. 어릴 때부터 들으며 자라서 역사와 정치에 관심이 많아졌나 봐요."

"나도 그래요. 아버지가 국회의원 선거에 나갔다가 떨어지기도 했거든요."

"이제 얘기가 끝인가요? 그쪽 대통령은 살해됐나요?"

"아니요. 우리는 군사쿠데타가 아니고 프랑스처럼 시민혁명으로 대통령을 내쫓았답니다. 대통령은 디엠과는 달리 케네디의 도움으로 하와이로 망명을 떠났어요. 이기붕과 박 마리아는 경찰 간부가 아니라 아들이 쏜 권총에 살해되고 말았지요."

"그렇군요. 언제 어디서든 독재자는 오래 못 가지요. 그래서 따이한은 자유민주주의가 이루어졌나요?"

"글쎄요? 가톨릭 신도였던 장면이 총리가 되어 1년 정도 내각을 이끌었어요. 그런데 지금 여기처럼 무질서한 자유 신봉자들의 시위가 이어지더니 극도로 심해졌지요. 그 혼란을 틈타서 군부가 쿠데타를 일으켰어요. 티우처럼 박정희가 군사정권을 세웠답니다. 우리 집안에서도 가담자가 나왔지요."

"군사정권도 우리와 같네요. 우리도 프랑스에게 당했는데 한국도 일본의 지배를 받았다면서요."

"일본 얘기는 어떻게 알아요?"

"써전 김이 말해줬어요."

"맞아요. 베트남도 한동안 일본의 지배를 받았으니, 그것까지 너무 같네요. 정말 동병상련이에요."

"네에? 동병상련이요?"

― 同病相憐

학민이 한자로 써 보였다.

"아하, 같은 병을 앓는 사람끼리 서로 위한다는 것이네요. 무슨 말인지 알겠어요."

쑤언이 손을 모으며 학민을 보고 웃었다.

"참, 베트남 역사를 통틀어 나라를 구한 전쟁영웅은 누군가요?"

"그야, 쩐흥다오 장군이지요."

이때였다. 바깥이 빠르게 어두워졌다.

우르르 꽈앙 꽝!

번개가 몇 차례 섬광을 보이더니 천둥이 뒤따라 울렸다.

"쉿. 놀라지 마요. 스콜이에요. 스콜."

쑤언이 입술에 손가락을 갖다 대고서 하늘이 들을세라 소리를 낮추어 말하며 웃었다. 소낙비는 희뿌연 물보라를 가르며 쏟아졌다. 굵은 빗줄기는 거실의 앞쪽 창문에 부딪히더니 급기야 작은 폭포를 만들었다. 정원의 담장 쪽으로 서 있는 나무들은 비바람에 미친 듯이 머리를 흔들면서 춤을 추었다.

학민은 사단의 병참부와 상견례를 하기 위해 헬리콥터에 올랐다. 미군 조종사는 마치 소풍이라도 가듯이 껌을 씹으면서 흥얼거렸다. 급상승과 급강하를 반복했다. M-60 기관총 사수는 들판에다 총질을 해댔다. 학민은 속이 울렁거리고 급기야는 오줌마저 질금거리는 바람에 자신도 모르게 속옷이 젖고 말았다.

"양키 놈들, 헬기는 절대로 내놓지 않을 심보야. 우리한테 조종간을 맡기지 않거든. 지네들 보병은 떠나면서 지옥 같은 전술 지역만 우리한테 떠넘기고 헬기는 제 놈들이 차고 있어야 한다고 우기니 말이야. 하기야 헬기를 우리한테 주면 아무 때나 명령만 내리면 비행해서 한 달 만에 거덜을 낼 테지만 말이야."

동행한 군수과 선임하사인 고창호 중사는 헬기 굉음보다 자신의 목청을 키워보려고 목에 힘줄이 돋아 올랐다.

"그럼 저것들은 아무 때나 뜨지 않나요?"

학민은 지나가는 말로 물었다.

"흐음, 안전이 90퍼센트 이상 보장이 안 되면 지네들 대통령이 명령해도 헬기를 띄울 수 없다는 거야. 저놈들이야 죽기 싫으니 FM대로 한다는 거지."

선임하사는 또 소리를 질러 대답했다. 그러는 사이에 헬기가 선회를 시작했다. M-60 기관총 사수의 등 너머로 퀴논항의 바다가 햇살을 만나 푸르게 반짝거렸다. 꽤 높은 산등성이를 따라 망루 초소가 보였다. 초병이 헬기를 향해 손을 흔들었다. 망루와 망루 사이에 붉은 길이 끊어지지 않고 이어져 갔다. 헬기가 산 아래로 고도를 낮추고 또 한 번 선회하자 크고 작은 건물들이 줄지어 서 있는 것이 보였다. 구획을 정하는 아스팔트 도로가 사방으로 나 있고 가운데는 대각선으로 길게 뻗어 있었다. 학민은 부대의 규모에 놀랐다 본국에서 보았던 사단사령부와는 비교가 되지 않았기 때문이다. 헬기는 자신의 보금자리인 미군 공수지원대대 착륙장에서 흰색의 H자 헬리패드에 사뿐히 내려앉았다. 버스 길이만 한 프로펠러는 한동안 살아 퍼덕거렸다. 학민은 머리가 부딪칠 것 같은 느낌에 철모를 붙잡고 허리까지 구부려 빠져나왔다. 흙바닥이 별로 없어 그런지 연막탄 같은 먼지는 일지 않아 그런대로 시야가 좋았다. 사단 병참부 지프가 기다리고 있었다. 운전병이 씹고 있던 껌을 뱉으며 선임하사에게 경례를 붙이고 아는 체를 했다. 야자수 아래 별 넷이 그려진 십자성부대 마크를 입간판으로 크게 세운 제1군수 지원단을 지나서 병참부로 올라갔다.

"니이미, 사단 병참은 별 볼 일 없어. 그냥 서류만 주고받는 거지. 전쟁은 전투병이 우선이거든. 그래서 연대에서 도와줘야 된다구. 여긴 뒷바라지 할 사람이 너무 많은데 뭣으로 하나? 앞으로 잘해 보자구."

병참부의 담당인 문수식 병장은 투덜대며 학민과 악수하는 손아귀에 거북할 정도로 힘을 실었다.

미군 보급단은 퀴논 항구의 접안시설에 붙어 있어 밤낮으로 하역 작업이 이루어졌다. 인접한 베트남 보세창고와는 높은 담장 위에 철조망이 쳐져 있어 교도소의 울타리 같은 분위기를 자아냈다. 외곽에는 롱비치를 따라 미군의 항만 경비 중대가 삼엄한 경계를 펴고 있었다.

"양키들은 의심이 더럽게 많다구."

문수식이 빈정거리며 주먹을 흔들어 보였다.

"문 병장님, 나 영어는 잘 못하는데 어쩌죠?"

학민은 걱정이 앞섰다.

"이 친구야, 걱정 마. 나 같은 논두렁 영어도 다 통하는걸. 얘들도 우리말을 대강은 알아들어. 서로 척하면 삼척이지."

문수식이 어깨를 들썩이며 팔을 아래로 벌려 미군들 흉내를 냈다. 학민은 미군 보급창고의 어마어마한 규모에 놀라고 말았다. 다른 세상처럼 장관을 이루었다.

십자성 제1군수지원단 257병참부 수령계인 조중권 병장이 영어가 가득한 수령증을 제시했다. 보급창고 선임하사인 미군 중사가 기름진 배를 불쑥 내밀면서 거드름을 피우며 수령증의 사인을 대조했다. 학민을 아래위로 훑어보더니 처음 본다는 듯이 고개를 갸우뚱거렸다.

"아, 해리슨. 써전 리야. 새로 온 연대보급계야. 오케이?"

조중권이 선임하사에게 학민을 끌어다 마주 보게 했다.

"이 록 아미도 빨리 빨리야?"

해리슨은 웃지도 않고 시가만 빨았다. 그는 웃통을 벗은 출납계를 부르더니 사인한 수령증을 던져주었다.

조중권은 인수증에 문수식의 확인을 받았다. 문수식은 다시 학민에게 반출증의 사인 칸을 손가락으로 짚었다. 절차가 끝났다. 처음으로 학민의 손을 거쳐 치누크 헬기가 아랫배에 그물망으로 달고 연대에 도착한 C-레이션은 24팔레트였다. 몸집이 좋은 큰 고래만 한 치누크가 수직으로 내려오는데 날개가 만들어 내는 바람으로 사방에 흙먼지가 날았다. 마치 사막의 모래폭풍과도 같았다. 헬기장 당번이 신호로 터트린 노란 연막탄은 폭풍에 묻혀 제 기능을 잃고 말았다. 학민의 눈에는 새로운 광경이었다. 치누크가 그물망이 바닥에 닿아 체인을 풀자마자 나무꾼을 두고 돌아서는 선녀처럼 날아올랐다.

　학민이 퀴논의 암시장에 선을 보이는 날이었다. 암호는 작전 중에 무전 교신을 할 때 쓰는 음어처럼 정했다. '마빡'으로 지었다. 다시 말해 마빡을 처음 치는 날이었던 것이다. 헬기장에서 3 팔레트를 그물망 채로 트럭에 실어 위장망으로 덮었다. 1팔레트가 한 끼 용으로 12톨이 들어있는 박스가 80개니 모두 240박스였다. 언뜻 보기에는 전투식량을 연대본부에서 가까운 대대나 중대 기지에 트럭으로 운반할 때와 같은 모습이었다.

　접선은 시에스타 시간으로 잡았다. 퀴논 시내에서 길거리 좌판을 벌인 마마상도 대추야자나무에 기댄 채로 눈을 붙여 보는 눈이 줄어들기 때문이었다. 밤에는 군용트럭이 시내에 들어올 수가 없어 다른 도리가 없었다. 학민은 조수 윤종일과 단독군장으로 M-16 소총에는 실탄을 장전했다. 무전기 주파수를 확인했다. 둘 다 긴장했다. 껌을 소리 나게 씹어대는 운전병 석전운이 혼자서 태평스러워 보였다. 맹호부대가 비둘기부대의 지원을 받아 지어서 기증한 문화센터 사거리에서 우회전하자 쑤언이 손을 들었다. 검정 파자마를 입고 농라를 쓴 그녀는 밤에 보았다면 영락없는 베트콩 차림새였다.

　학민이 차 문을 열고 손잡아 끌어 올렸다.

　"쑤언, 손등이 왜 이래요?"

학민이 쑤언의 손을 풀지 않은 채로 물었다.

"호호. 위장크림이에요. 일종의 페이스페인팅이지요. 이곳에는 쑤언을 알아보는 팬들이 너무 많아서요. 볼에도 약간 발랐어요."

손등에도 검정색이 칠해져 있었다. 손끝이 없는 장갑을 낀 것처럼 보였다. 그러고 보니 얼굴에도 검은 줄이 그어져 지나갔다. 마치 농라의 턱걸이 끈이 귀에서 코를 지나가는 모양새였다. 귀걸이도 손가락의 반지도 하나 보이지 않았다.

"참, 거래할 때 이름은 랑으로 불러요. 랑. 그리고 써전 리는 뭐라 할까요?"

"최로 할까?"

"네, 써전 초이. 오케이."

쑤언이 다리를 놓은 롱의 창고는 런 시장 끄트머리에 자리 잡고 있었다. 쑤언의 길잡이로 검문소를 피해 시장 뒷길을 우회하여 돌았다. 창고는 문이 크고 높았다. 트럭은 열린 창고 안으로 잠시도 멈추지 않고 들어갔다. 출입문을 닫아걸자, 트럭 머플러에서 쏟아지는 연기로 창고 안에는 매연으로 가득해졌다. 창고의 사무실은 뒤쪽 출입문 옆에 붙어 있었다. 커튼이 쳐져 있었다. 석전운이 차의 시동을 끄고 내려와 출입문이 보이는 기둥 뒤에서 '앉아 쏴' 자세로 고개만 내밀고 경계를 섰다.

"나, 롱이라 하오. 이 친구는 처남인 마우요."

쑤언이 말을 받아 학민 쪽으로 속삭였다. 롱은 받쳐 입은 아오바바의 하얀 무명옷 때문인지 광대뼈가 돋보이는 중년이었다. 옆에 선 쑤언의 옷 색깔과는 대조적으로 보였다. 옷 안이지만 왼쪽 겨드랑이 밑에 권총이 얼핏 보였다. 학민도 롱이 그랬듯 어깨를 펴고 머리를 바로 들면서 눈초리에 힘을 실었다.

"나는 따이한 써전 최라고 하오."

쑤언이 롱에게 통역으로 전했다. 그가 고개를 끄덕이자, 학민이 손을 내밀었다. 학민은 롱의 손이 체격에 비해 다소 크다는 느낌을 받았다. 손가락 마디의 굳은살이 단단하게 박여 있었다. 짧은 콧수염이 단정하게 보였다. 잠시 침묵이 흘렀다. 학민은 애써 긴장이라도 풀듯이 손을 입에다 대고 헛기침을 한 번 했다.

"흐음, 전임자가 갑자기 귀국하여 물량이 모자라 어려움을 겪고 있다고 들었소. 랑의 부탁으로 물건을 조금 가져왔소만 단가를 좀 올려야 할 것 같소."

학민의 지극히 사무적인 설명을 들은 롱의 안색이 금방 구겨졌다. 바로 쑤언에게 손가락질하더니 따지듯 빠르게 떠들었다.

"그건 안 돼! 지난번에 싸전 킴이 걷기 동안은 가격을 그대로 유지하기로 약속했잖아! 이것은 배신행위야! 배신!"

"지금 레이션이 품귀라 들었소. 가격을 올려야 마땅하오."

"이곳은 따이한만 있는 것이 아니요. 미군의 보병사단과 공정여단도 아직 남아있어 물량은 여유가 많다고 보아야 하오. 우기가 다가오면 그때 다시 가격 협상에 응하기로 약속하리다."

"오늘 첫 거래이니 내 체면을 봐서라도 우리의 요구에 응하길 바라오."

"무슨 소리야. 우리는 이 사업에 목숨을 걸고 한다는 것을 왜 모르오. 안 되는 말이니 그리 아시오."

"정히 그렇다면 우린 그냥 가겠소."

"싸전 초이, 어린애처럼 굴지 마쇼. 총기에도 관심이 있다는 얘기를 들었소. 그게 내가 취급하는 주 종목이라 할 수 있소이다. 성청이나 베트남군에 줄이 있어서 거래가 되오. 중고가 싫다면 나트랑의 미군 창고에는 갓 구워서 건너온 따끈한 무기들이 산더미처럼 쌓여 있소. 본토불만 내면 언제라도 중대 병력 정도는 무장시키고도 남을 정도요. 마음만 먹으면 나트랑 외항의 배에서 내리기 전에 빼낼 수도 있소. 총기 가격은 시세보다 싸게 주겠소. 우리는 서로에게 좋은 거래처가 될 수도 있소. 내 제안이 어떻소."

"잠시 우리끼리 의논을 하겠소. 자리를 비켜주시오."

롱이 처남과 사무실을 나가자, 학민은 윤종일과 쑤언의 의견을 물었다.

"사수님, 오늘은 상견례이니 이만하면 작전은 성공이네요."

조수 윤종일이 조용히 말하고 소총의 안전 자물쇠를 채웠다.

"나도 싸수라고 할께요. 싸수님, 잘했어요. 레이션은 다음 뻔에 다시 따지기로 하고 찌끔은 이 정도로 끝내요."

쑤언이 엄지손가락을 세워 보였다.

"나는 나트랑이 본거지요. 오늘은 싸전을 처음 만나는 날이라 직접 나왔소. 여기는 마우가 맡아 싸전을 상대할 것이니 그리 알길 바라오. 반지가 색깔이 좋소이다. 우리 금은 따이한보다 색깔이 흐려서 남바 텐이요. 언제 시간을 내서 나트랑에 오시오. 극락의 세상이 어떤 곳인지 보여 주겠소이다. 하하하."

롱의 얼굴이 그제야 펴졌다.

"이 반지는 어머니의 부적이오. 나도 살아서 돌아가야 하지 않겠소. 자리가 잡히면 당신을 만나러 나트랑에 한번 가겠소. 미리 극락이라도 보아두어야 죽더라도 좋은 자리로 가려면 짜웅을 하는 데 도움이 될지 누가 알겠소. 하하하."

학민도 웃으면서 손을 내밀었다. 악수를 마친 롱이 갑자기 손뼉을 쳤다.

짝짝!

천장 가까이 쌓인 쌀부대 위에서 카빈을 든 남자가 내려왔다. 거의 동시에 학민과 윤종일도 총을 바로 잡았다.

"이 사람들이 놀라기는. 상황이 끝났다는 신호야. 하하!"

롱이 웃었지만, 학민은 화가 났다.

"이봐! 다음부터는 이따위로 우릴 놀라게 하지 마!"

분위기가 잠시 썰렁했지만 쑤언이 양쪽을 몇 차례나 오가면서 거래를 마쳤다. 마우가 창고 안쪽 구석의 모서리로 가서 빈 나무 박스를 치우자, 지하층으로 내려가는 큰 덮개가 나왔다. 열어젖히자, 불빛에 계단이 모습을 드러냈다. 머리에 수건을 동여맨 남자들이 여럿 올라왔다. 석전운이 트럭 적재함의 뒤와 옆문을 따 주었다. 사람들은 뒤판이 막힌 사다리를 차에 걸쳐 언덕처럼 걸어서 올라갔다. C-레이션 팔레트를 헐어 두세 박스를 어깨에다 메고 일개미들처럼 줄지어 지하로 내려갔다. 몇 번을 오르내리는데 로봇처럼 누구도 말 한마디 꺼내지 않았다.

연대장은 느긋하게 야구공을 만지작거리고 있었다.

"맹호! 병장 이학민은 연대장님께 보고드리러 왔습니다!"

학민이 군기를 잔뜩 넣은 목소리로 복창하고 연대장 책상 앞에 섰다.

"이번에 수고가 많았다는 얘길 군수참모한테 들었어. 첫 작전에 마피아를 주물렀다니 좋은 소식이야. 더 잘해 봐. 작전을 수행하는 데 문제가 있으면 언제든 얘기해."

연대장은 계급적인 말투 대신 부드러운 말씨를 썼다.

"넷! 한 가지 부탁이 있기는 합니다."

"그래, 뭐야?"

"넷! 조수가 한 명 더 필요합니다. 작전을 해보니 안전요원이 있어야 할 것 같습니다."

"그래, 주임상사에게 말해두지."

"제 파월 동기 중에 중대에 가 있는 애가 하나 있는데 사격 솜씨가 좋습니다마,"

"총질을 잘해? 알았어. 그렇게 해."

"넷! 알겠슴다!"

학민이 경례를 붙이고 손을 내리는데 야구공이 포물선을 그리며 날아왔다. 반사적으로 도로 손을 올려 공을 잡았다. 하마터면 놓칠 뻔했다.

"공을 받는 걸 보니 자네도 이제 내 팀이야. 공은 입단 기념품이야."

연대장 사인이 그려진 야구공을 머리 위로 던져가며 사무실에 내려온 학민은 짜릿한 흥분을 참기가 어려웠다. 박경석을 올라오게 할 수가 있다니 꿈만 같았다. 그것도 재빠르게 막연한 기대가 현실로 이루어졌으니 그럴 만도 했다.

제12중대에서 무전이 온 것은 2시간이 지난 뒤였다.

"여기는 0812, 0625 나와라. 오바."

중대본부의 통신병이 음어를 써가며 무전을 열었다.

"당소, 0625다. 송신하라. 이상."

학민은 즉각 응답을 보냈다.

"여기 병아리 하나가 귀소의 이학민 병장을 찾는다. 오바."

"알았다. 병아리가 찾는 어미 닭이다. 이상."

"……."

"야! 너 모포부대 사령관 박경석이 맞지? 왜 말이 없어. 이 짜식 꿀 먹었구나. 나야 나. 벌써 친애하는 이 상병님을 까먹은 건 아니지!"

"잘나가는 놈이 말단 소총수는 왜 찾아?"

"내가 저격수가 필요해서다. 이 녀석아. 너 아직은 안 죽었구나. 암튼 반갑다."

"그래, 대체 용건이 뭐야? 데려다가 네놈 따까리라도 시키려고."

"이 녀석 보게. 귀신이네. 그래 맞아. 데려와서 내 노예로 삼으려고 그런다. 며칠 안으로 특명이 내려갈 것이니 잔말 말고 준비해라. 그동안이라도 빡빡 기는 애들한테 총 맞지 않게 표정 관리나 잘해. 알았지?

"……"

"이 녀석 보게. 그새 또 꿀 먹었네."

3일 뒤였다. 주임상사가 더블백을 어깨에 걸머진 병사를 데리고 1종계 사무실에 나타났다.

"맹호! 상병 박경석은 오늘부로 제12중대에서 연대본부 군수과로 명, 받았기에 이에 신고합니다!"

"야야, 됐어. 그만해. 인사계님, 수고 많았습다. 자, 인사들 해요. 우리 팀에 합류하는 새 친굽니다. 사격 선수였어요."

학민이 장교도 없는 사무실에서 무슨 신고식이냐면서 서둘러 끝내려고 나섰다. 선임하사를 거쳐 마지막으로 학민과 악수를 할 때 박경석은 눈물을 글썽거렸다. 그날 저녁이었다. 1종 창고 안은 불이 환하게 밝혀졌다.

"야, 이하민 일석점호는 안 받아도 되는 거야?"

박경석은 시집온 새댁처럼 몇 군데 돌면서 인사를 치르느라 고생했던지 일인용 야전침대에 걸터앉아 다리를 만지며 걱정스런 표정을 지었다.

"상병이 하늘 같은 병장님한테 야라니? 엎드려뻗쳐를 해봐야 정신이 들겠어!"

학민이 마주 보는 야전침대에 걸터앉아 정글화를 벗으며 놀려 댔다.

"여긴 그런 거 없어. 걱정일랑은 붙들어 매슈. 창고 안이지만 방카야. 포가 떨어져도 무너지지 않아. 1종계가 죽으면 뭘 먹고 전쟁을 해. 안 되잖아. 하하. 그 침대 밑에 슬리퍼로 갈아 신고 샤워부터 해라."

"샤워장도 있어?"

"아, 창고를 비울 수가 없어 세면장이 있었는데 지나간 선임들이 샤워기를 하나 달았나 봐. 이건 주월사령관도 모르는 극비사항이야. 아니네. 너도 오음리에서는 모포부대 사령관이었잖아. 이제 내놓고 샤워해도 뭐랄 사람이 없겠네. 하하하."

"여기서 혼자 자나?"

"조수와 교대하든지 하여튼 비울 수는 없어. 이제 너랑 3교대가 되겠네. 창고에서 너무 오래 지내면 담배 냄새에 취해 머리가 아파. 처음에는 토하기도 했다는 거 아니냐. 지겨우면 본부중대 숙소에서 자면 되고."

"야아, 연대 1종 창고가 이런 데였구나. 듣던 대로 보물창고가 따로 없네. 저 산더미 같은 박스들에서 새어 나오는 이 고소한 냄새하며 이상야릇한 미국 냄새, 나는 담배 냄새도 좋아. 죽인다, 죽여."

"이 녀석이 벌써 본색을 드러내는구먼. 잔말 말고, 너 캐비넷은 끝에 이름표 없는 거야. 옷은 거기다 걸고 씻으러 가자."

"오매야. 둘이 같이 씻는다구?"

"지랄하고 자빠졌네. 맥주나 한잔하게 서둘러."

"너 그사이에 욕도 하고 술도 배웠냐?"

"아냐. 네놈이 왔는데 축하를 해야지. 흉내라도 내야 덜 섭섭할 거 아냐."

박경석은 철제 캐비닛을 열었다. 전투복이 세 벌이나 걸려 있고 아랫단에는 속옷이 포장된 채로 여러 벌 포개져 있었다. 박경석이 팬티 바람으로 수건을 목에 두르고 돌아서는 학민을 와락 끌어안았다.

"이학민, 이거 설마 꿈은 아니지?"

"야! 징그럽게 왜 이래. 빨리 안 떨어져."

"정말 고맙다."

"박경석이 너, 정말 잘 왔다. 우리 잘해 보자."

샤워를 마친 두 사람은 책상을 사이에 두고 마주 앉았다.

"짜잔. 내가 뭘 준비했게."

"뭐냐? 이거 국수잖아. 야, 이 양념장까지…."

"그래, 임마, 네 놈 먹이려고 신경을 좀 썼지."

"오, 하느님 감싸함다. 아니 네 놈이 하나님이다. 근데 이 오리 지날을 어떻게 만들었냐?"

"다 방법이 있지. 잔말 말고 얼른 냉장고를 뒤져 너 먹고 싶은

거나 꺼내 와."

"이거 뭐냐? 제네랄이잖아? 오매 죽겠네."

"왜? 국산 냉장고인 줄 알았냐?"

"야, 미친다. 미쳐."

"국수 퍼진다. 빨리 해."

"오, 대통령이 좋아한다는 시바스도 있네. 그것도 21살짜리로 말씀이야."

"임마, 그건 극비사항이야. 쉬잇."

"여긴 극비가 왜 그리도 많냐? 대통령 마시는 거 우리도 한잔 하자."

박경석은 시장기가 돌았다. 낮에 본부 식당에서 눈치로 먹은 식어 빠진 스테이크 한 조각에 B-레이션으로 만든 점심을 대충 먹은 탓이었다. 학민은 얼음을 꺼내 국수 그릇에 띄우고 양주잔에도 채웠다.

댕그랑.

사각 얼음이 빈 유리잔에 굴러떨어지면서 내는 소리가 기분 좋게 들렸다.

"건배!"

둘은 목청껏 외쳤다. 학민은 노랗게 녹아난 얼음물을 한 모금 밖에 넘기지 않았는데도 얼굴이 화끈거리고 뱃속이 뒤집어지는가 싶더니 다리가 풀렸다. 박경석은 연거푸 몇 잔을 들이켰다. 그들은 국수에 몰두했다. 학민은 국수 면발을 긴 젓가락으로 입

안 가득하게 끌어넣었다. 다급하게 몇 번 씹어 넘기는데 목에서 꿀꺽하는 소리가 났다. 며칠을 굶은 사람 같았다. 박경석도 따라 했다.

C-레이션은 요술 상자였다. 통조림으로 된 미군의 전투식량이었다. 질기고 단단한 종이박스에 12톨이 들어 있었다. B1·B2·B3 세 가지로 내용물이 각각 달랐다. 고기보다 과일이 들어있는 B3가 인기였다. 다들 좋아하였다. 그래서 고참 용이란 말이 나올 정도였다. 메인 메뉴 말고도 생필품이 여러 가지였다. 타입에 상관없이 껌, 커피, 치즈, 크래커, 화장지 거기에다 성냥, 네 개비짜리 담배가 들어 있었다. C-레이션은 연합군에게도 지급되었으니, 그들에게도 식량이었다. 그뿐만이 아니었다. 남쪽 베트남 사람들의 특식이었고 북쪽 베트민 사람들에게는 선망의 대상이었다. 1968년 구정 공세에 베트콩들은 하루에 C-레이션 한 깡통을 먹고 전투를 벌였다.

SP박스는 마술 상자였다. 미군의 전투용 생활필수품이었다. 순한 셀렘에서부터 카멜, 윈스턴, 말보르 같은 담배가 켜켜이 포개져 있었다. 칫솔, 치약, 노트, 볼펜, 면도기, 화장지에다 껌, 새알초콜릿, 커피, 설탕, 소금까지 들어 있었다. 밋밋한 상자 안에서 한참을 꺼내도 바닥에는 나올 것이 남아 있었다. 귀국하는 병사들이 가장 선호는 품목이었다. 집으로 가져가면 온 동네가 잔치를 벌였으니까 말이다.

학민은 롱이 자랑삼아 호기롭게 떠들던 기억을 더듬었다.

"이봐요, 따이한 1종계님! C-레이션과 선드리 팩은 미국제를 끔찍이도 싫어한다고 선전하던 하노이의 호치민 주석도 좋아하고 모스크바의 브레즈네프 서기장, 북경의 마오쩌둥 주석, 평양의 김일성 주석도 좋아한다니 믿겠소? 믿거나 말거나. 하하하."

'그렇다면 롱이 월맹군이나 북한군과 직접 거래를 한단 말인가? 설마 오직 인민들만 생각한다는 주석들이 그럴까? 호 아저씨는 비엣족에게는 만인의 영웅이 아닌가? 하긴, 휴전 약속을 마음대로 뒤집는 공산주의자들의 속셈이야 어디까지가 진심인지 도통 알 수가 있어야지.'

연대장이 직접 학민에게 전화를 했다. 당번병이 바꿔주던 절차를 생략한 연대장의 목소리에 긴장했다.

"맹호! 병장 이학민 전화 바꿨습니다."

"너 쫌 보자."

"넷! 알겠씀닷!"

학민은 총알같이 연대장실에 들어섰다.

"병장 이학민은 연대장님께 용무가 있어 왔습니닷!"

학민은 소리를 질렀다. 연대장은 돌아보지도 않고 벽에 붙은 샌프란시스코 자이언트의 홈구장 사진을 들여다보고 있었다.

"이학민, 여길 봐. 여기가 어딘지 아나?"

"넷! 잘 모릅니다."

"임마, 내 팀에 입단한 지가 얼만데 홈구장을 몰라. 공부 좀 해. 알았어!"

"넷! 시정하겠씀다."

"좋아. 앉아."

"괜찮습다."

"정보부에서 성적이 별로라고 아주 야단이야. 우리가 지금까지 M-16 소총을 정책박스 12개에 360정을 보냈지만, 비축 분을 빼면 실제로 암시장에서 구입한 것은 130정밖에 보내지 못했으니, 그치들도 찐빠를 먹었겠지. 그 양반 성질이야 다 알 테고 말이야. 먼저 출루율을 높여야겠어. 일단은 출루를 해야 점수가 나든지 아웃을 당하든지 할 거 아니겠어. 타율이야 타자의 기술이고 말이야. 안 그래?"

"맞습니다."

"이학민."

"예썰!"

"이번 작전에 내 운명이 달렸어. 무슨 말인지 몰라. 내가 별을 달고 메이저리그에 나가느냐 아님 마이너리그로 떨어지느냐 판가름 난다는 거야. 믿고 하는 말인데 내 인사고과는 자네한테 달린 거라고."

"최선을 다하겠습다."

"야, 별이 그냥 와서 척 달라붙냐고 짜웅을 해야잖아. 안 그래?"

"그건 잘 모르겠습다."

"이학민, 안타가 안 터지면 기습번트라도 대서 진루를 해보라구."

"예썰! 한 가지 청이 있습니다. 맥주 말인데요. PX에서 나오는 물량으로는 양키들과 게임이 되질 않습니다. 어차피 정책박스를 만들 바에야 상부에 보고하여 백구부대 편으로 OB공장에서 바로 싣고 와야 버드와이저와 승산이 있을 겁니다."

"굿 아이디어야. 자넨 역시 머리가 빨리 돌아. 알았어."

학민은 연대장실에서 나와 계단을 딛고 내려서면서 기분이 언짢았다.

'아니, 뭔 소리야. 정책박스로 치자면 통수권자의 명령이라지만 자기 별 다는 거랑 나하고 무슨 상관이람.'

사단 1종계 문수식이 연대에 들렀다. 학민은 아지트인 창고로 자리를 옮겨와 마주 앉았다.

"이 병장, 이제 좀 할 만하지?"

"문 병장님이 도와줘서 자리를 빨리 잡았습니다."

"이제 말이 통할 것 같으니까 서로 터놓자고."

"무슨 얘긴지요?"

"우리가 월말 정산을 몇 번 했지만, 식수 인원의 조정을 제대로 못 했거든."

"서로 큰 차이 없이 맞았잖아요."

"실제 인원이야 맞췄지만, 유령병력이 내가 잡아 놓았다가 정리가 안 된 것이 좀 있걸랑. 유령병력은 전임 김 병장한테 들어 알고 있겠지."

"대강은 들었지만, 워낙 급하게 귀국하는 바람에 제대로 파악을 못 했지요."

"유령병력은 말 그대로야. 실제는 없는데 가공인물을 만들어 지금 나처럼 사단에서 연대로 연대에서 대대로 아니면 역순으로 공무를 다니게 만드는 거야. 말하자면 영화를 만들기 위해선 시나리오가 있어야 하고 배역이 있어야 되잖아."

"무슨 말인지는 알겠습니다만."

"시나리오는 여러 가지야. 문서수발도 있고, 교육차 왕래하면 되는 거야. 자동차나 중화기의 정비도 단골이라고 봐야 되고 또한 파견 요원을 늘이는 방법도 있거든. 급하면 106후송병원 애들하고 치료차 오간 걸로 조정하면 된다구."

"근데 우리 사단 전체 식수 인원이 나와 있는데 그게 가능해요?"

"물론 큰 틀로 보면 그렇지. 여긴 전쟁터 아닌가. 작전하고 나면 누가 철모 하나 잃어버렸다고 따지냐구. 본국에선 어림없지만 말이야. 미군 보급단 아이들도 큰 차이가 아니면 일일이 따지지는 않거든."

"문 병장님, 근데 유령이 왜 필요해요?"

"그거야 비자금 때문이지. 이 병장도 이제 지내봤으니 알겠지만, 비공식으로 들어가는 비용이 한두 가지가 아닐 거야. 위로 살펴야지 밑으로도 챙겨야 하는 게 1종계야. 전쟁터에서 기름은 돈이 안 되거든. 휘발유 1드럼 내다 팔아야 C-레이션 몇 박스 값정도니 말이야. 그리고 사단본부야 전투병이 별로 없으니 주로

A, B레이션이고 C-레이션이 있어야지. 그러니 연대만 쳐다볼 수밖에. 내가 처음에 말했듯이 연대에서 도와줘야 한다구."

"참, 복잡하네요."

"복잡할 거 없어. 파월 이래 이건 전통으로 내려오고 높은 데서도 알고 있는 것이고 말이야. 이게 다 자기들한테도 해당되는 일이걸랑. 하지만 내놓고 할 수는 없는 일이니, 전우들에게 찔리긴 하지."

"유령병력이 식수 인원에 잡히면요?"

"그야 자연스럽게 병력 하나에 붙는 기본 1종이 따라가는 거지. 우선 쌀과 레이션이랑 SP 같은 거지. 이 병장도 결국 대대에서 유령을 받아야 할 거야. 대대는 또 중대에 손을 벌려야 할 거구."

"그것 참, 골치가 아프네요."

"이 병장, 잘 들어. 이 일은 누가 해도 해야 하는 것이니 너무 자책할 것도 없어. 군대 보직을 하고 싶다고 하고 싫다고 안 한다면 개판 되겠지. 먼젓번 김종호처럼 양심선언이다 뭐다 하면서 나서봤자 아무 소용이 없어. 자기만 다치지. 그런데 떡 장사를 하다 보면 손에 떡고물을 안 묻히고는 할 수 없는 노릇 아닌가?"

"떡도 그렇지만 떡고물도 문제가 되긴 되네요. 1종계 하면 색안경을 끼고 보는 이유가 다 있었군요."

"이 병장, 우린 같은 배를 탔으니 노를 같이 저어야지. 혼자서 나 몰라라 할 수는 없잖아. 전쟁터에선 복잡하게 생각하다 수렁에 빠지면 죽을 수도 있어. 죽으면 며칠은 안타까워하지만, 1주일이 지나면 아무도 이름조차 기억하지 않아. 우린 살아서 돌아가야 하지 않겠어. 단순해져야 살아남는다 이 말이야."

학민은 문수식이 헬기 편으로 푸캇으로 날아가는 것을 배웅하고 창고로 돌아와서 책상에 앉아 생각에 잠겼다.

기억

돌이켜 보면, 학민의 대학 생활은 그리 순탄치 않았다. 스스로 학비를 벌어서 등록하다 보니 1년에 한 학기를 겨우 마칠 정도였다. 돌파구로 찾은 것이 아무도 모르게 감행한 입대였다. 군대 생활도 쉽지는 않았다. 논산훈련소에서도 가장 높은 곳에 위치한 제30연대에 배치되었다. 그러다 보니 수압이 떨어져 수돗물이 아이들 오줌 줄기보다도 약해 식기를 깨끗이 하질 못했다. 교육장이 멀어 서둘러 일어나 구보를 하니 아침밥은 금방 소화가 되어 허기와도 싸워야 했다. 훈련소 본부 쪽에 있던 극장이나 목욕탕도 멀기는 마찬가지였다. 그래서 나온 말이 있었다.

"30연대는 잠은 자나 마나 밥도 먹으나 마나."

제30연대 훈련병들의 입은 너나없이 거칠어졌다.

"나는 재수가 참말로 더럽게 없는 놈이야."

다들 자학을 했다. 그러면서 집안의 사돈에 8촌까지 동원해 가며 지옥을 탈출해야 한다고 안달이었다. 학민의 자학은 방향이 정반대로 인사 비리에 휘말리지 않고 가는 데까지 가보자는 심산이었다. 어머니가 삼촌에게 줄을 대보겠다고 나섰다. 삼촌이 누구인가. 5·16 때 주모자들이 서울에 입성하여 찍은 사진의 위치를 보더라도 알 만했다.

"막내야, 삼촌한테 내가 부탁을 해보마. 그깐 자존심이 밥 먹여주냐? 네 아버지를 닮아 정의의 사도처럼 황소고집을 부리고 나오면 이 에민들 막을 재주가 없지. 쯧쯧."

학민은 홀어머니의 간절함에도 불구하고 도움을 청하지 않기로 다짐했다. 학민은 자존심 하나는 누구와도 견줄 수가 없다고 입영 전야에 논산까지 따라붙은 친구들에게 맹약했다.

"친지들처럼 명분을 저버리고 권력자에게 빌붙어 공부하고 군대서도 좋은 데로 빼돌려 편하게 제대해서 국영기업체나 들어가는 따위의 전철은 밟지 않을 것이야. 사내놈이 스스로의 힘으로 인생을 개척해야지. 자존심도 없는 거야. 나는 적어도 악어로 살지 악어새는 되고 싶질 않단 말이거든."

술이 약한 학민이 한 잔 마시더니 호기를 부렸다.

이학민 이등병이 탄 조각배는 바람이 부는 대로 흘러 흘러서 춘천의 제103보충대로 떨어졌다. 거기서 작전 도로를 따라 눈썹에 뽀얀 먼지를 달고 사단으로 들어갔다. '이기자' 부대였다. 친구들도 주말에 면회를 와서 '빽'을 쓰지 않는 진정한 용기에 찬사를 보낸다고 추켜세웠다. 하지만 일주일 만에 오해의 소지를 남기는 인사특명이 나고 말았다. 중부전선의 최전방이라도 교육사단이라 연대 하나가 오산 공군기지의 외곽경계 임무를 띠고 파견을 나가 있었다. 한데 9명의 보충병 명단에 학민도 들어 있었던 것이다. 학민은 더블백도 풀지 못하고 돌아서 후방으로 나올 수밖에 없었다. 8명 병사들의 얼굴은 사색에서 희색으로 바꿨다.

학민의 기준으로 본다면 불운은 이어졌다. 대대의 1종계를 맡은 것이었다. 포경수술을 받은 사수가 일반하사였는데 원숭이걸음으로 인사기록 카드를 앞세우고 오더니 다짜고짜 학민을 찍었던 것이다. 말이 행정병이지 1종계 조수는 고달팠다. 오산 공군기지의 한국군 병참부 보급창고가 서울의 문래동에 있었다. 1종계 사수는 트럭의 운전석 옆에 타고 가지만 조수는 적재함에 타야 했다. 700명이 넘는 대대 병력이 먹을 부식이 쌓였기 때문이다.

보급창고장인 중사들은 기름진 얼굴에 부피가 있는 몸집들을 보여주었다. 목소리도 저팔계를 닮았지만, 태도마저도 불손하기 짝이 없었다.

"×고개 3대대, 닭 20마리만 내놔. 어쩌나 우리 참모가 생일이거든."

"창고잖님, 우리 부대는 쑥고개에 있거든요. 발음은 똑바로 하셔야죠. 아실 만한 분이 참. 지난번에는 쏘세지도 왕창 떼고 우리는 뭐 먹어요?"

학민은 배불뚝이에 밀리지 않으려 대들었다.

"얀마, 쑥고개나 ×고개나 그게 그거지. 시방 나한테 하극상하는 거여! 너 까불면 닭 10마리 추가야!"

배불뚝이의 얼굴이 시뻘겋게 달아올랐다. 이 무렵에야 1종계 사수는 영등포역 앞에 포진한 사창가인 '온돌부대'를 순시하고 오다가 황급히 끼어들어 무마하곤 했다.

"이 일병, 군대 생활은 너무 어렵게 할 필요가 없어. 적당하게 보내는 게 상책이야."

1종계 사수는 부식 수령을 마치고 트럭의 적재함 문짝 닫는 것을 거들면서 조언이라며 들려주었다. 오늘 자기는 행운아라고 너스레를 떨었다. 온돌부대에 새로 온 아가씨가 고운 자태에 기술이 보통이 아니었다고 떠들었다.

"사수님은 포경수술하고 실밥은 풀었나요?"

학민은 일침을 놓았다. 귀대 길을 생각하니 짜증이 나 엉뚱한 데다 화살을 날린 것이다. 그는 부식차가 문래동 병참부 정문을 나서면 바빠졌다. 어릴 적에 고향의 앞뒤 산에 여러 문중에서 시제를 올리면 제물로 쓴 떡이며 고기를 나누어 주었다. 시멘트 포장지 종이에 싸서 볏짚으로 묶은 봉지를 배급받아 내려오는 재미가 쏠쏠했다. 지금 학민은 볏짚 대신 끈으로 묶었을 따름이지 너무 꼭 닮은 봉지를 만들어야 했다. 대대장 숙소, 각 참모들, 인사계까지 족히 10개도 넘었다. 부식차가 대한민국 1번 국도 부산 방향으로 수원을 지나면 날이 어둑해져 갔다. 대대본부가 가까워지면 부식 차는 거북이가 되었다.

띄엄띄엄 여자들이 서 있었다. 혼자서 팔짱을 끼고 발끝으로 그림을 그리는가 하면 몇몇이 모여 수다를 떨기도 하였다. 학민은 일일이 봉지에 적은 암호를 확인하면서 슬쩍 던져주었다. 특히 닭이나 소시지가 나오는 날이면 대대장 숙소의 당번병도 나와 손을 흔들었다. 간혹 봉지가 바뀌는 사고가 생길 때도 있었다. 당연히 내용물의 크기나 수량이 달랐다. 다음 날 아침이면 씩씩거리는 상급자로부터 곤욕을 치렀다. 고객들은 대부분 영외 거주자로 부식비가 따로 책정되어 나가고 있었다. 결식미인 쌀도 마찬가지였다. 한 사람에게 지급되는 쌀은 정해져 있었지만, 쌀부대를 열고 덜어낼 수가 없었다. 그것이 오래된 전통이라고 1종계 사수는 전해 주었다. 그뿐만이 아니었다. 보안대나 헌병대에서도 손을 벌리기 일쑤였다.

선임이 제대하자 학민은 1종계 사수가 되었다. 인사계는 학민을 상병으로 진급시켜 주면서 생색을 냈다. 인사계는 비자금이 필요하다며 '공팔'을 종용했다. 대대의 안살림에 필요한 비용을 열거하는데 10가지도 넘었다. 높은 자리의 판공비 보조며 그들 일상의 소소한 관리비 그리고 떡 장사의 손에 묻힐 떡고물 등등. 결국 쌀이며 라면에다 고추장이나 식용유 같은 식재료가 야밤에 새 나갔다. 모든 것이 병사들의 몫이 빠져나가는 것이었다. 학민은 이 배고픈 한국 군대는 세계적인 오명이라 부르짖고 싶어졌지만, 졸병이 할 수가 있는 일은 아무것도 없었다.

학민도 부식 수령은 조수에게 맡기고 전임이 하던 모양을 닮아

갔다. 영등포역 근처를 배회하기도 해보고 경원극장이나 도로 건너 연흥극장에서 서부영화를 감상하는 여유도 가졌다. 어쩌다가 개코를 가진 대학 시절 친구들까지 라면과 소시지가 나오는 날을 용케도 알고 찾아왔다.

"베토벤은 귀를 즐겁게 하지만 라면은 오감을 즐겁게 하노라!"

쑥고개라 부르는 송탄에서는 K-55 공군기지에 근무하는 미공군의 백인과 흑인이 출입하는 클럽이 달랐다. 어느 쪽이든 잘못 기웃거렸다간 큰코다치기 일쑤였다. 한국인은 흑인클럽에만 출입할 수가 있었다. 양쪽 클럽 사장들은 거래가 있는 학민에게 출입은 물론 외상을 터주기도 했다. 정확하게 말하자면 대대 인사계와의 거래였다. 미군들이 들고나온 물건들과 한국군 1종과의 물물교환이었다. 미제라면 끔찍이도 좋아하는 높은 양반들의 기호 때문이었다. 물론 뒤치다꺼리는 1종계였다.

토요일 밤에 흑인클럽에서 싸움이 벌어졌다. 한국군 둘과 흑인 병사 셋이 주먹을 주고받았다. 여자를 놓고 시비가 붙었다. 양측이 코뼈가 부러지는 불상사를 낳았다. 끝내는 헌병이 오고 MP가 호루라기를 불었다. 이즈음 학민이 자는 창고 문을 거칠게 두들겼다.

"제기랄, 어떤 놈이 또 야밤에 라면 타령이야."

학민은 투덜대며 문을 땄다.

"이 상병님, 전화 쫌 받아야겠습니다요."

본부의 상황실 신참병이었다.

"얀마, 지금 몇 신데 난리 블루스를 치냐?"

눈을 비비면서 상황실에 가서 전화를 받아보니 인사계였다.

"야, 이 상병. 부탁이 있어 전화했어."

"예에. 뭔데요?"

"내가 가봐야 하는데 아이가 아파서 말이야."

"무슨 얘긴지 빨리 말씀하세요."

"음, 헌병대를 좀 가줘야겠어."

"헌병대는 왜요? 그 새끼들이 또 부식 달래요?"

"아냐. 그건 아니고 9중대 애들이 미군들이랑 치고받다가 잡혀 갔대나 봐."

"그 새끼들은 근무도 안 서고 나가서 지랄했대요. 제대 특명 받은 것들이래요?"

"중대본부 아이들인가 봐. 그러니 어떡해. 니가 헌병대랑 친하 니 살펴줘야지."

학민이 사복 차림으로 송탄역 앞의 헌병대에 들어섰다. 긴 의 자에 둘이 퍼져 앉았는데 싸우다 터진 건지 헌병대에 끌려와서 맞은 건지 눈두덩이 퉁퉁 부어 있었다.

"송 병장님, 우리 애들을 이렇게 묵사발로 만들면 안 되죠."

"어, 이 상병 아이가. 이 짜쓱들이 간띠가 배 밖으로 나온 기 라, 깐디지만 그래도 미국놈들 아이가 말이다. 가시나 땜에 치고 박고 지랄들을 쳤다는데 모르겠는 기라."

"그래도 그렇지, 이건 너무하잖아요."

"우리 대장님이 마, 시범 케이스로다 단디 손을 보라 카는데 내가 우짜겠노."

"송 병장님, 대장님한테는 3대대 1종계가 신병을 인도해 갔다고 전해주고 그냥 내보내 주세요."

"야, 너 시방 헌병대에서 고따우로 나와도 되는기가 말이다."

"죄송함다. 야! 이 새끼들아! 빨랑 일어낫!"

학민은 군홧발로 둘을 번갈아 걷어찼다. 신병인수서에 손도장 찍어주고 둘을 끌고 역의 동쪽으로 돌아 뒷길에 줄지어 있는 대폿집을 찾았다.

"얀마, 너 소속이 9중대 본부라는데 뭐 하는 놈이야. 딴 애들은 눈깔이 벌겋게 초소 근무를 하고 있는데 말이야."

학민은 덩치가 작아 보이는 일병에게 물었다.

"넷! 교육계 조수 배달호입니다."

그는 벌떡 일어나서 복창했다.

"그라고 너, 넌 뭐야?"

옆에 앉아 비비 꼬고 있는 병장을 손가락으로 가리켰다.

"흐음, 나로 말할 것 같으면 9중대 병기계 박경석이다. 왜? 어쩔 거야! 이런 쌍!"

대답이 거칠었다.

"너 군번이 뭐야? 병장은 마이가리 아냐?"

"임마, 너는 뭐야? 아하, 높은 데서 나왔나 보군. 윗분들 인사고과에 먹칠이라도 할까 봐서 미리 손을 써보려고 나왔지? 그라고 남이야 마이가리든지 진짜배기든지 웬 참견이람. 씨발 거."

거친 병사는 술이 덜 깨 헤매고 있었다. 배달호가 학민의 귀에다 속삭였다.

"사실 저 친구 일병입니다. 얼마 전 쌍둥이 형이 베트남에서 전사하여 제정신이 아니랍니다. 건들지 마십쇼. 1종계님이 참으셔야 합니다."

의무대에서 자주 나왔다. 성병 검사를 하기 위해서였다. 그들의 뒤치다꺼리도 1종계의 몫이었다. 파견연대는 K-55 공군기지를 중심으로 외곽을 에워싸고 있는 초소에서 야간경계를 했다. 남파 간첩들의 정탐이나 테러를 막을 목적으로 마을 입구나 길목에 위장한 벙커가 경계초소였다. 1개 분대가 저녁 식사를 마치고 실탄을 지급받아 초소에 잠복했다. 동이 트고 시야가 확보되면 근무가 끝나고 원대 복귀하는 것이 일상이었다. 아침 식사를 마치면 취침점호를 받고 잠을 보충했다. 문제는 야간근무 중에 발생했다.

송탄에는 불나비가 많았다. 나이트클럽에서부터 여러 유형의 술집들이며 집창촌과 양공주들이 밤을 기다리고 있었다. 불나비들이 불을 쫓다가 기회를 놓치면 어둠을 찾아 벙커로 찾아들었다.

"정지! 3보 앞으로! 암구호!"

초병은 간첩일지도 모르는 검은 물체를 향해 암호를 대라고 외쳤다.

"암구호 좋아하네. 짜샤! 모르면 쏠 꺼야?"

술 냄새가 흐느적거리며 점점 가까이 다가왔다.

"정지! 정지!"

초병은 전화선으로 연결되어 있는 초소장의 발목을 잡아당겼다.

"비상! 각자 위치로!"

초소장은 엉겁결에 비상을 걸었다. 대원들은 팬티 바람에 철모만 쓰고 총을 들고 자신의 경계 위치에 엎드렸다. 잡고 보니 허탕 친 불나비였다. 9명의 초병들은 초소장부터 군번 순으로 시작된 한밤의 유희를 가졌다. 며칠이 지나자, 그들은 혹독한 대가를 치러야 했다. 은밀한 고통은 횡대로 줄지어 서서 오줌발 멀리 보내기로 라면을 사다 먹던 일조차도 힘들어졌다.

"기상! 전 대원 침구를 정돈하고 침상 3열에 정렬!"

초병들은 투덜거리며 줄지어 섰다. 하얀 가운에 마스크를 쓴 군의관이 들어오더니 적십자 마크가 선명한 완장을 두른 위생병들이 들이닥쳤다.

"전 대원 팬티 내려!"

소리를 지르는 주번하사의 표정이 희극배우를 닮아갔다. 고무장갑을 낀 의무병이 남성의 심벌을 사정없이 쥐어짜며 훑어 내리면 군의관은 기록 카드에 O, X를 표시했다.

학민에게도 한 번의 행운은 따라 주었다. 연대가 강원도 화천의 사창리로 원대 복귀하는 바람에 대대 1종계는 유명무실하게 되고 말았다. 파견 근무지에서는 대대나 중대별로 취사를 했지만, 연대본부에서는 그러지 않았다. 학민은 기회라고 판단하고 베트남에 지원하기 위해 일단 소총중대로 가기로 마음을 정했다.

"이 상병은 필수 요원이라 빠지면 안 돼야. 그라고 딴 애들은 본부로 못 와서 난린데 너는 확실하게 별종이야. 별종."

인사계가 처음엔 말리는 시늉을 하더니 못 이기는 척 허락해 주었다. 뒷돈이 굴러오는 판국에다 평소 까칠하여 다루기가 힘든 학민을 바꾸고 싶었을 것이다.

"이 상병, 마음에 두고 있는 중대라도 있어?"

"예. 9중대로 가고 싶습니다."

"아하. 쑥고개서 사고 친 그놈이 있는 9중대 말이군."

학민은 그 사건 후로 박경석과 서로 죽이 맞아 가까워졌다는 말은 입 밖으로 꺼내지 않았다.

앞서 연대가 사창리로 철수하기 전이었다. 박경석은 그 사고 때문에 징계를 먹고 중대본부에서 밀려나 화기소대에 가게 되었다. 흑인클럽의 호스티스이던 여자는 전후의 사정을 전해 듣고 가끔 박경석의 야간근무 초소에 들렀다. 한번은 주번사관이 초소에 불시 검열을 나왔다. 주번사관은 플래시로 잠자는 인원수를 세어 나갔다. 박경석은 급한 김에 침상 끝자리 여자 위에 포개져 모포를 뒤집어쓰고 있었다고 낄낄대며 학민에게 자랑한 적이 있었다.

학민은 LMG 기관총의 화기분대에서 탄약수로 박경석의 지휘를 받게 되었다. 그날 밤 박경석은 환영파티를 위해 담을 넘어 단골 민가에 가서 국수까지 삶아 알 철모에 가득 담아왔다. 그는 양손에 철모를 든 탓에 도랑을 건너면서 바짓가랑이가 흠뻑 젖어 물귀신이 되어 소대 내무반에 들어섰다.

쌀국수

퀴논 런 시장의 마우와 네 차례나 거래했다. 그런데도 롱은 딱 한 번 코빼기를 보였을 뿐이었다. 카빈과 M-16 소총을 넘겨주기 위해서였다. 롱은 나트랑에 일이 너무 바빠 몸을 뺄 수 없다는 것이 마우의 대답이었다. 쑤언의 말을 빌리자면 이쪽에서 C-레이션 가격을 올려 달라고 할까 봐 뜸을 들이는 거라고 했다.

"마우, 보스에게 전해! 다음 거래 때는 꼭 나와야 한다고. 써전 최가 화가 많이 났다고 말해! 이번에는 SP를 주지 않을 거야!"

쑤언이 선글라스도 벗고 앙칼지게 학민의 말을 전했다.

"싸전 초이, 그건 안 돼! 샌드리 팩이 미끼야. 미끼도 없이 어떻게 물고기를 잡아. 이번만은 봐줘."

마우가 학민과 쑤언을 번갈아 쳐다보며 애원했다.

"마우! 지금 당장 나트랑에 전화해!"

박경석이 인상을 썼다. 평소에도 곱지 않은 얼굴이 더욱 험하게 보였다.

"랑, 다른 거래처는 어때요?"

학민이 넌지시 물었다.

"그전에도 바꾸려고 해봤지만 대부분 잔챙이들이라 사업성이 없어요. 롱은 캄란에서 1번 도로를 따라 플레이쿠까지 뻗쳐있는 조직이 엄청 커요. 중부에서 힘이 제일 센 마피아에요. 이 창고는 미군 MP나 월남군 QC도 압수수색을 안 해요. 아니요. 못해요. 우리는 총이 중요한데 여기 말고는 힘들어요."

쑤언도 답답해하는 눈치였다.

"그래도 그렇지. 다른 대책도 세워야 하지 않겠어요?"

"그래요. 우리 집에 예전에 미군이 거래하던 노트가 있어요. 이따가 집으로 가요. 싸쑤님."

학민은 귀대하는 박경석이 창고를 지키고 윤종일에게 자신을 찾으면 정보 수집차 시내에 체류 중으로 보고하라고 일렀다. 트럭에서 액셀을 세게 밟는지 연막을 몇 번 토해냈다. 그들이 떠나자, 학민은 바퀴가 셋 달린 택시인 람브레타 편으로 쑤언의 집으로 향했다.

서양식 주방은 꽤 넓었다. 조리대에는 대문을 열어주던 머릿수건 여자와 또 한 사람이 거들고 있었다.

"싸쑤님, 이리 와봐요."

쑤언이 아버지의 사진액자를 들여다보고 있는 학민을 주방 쪽에서 불렀다.

"얘는 마리예요."

한눈에도 순수 동양인이 아니었다. 눈이 약간 옴팍하게 들어가 콧날이 더욱 도드라져 보였다. 암갈색 머리카락에 어울리게 피부는 희지도 검지도 않았다. 거기에다 발가락이 오리발처럼 벌어지지 않고 가지런했다.

"또이 따이한, 써전 리."

학민은 가늘고 긴 손을 잡았다. 마리는 손을 내민 채로 쑤언을 돌아보면서 웃었다.

"마리는 한국말 잘 몰라요. 내 사촌이에요. 숙모가 프랑스 사람이에요."

쑤언은 마리와 베트남과 프랑스 말이 뒤섞인 혼합어로 통역을 해주었다. 학민은 고개를 끄덕이며 잡은 손을 가볍게 흔들었다.

"마리, 써전은 언니랑 파트너야. 우리 커피 마실까."

마리는 머릿수건 여자에게 뭐라고 하더니 다시 주방 테이블로 돌아왔다.

"마리는 미인이군요."

학민은 쑥스러운 듯 말문을 열었다. 쑤언이 마리에게 전했다. 마리가 머리를 흔들면서 깔깔댔다.

"호호호. 써전은 조크를 잘하네요."

"아니, 사실이 그런걸요."

"써전의 코가 장 마레를 닮았네. 써전도 튀기?"

"노노! 우리나라에는 튀기가 별로 없어요. 마리는 부모님과 같이 사나요?"

갑자기 그녀들의 표정이 굳어졌다. 잠시 뒤에 쑤언이 침묵을 깼다.

"삼촌은 여기서 멀지 않은 방칸의 군수였어요. 퇴근길에 베트콩에게 피살되었어요. 그 통에 숙모는 프랑스로 돌아갔고요. 숙모가 지난달에 재혼하는 바람에 마리가 다시 내게로 온 거랍니다."

"아, 그랬군요. 정말 쏘리예요. 마리에게 미안하다고 전해줘요."

학민은 합장하면서 마리 쪽을 보고 고개를 끄덕였다. 마리도 따라 같은 동작을 취했다.

"사수님, 말이 나왔으니 하는 소리지만 미군은 지금 철수하고 있어요. 미국은 우리에게 속불 끄는 법은 가르쳐 주지 않고 겉불만 조금 끄다 뜨거우니 떠납니다. 혼혈아들도 그들의 불장난으로 생겨난 거지요. 이제 내 조국의 앞날은 불 보듯 뻔해요."

"쑤언, 우리도 6.25 전쟁 통에 미국이 급한 불은 꺼주었지요. 혼혈아도 그때부터 생겨난 것이지요. 불씨는 여전히 남아있답니다. 불이 언제 다시 붙을지 아무도 모르는 일이지요. 우리나라에서 흔히 하는 우스갯소리가 있어요. 소련에 속지 말고 미국은 믿지 말라고 말입니다."

"참, 일리가 있네요. 자, 그런 얘기는 그만하고 우리 식사해요. 사수님은 국수를 좋아하잖아요. 오늘은 퍼 보예요. 걱정하지 마세요. 냄새 때문에 오향분을 조금만 넣었어요. 고수와 느억맘은 사수님 그릇에는 없어요. 호호. 고수도 먹어야 모기가 도망갈 텐데요. 호호."

학민은 비릿한 향을 가진 나물인 고수가 빠졌다니 다행이었다. 쑤언이 생선을 삭혀 만든 간장인 느억맘을 자기들 앞으로 당겨 놓았다.

"쑤언은 정말 어머니 같은 마음을 가지고 있어요."

학민이 오른손을 가슴에 갖다 대고 쑤언을 바라보았다.

"맞아요. 언니는 어머니예요."

마리도 나섰다.

"마리, 그건 맞지 않은 말이야. 사수님, 부디 쑥스럽게 하지 마요."

쌀국수가 나왔다. 고명으로 붉은 실고추가 보기 좋게 얹혀 있었다. 가늘고 하얀 면발이 찰지고 매끄러웠다. 국물이 진했다. 학민이 그릇의 절반을 먹다 젓가락이 멈추었다.

"아니, 사수님. 지금 울어요?"

쑤언이 당황하여 물었다.

"아뇨. 아니요."

"아니긴요. 왜 그래요. 맛이 없나요?"

"천만에요. 아주 맛있어요."

"근데 왜 그래요? 말해 봐요."

"미안해요. 갑자기 어머니가 생각이 나서요."

"오호. 그랬군요."

쑤언은 손을 움직여 수화를 하듯 마리에게 설명했다. 마리가 고개를 끄덕이며 슬픈 얼굴을 지었다. 쑤언이 자리에서 일어나 학민의 뒤로 와서 가볍게 안아주고서 두 손을 어깨에 올려 몇 번 주물러주었다. 학민이 쌀국수를 두 그릇째 비우는 동안 눈물이 그릇 안으로 몇 방울 떨어졌다. 두 여자는 안쓰러운 눈으로 바라보았다. 학민이 젓가락을 놓자, 커피가 나왔다. 진한 베트남 커피는 프랑스 식민시대의 산물이었다. 커피잔을 물리자 쑤언은 서둘러 꼬냑을 열었다. 마리가 얼음 채운 유리잔을 준비했다.

"나, 이거 마시면 골로 가요."

학민이 팔을 들어 머리 위에다 커다란 원을 그려 보였다. 그러자 여자들이 웃었다.

"조금만 마시고 기분을 돌려요. 응, 사수님."

쑤언이 얼음을 채운 잔에다 술을 따랐다. 세 사람은 언제 그랬냐는 듯 술잔을 높이 들었다.

학민이 심한 목마름에 눈을 떴다. 침대 위였다. 방 안은 촛불이 일렁거리며 어둠을 지키고 있었다. 쑤언이 잠옷 바람으로 머리맡에서 부채질을 하고 있었다.

"아니, 쑤언. 안 자고 뭘 해요? 내가 좀 취했죠."

"12시면 전기가 나가거든요. 써전이 악몽을 꾸는지 잠을 못 들어 해서 잠시 들렀어요. 이제 갈 거예요. 아침에 봐요."

"잠깐, 쑤언. 나 물 좀 줘요."

학민은 물 잔을 받아 들고 단숨에 비웠다. 빈 잔을 받아 드는 쑤언의 손을 낚아챘다. 잔이 바닥에 떨어지는 소리가 났다. 학민이 그녀를 와락 끌어안았다. 쑤언은 운명처럼 거부하지 않고 몸을 맡겨왔다.

남자는 여자의 입술을 찾았다. 입술은 자지만 뜨거웠다. 뜨거워진 타액은 혀를 타고 서로 오갔다. 혓바닥은 서로의 목덜미를 탐닉했다. 남자는 서둘러서 여자의 가운을 열었다. 젖무덤 위에 솟은 꼭지가 선홍빛을 띠고 있었다. 남자는 두 손으로 여자의 젖무덤을 밑에서 감싸 서서히 밀어 올렸다. 여자의 꼭지는 더욱 단단하게 융기했다. 여자는 남자의 입 안에서 작은 신음 소리를 냈다. 남자의 입에서 꼬냑이 숙성시킨 뜨거운 단내가 여자의 코를 간지럽게 했다. 여자의 가슴을 부풀게 한 남자의 입술이 아래로 내려갔다. 사과의 배꼽을 닮은 여자의 배꼽에 혀끝을 놀렸다. 여자는 가느다란 허리를 치켜올렸다. 남자의 혀끝에 따라 여자는 허리를 들었다 놓았다. 남자의 왼손은 점령한 전술기지를 지키듯 여자의 가슴을 잡고 오른손은 첨병처럼 계곡으로 내려갔다. 무성한 정글 사이의 계곡에는 둑이 금방이라도 무너질 것 같은 작은 웅덩이에 물이 넘치고 있었다. 더위와 목마름에 지친 남자는 망설임 없이 웅덩이에 몸을 던졌다. 갑자기 불어난 부피에 웅덩이 둑은 여지없이 터지고 말았다.

"드부! 드부! 드부!"

마리가 프랑스어로 기상하라는 큰소리를 내며 뛰어다녔다. 학민은 화들짝 놀라 일어났다. 마리는 두 손을 동그랗게 모아 나팔 흉내를 냈다.

"빠빠! 빠빠! 빠빠!"

"아, 마리. 짜오 안 찌."

"써전, 찌 찹찹."

"오케이, 오케이."

학민은 일어나다 팬티 바람이라 놀라 주저앉고 말았다. 마리가 깔깔대며 돌아섰다. 침대 머리맡에는 부대 마크가 선명한 속옷이 놓여 있었다.

"사수님, 아침에도 국수라 어쩌죠? 분 보 후에랍니다. 따이한은 매운 걸 좋아하죠. 돼지고기와 쇠고기를 넣어 우려낸 국물이 좋아요."

"국수는 일주일 내내 먹어도 질리지 않아요. 쑤언, 정말 고마워요."

"나는요?"

"그래요. 마리도 고마워요."

"내 고향 후에에서 알려진 음식인데 맛이 어때요."

"굿이에요. 내 입에 딱 맞아요. 그래서 끝에 후에가 붙었군요. 우리나라에도 냉면에 지역의 이름이 붙어요. 평양냉면, 함흥냉면 하면서요."

"냉면은 어떤 음식인가요?"

"이 분 보의 반대예요. 국물이 아주 차가운 국수랍니다."

"음, 찬 국수라면 우리나라에도 필요한 국수 같네요."

"참, 쑤언도 국수를 좋아하던데요."

"네에. 쑤언도 국수를 아주 좋아해요. 며칠을 두고 먹어도 또 먹고 싶어져요. 이것두 사수님과 동병상련인가요?"

"조금 달라요. 같은 병으로 서로 마음 아파하는 게 아니라 서로 같이 국수를 좋아하니까 동면상락이라고나 할까? 하하하."

"사수님, 여기에 한번 써 봐요."

― 同麵相樂.

"글씨가 쑤언 만큼은 예쁘지를 않아요."

"이러고 보니 말이 되네요. 호호."

"이런 걸 필담이라고 해요."

"필땀?"

― 筆談.

"하하, 필땀이 아니고 필담이요."

"네, 필담요. 이번에는 맞나요?"

"쑤언은 센스가 있어 빨리 터득해요."

분 보 후에는 학민이 그동안 먹어본 베트남 음식 중에서 가장 입에 맞았다. 퍼 보다는 조금 더 도톰한 면발이 국물과 어우러져 얼큰하면서도 깊은 맛을 냈다. 학민에게 있어 쌀국수에는 언제나 쑤언이 있었다.

미군이 거래하던 암시장의 고객 명단에는 이름이 여럿이었다. 전임 1종계였던 김종호가 학민에게 넘겨주었던 거래처도 들어있었다.

"쑤언이 판단하기엔 어디가 나을 것 같나요?"

"사수님, 이건 간단한 문제가 아니에요. 심각한 일이 생길 수가 있어요."

"심각하다니요?"

"사람 목숨이 오가는 일인데요."

"그래도 롱을 다루기 위해서는 작전이 필요해요. 거래처를 바꿀 수도 있다는 트릭을 쓰는 거지요."

"사수님 생각이 정 그렇다면, 한 군데 있기는 한데 걱정이 돼요."

"큰물에서 노는 친군가요?"

"전쟁 통에 혼자만 살겠다는 군수업자지요."

"총기를 취급하는 마피아인가요?"

"뭐, 닥치는 대로 총이며 쌀이나 레이션을 가리지 않는답니다."

"쑤언, 우리에겐 맞지 않나요?"

"꽝이라는 녀석인데 나트랑의 롱 밑에서 일하다 트러블이 생겨나자, 동조자들을 모아 뛰쳐나가 새로운 조직을 만들었죠. 거기와 거래를 한다면 아마도 롱의 눈이 뒤집혀질 거예요."

"그거 잘됐네요. 꽝은 퀴논이 본거진가요?"

"아뇨. 따이한 청룡부대가 있던 호이안에서 조금 북쪽에 있는 다낭이 본거지예요. 따이한 십자성부대도 거기 하나 있어요. 꽝은 중부에서 가장 규모가 있는 콘 시장을 쥐고 있지요. 그런데 휴전선 쪽의 미군이 많이 떠나 여기까지 손을 뻗쳤지요. 그러니 여기는 둘의 싸움터라 볼 수 있죠. 구정 공세 때는 양쪽이 베트콩으로 위장하고 AK소총을 들고 쳐들어가 서로 죽이기도 했어요. 소문에는 꽝이 옛날 보스에게 앙갚음하려고 왔다는데 정확히는 몰라요."

"퀴논서 쑤언이 모르는 정보도 있나요?"

"호호 사수님, 너무 비행기 태우지 마요."

"오늘따라 커피 향이 더 진해요."

학민은 커피를 마시고 해변 거리로 나왔다. 바닷바람이 코를 간지럽게 하며 맴돌았다. 어슬렁거리는 람브레타를 잡았다.

"따이한 빨리, 빨리? 붐붐. 오케이."

람브레타 택시 기사가 뒤뚱거리는 차 안에서 서툰 한국말을 건네면서 웃었다.

"그래, 임마! 붐붐하고 오는 길이다. 어쩔래."

박경석은 늘어지게 자고 있었다. 학민이 어처구니가 없어 야전 침대를 걷어차면서 소리를 질렀다.

"야! 너 어젯밤에 또 퍼마셨구나. 다 집어 가도 모르겠다."

박경석은 하품을 물고 세면장으로 향했다. 학민은 커피포트를 꽂았다.

"야, 우리 사수님께서 조수 커피를 끓이다니 해가 서산에서 뜨겠네. 학민이 너, 이번엔 첫날밤을 치렀구나. 안마, 그렇지?"

"쓸데없는 소리 집어치우고, 날 찾지는 않았냐?"

"인사계도 오늘은 아직 조용하네."

"꽝이란 녀석과 만나 협상을 해보자고. 그래야 숨통이 터질 것 같아."

"그놈 신상은 틀림없대?"

"쑤언이 알아본다니 우린 일단 C-레이션 2팔레트와 OB맥주를 준비해 보자."

"그 여자는 확실하게 믿어도 되는 거야? 너 몸 섞었다고 계산이 흐려지면 큰일 난다고. 절대로 안 돼! 알겠어?"

"나도 잘 모르겠어. 지금으로서는 믿는 수밖에 달리 대책이 없잖아. 야, 일단 좀 잘게."

꽈앙 꽈앙!

포성을 들으며 학민은 깊은 잠에 빠져들었다.

물물교환

꽝의 창고를 찾는 날이 되었다. 학민 팀은 다소 긴장했다. 모두 개인 화기를 확인하고 박경석은 수류탄 2발도 방탄조끼에 달았다. 꽝의 창고는 롱의 창고와는 런 시장을 가운데 두고 반대쪽으로 있어 부담이 덜했다.

창고 문이 열리자, 트럭이 미끄러지듯 어둠 속으로 빠져들어 갔다. 곳곳에 무장한 남자들이 쏘아보았다.

"이거, 이거 누구야. 배경 좋은 랑과 거래를 하다니 영광이요"

몸집이 좋아 보이는 남자는 쑤언에게 손을 내밀었다.

"여기는 따이한 초이."

쑤언이 학민을 소개했다.

"나, 꽝이요."

학민은 꽝이라는 발음이 나오자, 웃음이 나왔지만 참으며 손을 잡았다. 학민 팀이 갑자기 웃자, 꽝이 놀라 눈을 크게 떴다.

"랑, 오늘은 2팔레트 160박스지만 원하는 만큼 줄 수가 있다고 전해요. 쌀과 맥주도 물론이라고 해요. 대신에 다음 거래부터는 C-레이션을 박스당 70센트를 올려 줄 수가 있는지 물어봐요."

쑤언이 눈을 깜박이며 재빠르게 꽝에게 전하고 다시 학민에게 말했다.

"롱의 거래처니 올려 주는데 50센트면 어떠냐고 하는데요. 대신에 거래 기념으로 좋은 선물을 하겠대요."

"뭐, 좋은 선물이 뭔데?"

박경석이 한걸음 나서면서 말을 던졌다.

"권총을 세 자루나 준대요."

"랑, 우리 잠시 작전타임을 걸어요."

쑤언이 오른손을 들어 보이자, 꽝이 부하들에게 고개를 끄덕거려 보였다.

"박 병장, 윤 상병, 거래조건이 어때?"

"일단 50센트를 올려 롱을 자극해 보는 것도 나쁘지 않겠네요."

"거기에다 권총도 셋이나 준다는데 100불씩만 쳐도 300불이잖아."

학민이 조금 상기된 얼굴로 돌아서 쑤언에게 말했다.

"좋아요. 그렇게 하겠다고 전해요."

쑤언이 오른손을 들어 동그라미를 만들어 보이자 떨어져 있던 꽝이 웃으면서 다가왔다.

"싸전 초이, 고맙소. 권총은 다낭의 미 해병 3사단 병기계가 내게 넘겨준 건데 신품이요. 초이가 하나 쓰고 팀에 사격선수도 있다고 들었소. 하나는 별자리들에게 주는 증정품인데 작지만, 호신용은 충분하니 랑이 쓰면 좋을 거요. 벨트도 따로 준비했으니 그리 아시오. 어떤 물품이든 롱보다는 좋은 가격을 쳐주겠소. 총기는 쓸 만한 것으로 준비할 것이고, 며칠 뒤에 다시 만납시다. 급하면 야간에도 거래를 해야 할 것이니 내 화물차를 쓰도록 해요. 이제 서로 믿고 좋은 거래를 해봅시다."

쑤언이 긴 통역을 하느라 얼굴이 붉어졌다.

"꽝, 우리도 고맙소. 잘해 봅시다."

학민이 악수를 청했다. 꽝이 학민의 손을 잡고 웃으며 의미 있는 말을 건넸다.

"사수님, 이 말은 없는 걸로 해요."

"그런 게 어딨어요. 약속이 틀리잖아요."

"꽝이 나에 관해 낯간지러운 말을 해서요."

"안 돼요. 빨리 해요."

꽝이 어리둥절하는 사이에 쑤언이 머뭇거리다가 입을 열었다.

"랑은 해결사요. 랑이 원하면 최고위층이 베트남 어디든 폭격기를 동원해 줄 거요. 우리도 랑에게 어려운 부탁을 해야 할 때가 있소. 싸전 초이는 정말 행운아요."

"하하하. 꽝이 맞는 말을 했네요."

학민이 웃자, 꽝도 덩달아 웃었다. 쑤언이 빨개진 얼굴을 농라로 가렸다가 손바닥으로 부채질했다.

학민과 박경석이 사격장을 찾았다. 탄착점에는 날아온 실탄의 납덩어리에 파여 큰 구멍이 나 있었다.

"1종계님이 여긴 뭔 일로다 왕림하셨는지요."

평소에 안면이 있는 탄약계가 통제소에서 나왔다.

"사격장에 총질하러 왔지 뭐하러 왔겠어. 너는 왜 왔어?"

박경석이 나서 퉁명스럽게 말을 던졌다.

"귀국하는 병사들이 박스 채우려고 M60기관총을 마구잡이로 긁어 대는 거지요. 납덩어리를 만들고 탄피를 모으는 데 보태줄 건 없고, 탄약이나 줘야지요. 원도 한도 없이 실컷 총질이나 하라고요. 소총수가 무슨 재주가 있나요. 좋은 자리에 있는 빽 좋은 분들이야 전자제품을 가득 채우지만요."

탄약계가 삐딱하게 나왔다.

"야, 탄약계! 너 지금 누구 들으라 하는 소리야?"

박경석은 눈을 부라렸다.

"저 친구 말도 틀린 말은 아니네. 경석아, 그만 좀 해라. 앞으로 재한테 권총 실탄도 부탁해야 할 텐데."

학민이 박경석의 입을 막았다. 둘은 20미터 앞의 타깃에 채점표를 붙였다. 학민은 리벌버를 꺾어 38구경 탄창을 돌려가면서 장전했다. 스미스 웨손 제품이었다. 손잡이에 날개를 펼친 독수리 문양이 새겨져 있었다. 서부영화를 보며 눈에 익은 리벌버 권총은 생각보다 가벼웠다. 그는 두 손으로 권총을 움켜잡고 방아쇠를 당겼다.

땅! 땅! 땅!

폭발음과 함께 중력이 뒤로 몰렸다. 반동으로 팔이 위로 솟는가 싶더니 다리가 휘청거렸다. 권총이 무게 때문에 밑으로 처졌다. 실탄이 처음으로 지나간 총구에서 하얀 연기가 피어나고 윤활유 타는 냄새가 났다.

박경석이 사선에 들어섰다. 미군이 보급한 각이 반듯하게 진 45구경이었다. 권총을 잡은 두 팔이 밑으로 자꾸만 처질 정도로 무거웠다.

박경석은 오래 조준하지 않고 숨을 멈추더니 격발했다.

탕탕탕! 탕탕탕!

공이가 뇌관을 치는 소리가 달랐다. 총소리도 더 요란했다. 탄창이 총알을 다 뱉어낼 때까지도 박경석은 흔들림이 별로 없었다.

채점표를 받아 들었다. 학민은 2발이 타깃의 과녁 모서리에 들었을 뿐 나머지는 어디로 날아갔는지 흔적조차 보이지도 않았다. 박경석은 가운데 제일 작은 동그라미에 구멍이 하나뿐이었다. 파월되기 바로 전에 제2군단 사격대회에서 역대 최고 기록을 경신하고 금메달을 따내 포상 휴가를 다녀온 명사수다웠다. 그는 머지않아 청와대 경호실로 간다는 소문도 무성했다. 하지만 전장으로 떠나는 학민의 탈출 작전을 따라 서둘러 배를 타는 바람에 허사로 돌아가고 말았던 것이다.

　박경석이 보안대에 불려 갔다. 파견 대장은 손톱 소제를 하고 있었다.

　"병장 박경석, 대장님께 용무 있어 왔씀닷!"

　"야! 쫌 조용히 해. 너 임마, 시방 나한테 쫑코 먹이는 거지?"

　"아닙니닷!"

　"근데 왜 꽥꽥거려?"

　"당연한 겁니닷!"

　"그건 그렇고, 너 요즘 권총 차고 다닌다면서. 맞냐?"

　"옛! 맞습니닷!"

　"너 보직이 뭔데 권총 차고 지랄이야. 영창 가기 전에 바른대로 말해 봐."

　"1종계 조수입니닷!"

　"이 새끼야! 1종계면 다야!"

　"대장님도 아시다시피 작전상 필요함닷!"

　"누가 허락했어!"

　"그건 말 못함닷!"

　"어쭈구리, 이 자식 보게. 야! 빨리 불지 못해!"

　"꼭 불어야 함까!"

　"그래, 이 자식아!"

"최고 통수권자임닷!"

"요것 봐라! 간땡이가 부었구먼. 그분이 네놈 권총 차라고 허락해?"

"이번 작전에 모든 지원을 지체 없이 하라는 지침은 대장님도 잘 아시잖습니깟!"

한참 뒤에 박경석이 낄낄대며 1종계 창고로 돌아왔다.

"야, 너 괜찮아? 대장이 또 권총 꺼내 공갈 안 쳤냐?"

학민은 궁금해 죽을 지경이었다.

"야야, 숨 좀 쉬자. 히히. 국운이 달린 작전에 방해를 자꾸 하면 높은 데다 바로 보고하겠다고 했지."

"그래서? 그랬더니?"

"내친김에 최고 통수권자를 팔았지. 훅을 한 방 먹였지. 한자로 갈긴 희자 사인이 있다고 말이야."

"너, 진짜로 희자 사인 있어?"

― 熙

"임마, 이 붓글씨를 잘 봐. 히히."

"요것 봐라. 그거 네놈 필체 아냐? 그래서 결론이 뭐야?"

"부대 내에선 권총을 차지 말래. 누가 보면 자기 대원인 줄 안대나 씨발."

"하여튼 네 놈을 누가 말려. 내가 부대 안에서는 철저히 조심하라 일렀잖아. 절대로 티 내지 말라고 말이야. 선글라스도 밖에 나가면 써. 알았지? 아유, 더워. 야, 에어콘 좀 세게 해봐."

"그리고 빈딩성청이나 빈케와 푸캇비행장에 파견 나가 있는 보안대 애들이 우리 1종계를 호시탐탐 감시를 하고 있으니 똑바로 하래."

위협 사격을 하는지 알파, 브라보, 찰리포대가 시차를 두고 155밀리 대포를 쏘아댔다. 몇 초 뒤 산 너머에 낮인데도 섬광이 번쩍거렸다.

꽝에게 총기를 넘겨받는 날이었다. 학민 팀은 늦은 오후에 쑤언의 집으로 미리 와서 해가 지기를 기다렸다. 군용트럭은 밤에는 연합군이라도 시내에 들어올 수가 없었기 때문이다. 마리가 템포 빠른 곡의 샹송을 부르고 애교를 부리는 바람에 긴장 속에서도 시간이 빠르게 지나갔다. 집을 나서는 쑤언은 농라의 턱걸이가 검정색으로 넓게 귀에서 코를 덮고 지나갔다. 마스크처럼 얼굴을 가렸다.

꽝의 창고는 멀리 미군 해안경비중대의 탐조등이 던져 주는 간접조명으로 희미하게 모습을 보여주었다.

키익킥.

쑤언이 아주 낮은 원숭이 소리를 보냈다. 바로 안개 같은 답이 기어 왔다.

"쭈어이."

"쏘아이."

바나나와 망고로 암호를 확인하자 창고 문이 열렸다. 창문 하나 없는 밀실에 불이 켜졌다. 총기가 담긴 나무상자들이 줄지어 있었다.

"초이, 어서 오시오."

"꽝, 며칠 만이오."

"M-16이 30정이고 카빈이 25정이오. 초이가 지난번에 부탁한 북조선제 AK가 6정이오. 그런데 북조선제는 어디다 쓰려하오?"

"꽝, 우리는 거래만 합시다. 모두 신품인가요? 카빈은 M2인가요?"

"M-16은 모두 신품이고 카빈은 신형 M2 10정만 그렇고 북한제는 베트콩들에게서 빼앗은 노획물이오."

"가격은 먼젓번 약속대로 하리다."

"아니오. 북조선제는 2정이 개머리판도 상했으니, 돈을 받지 않겠소."

"꽝, 정말 고맙소. 그럼 계산을 해봅시다."

"음, M-16은 시세로 치자면 그린백으로 200불이나 이번엔 180에 하고 카빈 신품은 130에 중고는 반값으로 하면 어떨까요?"

쑤언이 통역을 마치면서 고개를 끄덕였다. 학민은 오케이 사인을 놓았다. 미사용 신품은 마닐라삼으로 만든 손잡이 끈이 달린 상자에 5정씩 나란히 누워 있었다. 총기 사이사이에는 충격 완화용 대패밥이 가득 채워져 있었다. 꽝은 대기하고 있던 트럭을 밀실 가까이 오게 하여 짐을 실었다. 트럭 문짝에는 중국식 상호가 적혀 있었다.

- 安南公司

다음 날 낮이었다. 안남공사 트럭이 헬기장에 왔다. 베트남 정부가 연합군에 공급하던 길쭉하게 생긴 백미가 실려 꽝의 창고로 옮겨졌다. 빈딩성장의 반출증과 함께였다.

연대본부의 남쪽 연병장이었다. 귀국 박스가 뚜껑이 열린 채로 종횡으로 줄지어 사열 받듯 검열을 기다리고 있었다. 영선반 창고의 정책박스인 장교용 A박스에는 총기가 2등분으로 분해되어 모포로 잘 싸진 다음 20정씩 들어갔다. 실탄은 탄통 채로 포장되었다. 모서리 빈틈에는 C−레이션 낱개를 쑤셔 박아 흔들리지 않게 했다. 본국의 수신자는 영화배우들을 동원했다.

- 김진규, 최무룡, 허장강, 김희갑. 북한제 AK47 소총은 유물처럼 다루어졌다. 방아쇠 뭉치에 '단', '련'이라 씌어져 있는 자물쇠가 납작하게 붙어 있었다. 단으로 돌려놓으면 단발, 련으로 돌리면 연발로 사격한다는 의미였다. 수신자는 '연구용'을 앞에다 붙이고 액션 배우들을 빌려다가 썼다.

- 황해, 장동휘, 박노식, 이대엽.

정책박스는 검열이 끝났다. 전체로 치자면 배의 화물칸 중간 정도에 실리도록 적재가 이루어졌다. 미군 감독관의 검색에 대비해야 하기 때문이었다. 학민은 한 달에 한 번 정책박스가 자신의 손을 거쳐 떠날 때마다 상념에 잠겼다.

'미군들은 무슨 복이 많아 물자가 저토록 남아돌까. 우리는 용병 소리까지 들어가며 탄피를 녹여 쇳덩어리로 만들어 보내야 하는 내 조국의 현실이 안타깝다. 휴전선에 비치하겠다는 이 총기들로 우리 국군의 현대화가 이루어질까 모르겠다. 나 같은 졸병 주제에 국가 대사를 어찌 알고 무엇을 할 수가 있겠는가.'

학민은 일주일에 한두 번 정도 정보 수집차 쑤언의 집에 머물렀다. 쑤언은 학민에게 헌신적이었다. 쑤언은 느닷없이 사이공을 다녀왔다. 학민에게 시장을 같이 가자며 졸랐다. 그는 쑤언이 내준 청바지에 하와이언 셔츠를 걸쳤다. 원색의 야자수가 그려진 헐렁한 셔츠가 처음에는 조금 어색했지만, 거울에 비춰보니 그런대로 볼 만했다. 선글라스를 쓰고 거실로 나왔다.

"사수님도 얼굴이 까매지니 비엣족이 다 됐네요. 호호."

퀴논의 런 시장은 꽤 넓었다. 입구에는 당근이며 감자나 양배추를 늘어놓은 노점상들이 전초진지처럼 자리 잡고 있었다. 지붕이 있는 가건물부터는 포장이 조잡한 과자나 잡화를 늘어놓은 가게들이 줄지어 있었다. 후추나 계피 같은 향신료를 파는 가게도 몇 군데 있었다. 안으로 들어서자, 숙주, 오이, 버섯, 양배추 등 채소를 팔았다. 쑤언은 다리를 약간 저는 남자가 하는 가게에서 맡겨 놓은 물건을 찾두 혹쭉한 배추와 아이이 주먹만 한 무를 건네받았다. 작지만 매워 보이는 고추도 담았다. 학민은 얼른 받아 들었다. 생선을 파는 골목이 런 시장에서는 가장 활기차 보였다. 진한 비린내만큼 생선들의 물은 좋아 보였다. 시장 사이를 누비는 두 사람은 누가 보더라도 젊은 부부처럼 보였다.

"어이. 씨레션, 씨레션. 오비, 오비."

때 묻고 작은 중절모를 쓰고 달랑 반바지만 입은 아이가 학민에게 바짝 붙으며 속삭였다. 쑤언이 뭐라고 손짓하자 실쭉하며 가버렸다.

"사수님, 여긴 도깨비시장이랍니다. 우리 물건들도 있지요."

"쑤언, 서울에도 남대문시장이 있어요. 부산이나 대구에도 양키시장이라는 데가 있답니다. 여기랑 비슷하네요. 단속을 나오면 모두 숨겨요?"

"우리도 사이공이 그렇지만 나짱이나 다낭도 똑같아요. 아, 한꾸억에도 미군이 있어 그런가요?"

"그렇다고 봐야죠. 그러고 보니 우리는 닮은꼴이 참 많아요."

"땀은꼴?"

"아, 쌤쌤."

두 사람의 대화에 지나가는 사람들이 흘깃흘깃 쳐다보았다.

쑤언은 집으로 돌아오자, 머릿수건 여자에게 빠르게 말을 건넸다. 여자는 고개를 끄덕이면서도 연신 웃었다. 여자가 고개를 돌려 마리를 몇 번이고 불렀다. 마리가 잠옷 바람에 귀찮다는 표정으로 주방에 나타났다. 여자의 말을 들은 마리가 손뼉까지 치면서 깔깔댔다.

"우리 언니는 정말 어머니야. 어머니."

"사수님, 쑤언이 킴치를 만든다니 저래요."

"아니, 쑤언이 김치를요?"

"왜요? 이제부터 사이공 한꾸억식당에서 배워온 김치를 맛볼 시간이에요. 쑤언도 언젠가 서울에 갈지도 모르잖아요."

"쑤언, 김치 때문에 사이공을 일부러 갔다니 놀라워요."

학민은 무와 배추를 소금에 절이는 시간을 말했다. 씻어 건져서 물기가 어느 정도 가시고 양념에 버무린다는 설명을 해주었다. 양념은 고춧가루가 없으니, 고추를 절구에 빻아서 대신했다. 파와 생강에다 마늘도 적당하게 썰어 다져 넣어야 제맛이 난다고 했다. 더운 날씨라 하룻밤만 지나고 바로 냉장고에 넣어야 한다고 단단히 일렀다.

"사수님, 킴치에 느억맘이랑 응오도 넣을까요? 말까요?"

"노! 노! 생선 간장하고 고수는 절대로 안 돼요."

"호호. 농담이에요."

"쑤언, 사실은 우리나라에도 느억맘 같은 액젓이 있답니다. 김치에도 넣고 양념장으로도 쓰고요."

"아, 그래요? 서울에도 느억맘이 있다니 정말로 뜻밖이네요. 그런데 사수님은 왜 느억맘은 넘버 원이 넘버 텐인가요. 왜요?"

"쑤언, 오해 말아요. 우리도 바다가 먼 내륙지방에서는 비린내가 난다고 김치에도 넣지 않고 양념장두 싫어한답니다."

"사수님 고향은 내륙? 두 나라는 음식이 비슷한 점이 많군요."

학민은 긴 젓가락으로 겉절이 같은 김치에 안남미로 지은 밥을 두 그릇이나 비웠다. 쑤언과 마리가 맛있게 먹는 모습을 호기심

어린 눈으로 바라보았다.

액자 속 공군 대령의 사진 아래에는 여전히 향이 피어오르고 있었다. 쑤언은 소파에서 커피를 마시다가 아버지의 사진을 올려다보았다.

"쑤언, 아버님은 어떻게 돌아가셨나요?"

학민이 물었다.

"……."

쑤언의 얼굴에 금방 그늘이 드리워졌다.

"미안해요. 내가 괜한 말을 꺼냈어요."

"아니요. 사수님 괜찮아요. 쑤언이 이제 다 말할게요. 아버지는 콧수염의 직속상관이었어요. 콧수염이 소위로 북부의 홍하 삼각주에 소대장으로 배치받아 부임했을 때 아버지는 중대장이었지요. 공산 게릴라들과 싸운 최초의 순수 베트남 사람들로 구성된 군대였을 거예요. 당시 프랑스의 지원을 받고 있던 정부가 공군을 창설한다고 조종사를 모집하자 아버지는 어린 시절의 꿈을 찾아 군적을 옮기게 되었지요. 하노이에서 시험을 치르고 합격했지요. 모로코로 건너가 기본적인 비행훈련을 받고 파리 남쪽에 있는 아보르 공군기지에서 파일럿이 되었어요. 거기서 1년 늦게 합류한 콧수염을 만나게 되었답니다. 이때부터 겹쳐진 두 사람의 인연은 운명적이었다고나 할까요. 아버지가 파리에서 돌아올 때는 하노이가 아니라 사이공으로 올 수밖에 없었답니다. 프랑스와의 전쟁을 끝내고 제네바평화회담 결과로 17도 선이 그어져 북쪽은 월맹이 남쪽은 월남으로 양분되었기 때문이었지요. 아버지는 곧바로 공산주의자들의 손에 하노이가 점령당하기 직전 북쪽에서 탈출하려는 반공산주의자들을 피난시키려는 공수작전의 책임을 맡게 되었지요. 아버지는 직접 DC-3 수송기 편대를 이끌고 하이퐁으로 날아갔어요. 물론 아버지의 그림자였던 콧수염도 팀의 일원이었고요. 아버지는 하이퐁에서 공산주의자들에게 죽을 고비도 몇 차례나 넘기면서도 사이공 탄손누트 공항에 내린 마지막 수송기를 조종했답니다."

쑤언은 식은 커피를 한 모금 마셨다. 그 사이에 마리가 학민 옆에 바짝 붙어 턱을 괴고 앉아 있었다.

"그래서요. 그다음은 어떻게 되었나요?"

학민은 더욱 궁금해져 갔다.

"아버지는 대령으로 진급하여 사이공 공군기지의 사령관이 되었어요. 콧수염은 부사령관이었고요. 그러다가 디엠을 몰아내려는 쿠데타가 일어났답니다. 디엠의 군사보좌관이던 민 장군이 주동하여 합동참모부의 키엠 장군과 제5사단장이던 티우 장군도 포함되었지요. 공군에서는 아버지가 유일했는데 콧수염은 그때까지 영문을 모르고 있었지요. 민 장군이 대통령궁에 위협사격을 아버지에게 부탁해 왔어요. 유능한 파일럿 한 사람과 콧수염에게 임무를 주었지요. 그런데 무슨 꿍꿍이인지 그가 배탈이 심해 전투기 조종이 불가능하다고 뒤로 빠졌어요. 알고 보니 속셈이 있었던 거지요. 쿠데타의 성공 여부를 저울질한 거지요. 그동안에도 그런 사건들이 더러 있어 왔거든요. 다급해진 아버지는 직접 낡은 T-28 전투기를 몰고 대통령궁 바로 위를 저공으로 비행하자 디엠의 경비병들이 숨기에 바빴지요. 그러다가 외곽초소에 로켓탄을 두 방 쏘았답니다. 결국에 디엠은 동생 누의 꽁무니를 따라 촐론으로 달아나게 되었지요."

쑤언은 남은 커피를 마저 마셨다.

"티우 장군이라면 지금 대통령을 말하는 건가요?"

학민은 영화의 한 장면을 보는 듯해 서둘러 물었다.

"네, 맞아요. 티우와 콧수염은 진정한 군인이기보다 정치 술수가 뛰어났지요. 디엠 정권의 축출만이 목적이었던 아버지는 그들에게 눈엣가시였지요. 아버지는 민정 이양을 주장하며 갈수록 디엠과 닮아가는 그들과 사사건건 마찰을 일으켰으니까요. 아버지는 모처럼 단신으로 초계비행을 나섰다가 붕타우 앞바다에 추락했어요. 이 사고는 그들의 음모라고 공군에서는 공공연한 비밀이랍니다. 그때 삼촌은 사이공 경계를 맡은 공수부대 대대장이었어요. 음모자들은 보복을 두려워한 나머지 삼촌을 변방의 군수로 내몰았고, 결국 의문의 죽임을 당했지요. 이게 우리 가족사예요."

쑤언은 긴 한숨을 쉬더니 물을 찾았다.

"쑤언, 정말 힘든 얘기를 꺼냈군요. 결국에 아버님은 콧수염과의 인연이 악연이었군요. 오빠가 있다고 했잖아요?"

"네. 사이공대학을 다니던 오빠는 바로 북으로 가버렸어요. 그쪽 정규군의 장교가 되었다는 소식만 들었어요."

"쑤언, 참 놀라운 일이네요. 어떻게 쑤언은 무사했나요?"

"네, 그들은 자신들의 결백을 주장하면서 내게 무슨 일이든 편의를 봐주고 있답니다. 처음에는 프랑스로 가서 살라고 압력을 넣기도 했지만요."

"그럼 그렇게 하지 그래요. 이렇게 고생하지 말고요."

"사수님, 쑤언은 아직 내 조국에서 할 일이 남아있어요. 일을 마치고 나면 그때 생각해 봐야지요."

학민은 일어나서 쑤언 쪽으로 자리를 옮겨 어깨를 감싸주었다. 그녀의 크고 검은 눈에서는 눈물이 마르지 않았다. 마리도 아버지 얘기를 들어서인지 옴팍한 눈에 눈물방울이 매달려 있었다.

불꽃

꽝이 다낭으로 학민을 초대했다. 학민은 쑤언과 박경석이 동행한다는 조건으로 수락했다. 쑤언은 어쩌다 운행한 기차는 언제 어디서 공격을 받아 위험에 처할지 모른다고 말렸다. 꽝은 차를 보냈다. 미군이 쓰던 픽업트럭에 검정색을 칠한 것이었다. 뒤의 화물칸도 지붕이 덮여 있었다.

퀴논에서 19번 도로를 따라 플레이쿠로 가는 동안 미군들이 탄 트럭이 많이 지나갔다.

"랑, 쟤들은 어디로 가는 건가요?"

학민이 운전사와 경호원 때문에 암시장에서 써먹던 이름으로 쑤언에게 물었다.

"네, 본국으로 철수하는 병력이랍니다. 초이."

쑤언이 학민에게 말했다.

"그럼 여길 완전히 뜬다는 말인가요?"

학민이 눈을 크게 해 보이면서 되물었다.

"그래요. 미국은 지상군을 단계적으로 철수하고 있어요. 이곳 전투 상황이 그대로 텔레비전으로 보이며 본국에서 반전 시위가 워낙 거세거든요. 따이한도 머잖아 철수한다는 소문이 많아요. 초이."

쑤언이 말을 건네면서 학민의 눈을 바라보았다.

픽업은 플레이쿠 시내를 벗어나 1번 도로와 만났다. C-레이션 박스 위에 노점을 펴고 앉은 마마상들이 헤진 파라솔 밑에서 졸고 있었다. 박경석이 차를 세웠다. 마마상의 미군용 아이스박스를 열어 보이게 하더니 코카콜라 셋과 버드와이저를 다섯을 사 들고 왔다.

픽업은 1번 도로에 올라 우회전하여 쿤툼을 향해 달렸다. 미군들이 기지를 베트남군에게 인계했는지 잡다한 가재도구를 실은 람브레타가 철책 안을 드나드는 것이 보였다. 두 군데 검문소에서 차를 세웠지만 민간 차림에 선글라스를 쓴 학민과 박경석을 눈여겨보질 않았다. 꽝의 운전사가 피아스타를 몇 장 집어주자

바로 통과시켜 주었다. 도로 옆에 난 넓은 배수로에는 녹슨 고철이 가득 차 있었다. 깡통과 불탄 지프와 포를 맞은 트럭이며 장갑차까지 나뒹굴어져 있었다. 고철 덩어리 산이 높아져 갔다. 시에스타 시간인데도 고원지대라 제법 시원한 바람이 불어왔다.

쿤툼에서 늦은 점심을 해결했다. 출입문에 주렴을 치렁치렁 드리운 식당은 한산해 보였다. 베트남 민병대 몇이 콜라를 마시다 들어서는 학민 일행을 돌아보았다. 꽝의 운전사와 경호원은 쌀국수가 나오는 동안 맥주를 한 통씩 비웠다. 박경석도 구미가 동해 버드와이저를 몇 모금에 마셨다.

소금기가 날아오더니 바다가 보이기 시작했다. 다낭 입구의 합동검문소 앞에는 모래주머니가 높게 쌓였고 차량이 줄지어 늘어서 있었다. 베트남군 QC와 경찰이 검색을 하고 미군 MP와 한국군 헌병이 뒤에서 잡담하고 있었다. 경찰은 오토바이를 탄 남자들의 짐을 열어보라고 으름장을 놓았다.

학민은 긴장했다. 신원을 보증하는 몇 가지 증명서가 들어있는 가슴께를 슬쩍 만져 보았다. 꽝의 운전사가 차에서 내려 초소에 들어갔다. 잠시 뒤에 실실 웃으며 나오더니 차를 중간에서 빼내 시내로 향했다.

철길을 따라서 들어온 다낭은 퀴논과 비교가 되지 않았다. 항만에 버티고 선 크레인의 숫자가 몇 배나 많았다. 크기도 서너 배는 되어 보였다. 미군 병참부 창고가 끝없이 늘어서 있었다. 야자나무 사이로 한국군 십자성부대도 차창 밖에 스치고 지나갔다.

꽝의 가게는 콘 시장 안에 있었다. 도로에 접한 그의 가게 안에는 향신료와 잡화가 천장까지 닿게 쌓여 있었다.

"오, 싸전 초이. 여기까지 오다니 반가워요. 랑도, 싸전 박도 어서 와요."

"아, 꽝 초대해 줘서 고마워요."

차례로 악수를 나누었다. 쑤언은 후에로 친척에게 간다며 헤어지기 전 학민을 따로 불렀다.

"사수님, 조심해요. 전쟁터에선 누구도 믿어선 안 돼요. 써전 박은 술을 너무 많이 마시면 실수해요. 적당히만 즐기세요. 아셨지요?"

"알았어요. 근데 쑤언도 같이 있으면 안 되나요?"

"사수님, 미안해요. 고향에 볼일이 있어요. 베트남 말은 그리 필요치 않을 거예요. 호호. 꼭 조심해요. 내일 일찍 올게요."

해가 기울자, 꽝은 지프를 내왔다. 차는 콘 시장에서 나와 철도 건널목을 건넜다. 다낭역 뒤를 돌아 탄빈 해변에 도착했다. 고래 등 같은 검은 파도가 거품을 물고 밀려왔다. 백사장이 끝나는 언덕 위에 오래되어 보이는 2층집이 하나 나왔다. 1층은 레스토랑이었다. 안은 밖에서 보는 것과는 다르게 넓었다.

"초이, 여기가 내 가게요."

꽝이 서툰 영어로 호기를 부렸다. 하얀 아오자이와 붉은 아오자이를 입은 앳된 여자 둘이 일행을 맞았다. 홀 가운데 식탁에 세 사람이 자리를 잡았다.

게와 버섯으로 만든 노란 색깔의 스프가 나왔다. 학민과 박경석은 시장한 터라 게 눈 감추듯 비웠다. 파인애플 장식이 나왔다. 꼭대기에 촛불이 켜졌다. 중간에는 생선말이를 튀긴 한입 크기의 스프링 롤이라는 춘권이 꽂혀 있었다.

"초이, 이건 후에식 궁중요리 중에 까 꾸언 깜 톰이랍니다."

"맛이 좋아요."

연꽃 밥이 나오고 오리와 연꽃 열매를 찐 빗 너우 핫 샌이 나왔다. 꽝은 코냑을 권했다. 학민은 맥주를 받았다. 박경석과 꽝은 서로 말없이 내기라도 하듯 대작을 했다. 밖에서 차 소리가 나더니 사람들이 들어왔다. 미군들과 베트남 고급장교도 있었다. 모두 꽝에게 와서 인사를 건넸다.

"초이, 우리는 자리를 옮깁시다."

꽝이 앞장을 서고 학민과 박경석이 따랐다. 레스토랑 뒷문으로 나오자, 화장실 표시가 있는 복도를 지나 끄트머리에 철문이 나왔다. 큰 미제 자물쇠가 걸려 있었다. 꽝은 무거워 보이는 철문을 열었다. 지하층으로 내려가는 계단에 불이 켜졌다. 홀이 꽤 넓었다. 가운데 어른의 가슴 높이에 링이 설치되어 있었다. 단 아래에는 테이블이 열을 지어 놓여 있었다.

안쪽으로 들어가자 또 다른 철문이 나왔다. 문 앞에서 지키고 있던 건장한 사내가 문을 열어주었다. 모깃불 같은 풀이 타는 냄새가 풍겼다. 극장 안처럼 어둠에 익숙해지는 데 시간이 걸렸다. 가운데 통로를 지나는데 양쪽으로 칸막이가 되어 있었다. 출입구는 주렴으로 되어 있어 안이 훤히 보였다. 벽 쪽에 놓인 간이침대 위에 사람들이 누워 몽롱한 눈으로 통로를 보거나 천장을 쳐다보고 있었다. 대부분 남자들이었다. 여자도 몇이 아편을 빨면서 손을 흔들어 보였다.

"야, 학민아, 이것들이 아편을 하나 봐. 저기 양키들은 마리화나 같은데 말이야. 쑥 냄새가 나잖아."

"야, 내가 해봤어야 마리화나가 쑥 타는 냄새와 비슷한지 알지. 군말 말고 우리는 병참부 양키들한테 줄 것만 따로 사서 가면 되는 거야. 알겠어?"

꽝이 금고 문을 열다가 학민과 박경석을 돌아다보면서 물었다.

"초이, 당 노이 푸엔 지 더이?"

"꽝, 콩 싸오. 콩 싸오."

학민은 꽝을 보며 웃으며 어깨를 들썩였다.

"학민아, 쟤가 뭔 얘길 하는지 알아듣냐? 또 네가 하는 말은 맞냐?"

"인석아, 파월 몇 개월인데 그 말을 못 알아듣겠어. 꽝이 무슨 얘기 중이냐고 물어 아무것도 아니라고 했지. 이 정도면 민사병을 해도 되지 않겠어?"

"하기야, 네놈이 베트남 여자와 살림을 차린 지가 얼만데 그 정도도 못 하면 바보 등신이지."

꽝이 금고에서 커피 원두를 담았던 마대를 꺼냈다.

"초이, 잘 들어요. 이건 인도에서 바로 온 마리화나야. 대마초

암놈의 꽃만 골라 만든 거요. 성당 사거리에서 환전상을 하는 싱녀석을 통하지 않고 직수입했소. 이 꽝이 말이요. 그러니 초이에게는 원가로 주겠소."

"꽝, 깜언."

학민의 고맙다는 말에 꽝은 호쾌하게 웃어 재꼈다.

짝짝.

그는 손뼉을 쳤다. 붉은 아오자이 차림의 여자 셋이 담뱃대를 들고 들어섰다.

"짜오 반."

한 사람의 동작처럼 인사를 했다.

"자자, 기분으로 우리 마리 한 대씩 합시다."

꽝은 학민에게 담뱃대를 권했다.

"또이, 꽁 드억!"

학민은 안된다며 손을 저었다. 그러자 꽝은 박경석에게 담뱃대를 내밀었다. 박경석은 몇 번 거절하다가 못 이기는 척 받아 들었다.

"야, 경석아! 뭐 하는 짓거리야! 그만 안 둬!"

"안마, 걱정 마! 몇 시간 기분 좋다 깨난다면서 그러냐? 이럴 때 한번 해봐야지 언제 해보겠어. 꽝, 까오! 까오! 남바 원!"

박경석은 꽝에게 엄지손가락을 들어 최고라고 치켜세우며 마치 건배라도 하는 것처럼 담뱃대를 부딪치고 입에 물었다.

시간이 지나자, 박경석과 꽝은 여자들과 담뱃대를 주고받더니 서로 껴안은 채로 소파에 늘어졌다. 눈이 충혈되더니 알 수 없는 말을 지껄이기 시작했다. 퀴논에서 미군 병참부의 해리슨이 어떤 때는 헛소리를 해대던 모습과 비슷해 학민은 웃음이 나왔다. 그는 자리에서 일어섰다. 파트너 여자도 따라 일어났다.

"콩 싸오. 콩 싸오. 괜찮아요."

학민은 두 손을 들어 말렸다. 그의 2개 국어에 여자는 깔깔댔다.

"콩 드억. 콩 드억. 또이 쩻."

여자는 꽝을 가리키며 목이 잘리는 시늉에 자못 심각한 얼굴로 학민의 팔짱을 끼었다. 팔이 가늘었다. 자극적인 프랑스 향수가 날아들었다. 쑥 타는 냄새도 따라왔다. 학민의 몫까지 피운 모양이었다. 문을 열고 들어왔던 통로를 따라 조심스레 발걸음을 옮겼다. 혼자서 열심히 담뱃대를 빨아대는 남자. 바닥에서 뒤엉켜 천국을 넘나드는 남녀들. 자욱한 연기가 촉수 낮은 붉은 전등을 더욱 어둡게 만들었다. 여자는 학민을 칸막이 안으로 밀어 넣었다. 가슴을 내밀며 콧소리를 냈다.

"따이한, 응아이 버이 저. 버이 저."

"버이 쩌, 콩 뜨억. 지금 안 돼!"

학민은 여자의 손을 풀려고 했으나 쉽지 않았다.

넓은 홀에는 빈자리가 없을 정도였다. 연막탄이 피어오르듯 자욱한 담배 연기 사이로 가운데 링 위에서는 닭싸움이 한창이었다. 여자는 벽 쪽에 링이 잘 보이는 자리에 학민을 앉혔다. 여자는 카운터에 가더니 코냑과 캔 맥주를 가져왔다. 뒤이어 웨이터가 안주를 가져왔다. 여자는 학민의 가슴께로 얼굴을 들이댔다.

"에 또, 티에우 노, 앰 바오 니에우 뚜어이? 이거 몇 살인지 묻는 게 맞는지 모르겠네."

학민의 더듬거리는 말투에 여자는 손뼉을 쳤다. 옆자리 미군이 인상을 긁어 댔지만 아랑곳하지 않았다. 여자는 코냑을 한 잔 들이키더니 두 손의 손가락을 펼쳐 보였다. 다시 왼손을 펼치고 오른손은 손가락 셋만 세웠다.

학민은 벼슬이 푸르게 보이는 싸움닭에게 그린백으로 50불을 걸었다. 두 번은 미끄럼을 탔다. 싸움닭 한 마리가 피투성이가 되고 승부가 날 때마다 아우성과 탄식이 터졌다. 열기가 점점 고조되었다. 시끄러워 대화가 잘 되질 않았다. 세 번째는 여자가 100불짜리 본토불을 이학민의 손에서 낚아챘다. 달러를 흔들어 보이더니 아오자이를 들치고 서슴없이 파자마를 내려 자신의 사타구니에 문질렀다.

학민에게 여자의 음기가 작용했는지 요행이 찾아왔다. 초반에는 수세에 몰려 구석을 찾아 숨어들던 녀석이 막바지에 반격으로 나서 승리를 안겨 준 것이다. 싸움에 진 닭은 아래쪽 벼슬이 잘려 나가고 피를 흘리며 일어날 기미가 보이지 않았다. 10배의 배당을 받았다.

"따이한, 똣 꽈! 똣 꽈!"

"꽁까이, 나도 좋아. 또이 똣 꽈!"

두 사람은 의기투합하여 오른손을 들어 서로 하이 파이브로 마주쳤다. 학민은 여자에게 200달러를 건넸다. 여자는 돈을 받아 아오자이 안에 집어넣으며 좋아 어쩔 줄 몰라 했다. 학민도 맞장구쳤다. 닭싸움이 끝나자, 링의 양쪽 코너에는 사람들이 바뀌었다.

킥복싱이 벌어졌다. 사회자는 태국에서 상위에 랭크되어 있는 선수들이라고 소개했다. 손과 발을 함께 써가며 난투극 벌이는 태국 권투에 모두 열광했다. 판돈이 점점 커져 갔다. 여자는 담배를 꺼내 물고 학민에게 입을 내밀었다. 학민은 부적으로 갖고 다니는 지포라이터를 꺼내 불을 붙여 주었다. 여자는 한 모금 깊이 빨았다가 연기를 학민의 얼굴에 날렸다. 쑥 냄새가 났다. 여자가 립스틱이 묻은 담배를 학민에게 권했다. 그는 손을 저으며 꼬냑을 들이켰다. 여자는 학민을 쏘아보더니 아오자이 깊숙이 들어 있던 달러를 꺼내 판돈에 얹었다. 학민은 둔탁한 소리를 내며 벌어지는 주먹질을 아주 가까운 자리에서 보는 것이 난생처음이었다. 입 안의 타액이 흐르고 찢어진 눈 등에서 피가 사방으로 튀었다.

밤이 깊어 갔다. 사회자는 오늘의 하이라이트라고 소개하면서 '윌리엄 룰렛'이라고 했다. 안쪽 벽에 설치된 스크린 앞으로 무대가 옮겨 갔다. 매트리스가 붙은 크고 높은 타깃이 놓였다. 타깃은 조명에 하얗게 빛났다. 사회자는 매트리스 안은 실크로 된 방탄복 수십 벌이 들어 있고 겉은 낙하산으로 만들었다고 했다. 겉감은 매번 새것으로 바꾼다고 덧붙였다. 매트리스 상단에 사격장에서 쓰는 종이 타깃이 붙었다. 출전자들이 링에 올라 줄에 묶인 38구경 리벌버 권총으로 한 발씩 쏘았다. 총알이 타깃에 쑤셔 박혔다. 링 위로 베트남 공정대 장교가 오르고, 호주군이 오르고, 미군이 올라갔다. 국적이 불분명한 동양인도 섞였다. 탄착점에 따라 탄성이 달랐다. 링 아래에서는 돈을 걸기에 바빴다.

담배와 마리화나 연기가 시야를 흐리게 했다. 사회자도 취했다. 타깃 아래 눈을 가린 원숭이를 묶어 세웠다. 원숭이 머리에 철모를 씌웠다. 홀 안은 흥분의 도가니에 빠져들었다. 총소리가 날 때마다 놀란 원숭이는 몸부림치면서 소리를 질렀다.

기익 끽!

덩치가 좋은 미군이 사선에 올랐다. 자신을 공정대 A팀장이라고 소개하는데 혀가 꼬부라져서 잘 돌아가지 않았다. 사회자가 실탄을 한 발 건넸다. 팀장은 몇 번 겨냥하더니 격발했다. 총소리와 함께 원숭이 머리가 앞으로 쏟아졌다. 철모가 밑으로 떨어져 굴렀다. 털 색깔이 검어 어찌 된 영문인지 알 수가 없었다. 장내가 갑자기 조용해졌다. 조금 지나자, 원숭이 사타구니에서 검붉은 피가 뚝뚝 떨어졌다.

무대에 불이 꺼지고 스포트라이트는 링 위의 사회자를 비췄다. 사회자가 분위기 반전에 나섰다.

"자, 자, 라스트 게임입니다."

홀 안은 다시 열광의 도가니에 빠져들었다. 무대가 정리되고 불이 켜졌다. 예상을 빗나간 광경이 벌어졌다. 타깃 아래 비키니만 걸친 여자가 묶여 있었다. 이리저리 몸부림을 쳤다. 타깃의 크기가 절반으로 작아졌다. 모두가 길길이 뛰었다. 누가 공포를 쏘았다.

탕! 탕!

사회자는 장내 정리를 요구했다. 무대 쪽 비키니에게 방탄복을 입히고 철모를 씌우도록 했다. 출전자는 1천 불을 걸도록 했다. 100점에 들면 5배를 준다고 선동했다. 고용된 사수로 보이는 남자가 올라왔다. 그는 몇 번을 겨누다가 쏘았다. 비키니가 비명을 질렀다. 무대에서 타깃을 들어 보였다. 정확하게 가운데 명중되었다. 홀 안은 흥분이 최고조에 달했다. 엄선된 선수 세 사람이 총을 쏘았지만 달러만 날렸다. 비키니의 머리 위에 걸린 타깃을 향해 쏘는 일이 쉽지 않은 것이었다. 술렁이며 공백이 생기자, 사회자는 타깃을 한 뼘 내리고 배당금을 10배로 올렸다.

그때였다. 박경석이 나타났다. 학민은 그를 붙들어다 자리에 앉히려고 했으나 소용이 없었다. 박경석은 성큼 링 위로 올라갔다. 사회자는 VIP석의 꽝을 쳐다보았다. 꽝의 사인을 받은 사회자는 박경석을 소개했다. 박경석은 비키니를 자신의 파트너로 교체하고 타깃을 한 뼘 더 내리기로 합의가 이루어졌다. 파트너는 마리화나에 취해 자신의 위치가 어딘지도 모르고 헤맸다. 방탄복과 철모도 거부했다.

"어이, 따이한. 오우 케이. 오 케이."

사회자는 박경석의 올인에 배당금을 갑절로 올렸다. 장내는 폭발 직전이었다. 박경석은 혼미해진 정신을 가다듬으려고 머리를 흔들어 보았지만, 타깃이 흐려 보였다. 리벌버를 꺾어 실탄 한 발을 탄창 구멍에 집어넣고 총신을 바로 잡았다. 오른팔을 뻗어 겨냥했다. 시간이 흐르자, 권총의 무게에 팔이 내려갔다. 권총을 허벅지까지 내렸다가 심호흡하고 나서 다시 조준했다. 방아쇠 뭉치 안으로 검지를 넣었다. 검지로 방아쇠를 걸었다. 당기는 중간에서 숨을 멈추었다.

탕!

무대의 파트너는 미동도 하지 않았다. 순간 찬물을 끼얹은 것처럼 조용했다. 남자가 달려 나와 파트너의 묶인 줄을 풀었다. 파트너는 남자를 와락 끌어안았다. 다른 남자가 타깃을 떼어냈다. 타깃을 높이 들자, 스포트라이트가 타깃을 비췄다. 무대조명이 나갔다. 타깃의 만점 자리에 가는 빛이 레이저처럼 지나 스크린에 꽂혔다. 박경석은 두 손을 번쩍 들고 스포트라이트를 받으며 링에서 내려왔다.

한밤중이었다. 학민은 물을 찾는다고 더듬거렸다. 과음하고 난 뒤의 버릇이었다. 알몸이 만져졌다. 어둠이 익자 깜짝 놀랐다. 건너편 침대에 박경석은 발가벗은 여자 둘과 엉켜 극락을 헤매고 있었다. 학민의 침대에는 간밤의 파트너가 D컵 브래지어 안에 그린 백을 쑤셔 넣은 채로 곯아떨어졌다. 학민은 급한 마음에 속옷을 찾았다. 겨우 정신을 가다듬었다. 학민은 자신이 불꽃에 너무 가까이 와있다는 느낌을 받았다.

안남공사 트럭은 며칠째 쉬지 않고 퀴논을 오갔다. 헬기장에서는 백미와 SP, C-레이션에다 맥주를 실어 갔다. 꽝의 창고에서는 M-16 소총과 카빈 소총, M-79 유탄발사기에다 M-60 기관총이 실려 왔다. 선물이라며 북한제 AK가 몇 정 있었고 소련제 총기와 중공제 박격포도 더러 섞여 왔다. 박경석이 헬기장에서 감독했고 런 시장 F 블록에 숨은 꽝의 창고에는 학민과 쑤언이 상하차 물품을 일일이 확인했다. 미리 준비를 해둔 터라 작업은 순조로웠다.

꽝의 창고는 시장으로 해서 들어가지만, 물건이 나올 때는 길 건너 다른 허름한 창고가 있었다. 두 창고 아래가 땅굴로 뚫려 연결되어 있다는 뜻이었다. 꽝의 인부들은 하나같았다. 검정 파자마에 머릿수건을 하고 얼굴은 검은 석고 같았다. 많은 물건을 내리고 싣는데도 말 한마디 없이 일에만 열중했다. 그것은 롱의 창고에서 보던 그대로의 모습이었다.

박경석이 마지막 퀴논으로 가는 편으로 학민과 합류했다. 쑤언이 팀을 구석 자리로 불러 모았다.

"사수님, 롱 쪽의 낌새가 수상해요. 마우가 거래를 끊으면 그냥 있지 않을 거라며 공갈을 치고 다닌대요. 끝까지 조심해야 해요."

쑤언도 긴장하는 눈치였다.

"맞아. 막 탕에 더 조심해야지. 자, 모두 실탄 장전하고 자물쇠는 잠가 둬야지."

학민은 왼쪽 겨드랑이에 걸친 권총을 가볍게 두드렸다.

"초이, 수고가 많았소. 그쪽 높은 사람이 북조선이나 쏘비에트, 중공 쪽의 무기에 관심이 많다고 해서 신경을 좀 썼소이다. 하하. 다낭에서 캄란까지 내리훑어서 긁어모았답니다. 암튼 조심해서 싣고 가시오. 하하하."

꽝은 이번 거래가 만족한 표정이었다.

"꽝, 고생 많았소. 나도 물량 학보가 어려웠지만, 총기가 마음에 들어 기분이 좋소."

학민은 손을 내밀었다. 꽝이 손에 힘을 주어 악수를 했다. 학민은 타고 온 지프 때문에 서둘러야 했다. 어두워지면 군용차의 시내 통행이 금지되면서 초소마다 바리케이드가 쳐져 나갈 수가 없기 때문이었다.

학민 팀이 안남공사 트럭을 따라 19번 도로에 올랐을 때 노을의 빛깔이 점점 두터워졌다. 푸캇으로 가는 사거리를 지났다. 퀴논과 연대의 중간지점이었다. 집들이 듬성한 마을을 지나면 바로 정글이 나왔다.

따쿵!

AK 총소리가 단발로 났다. 학민의 차 지붕이 뚫렸다. 천막 타는 냄새가 풍겼다. 트럭이 속력을 냈다. 뒤따르던 석전운도 가속 페달을 거세게 밟았다. 흙먼지가 때아닌 폭풍에 휘말렸다.

따쿵! 따쿵! 따쿵!

AK 총소리가 간격을 두고 났다.

"야! 차 세워!"

박경석이 고함을 질렀다. 차가 급정거하자 모두 뛰어내렸다. 박경석은 그사이에 권총 대신 M-16 소총을 들었다.

탕! 탕! 탕!

박경석은 침착하게 목표물을 맞혔다. 어두워지면서 식별이 어려운데도 한 발의 오차도 없었다. 짧은 시간에 사태가 진압되었다.

"야, 학민아! 가서 귀라도 잘라 올까? 우리도 훈장을 타야지. 안 그래?"

"얀마, 무섭지도 않냐? 앞차는 어떻게 됐어? 자, 서둘러."

석전운은 황톳길을 내달렸다. 앞선 윤종일이 탄 트럭은 보이질 않았다. 시야가 점점 어두워져 갔다. 곧게 뻗은 직선도로에 들어서자, 양쪽으로 논이 나오면서 정글이 끝났다. 총격을 받았던 자리에서 4킬로미터 정도의 거리였다.

"야! 차 돌려!"

석전운은 대꾸도 없이 한 번 후진하더니 차를 돌렸다. 황토 먼지가 큰 원을 그리며 연 꼬리처럼 따라붙었다.

"아무래도 앞차에 문제가 생겼다. 차를 천천히 몰아. 모두 양쪽을 살피면서 차를 찾아."

학민은 차분하게 일렀다. 10분 정도 지났다.

탕!

총소리가 났다. M-16의 소리였다. 석전운이 브레이크를 밟았다. 박경석이 권총을 빼 들고 구부리더니 잽싸게 도로를 건너뛰었다. 학민과 석전운도 소총의 자물쇠를 풀고 총소리가 난 쪽을 찾아 나섰다. 고무나무가 보이는 길이 보였다. 이미 박경석은 주위를 살피면서 앞서고 있어 등짝이 작아 보였다. 갑자기 엔진소리가 들린다 싶었는데 화물차가 도로를 향해 튀어나왔다. 안남공사의 트럭이었다.

"야! 피해! 피해!"

박경석의 외침이 들렸다. 학민과 석전운은 소총을 안고 반사적으로 옆으로 굴렀다.

탕! 탕!

두 방의 총소리가 났다. 차 뒤에서 박경석의 총구가 불을 뿜었다.

펑!

트럭의 오른쪽 뒷바퀴가 터지면서 먼지가 풀썩 났다. 낮은 배수로에서 도로에 기어오르려던 트럭이 처박혔다.

"차를 포위해!"

박경석이 소리를 지르며 쫓아왔다. 학민도 재빠르게 일어나 트럭의 앞쪽으로 총구를 돌렸다. 차 문이 열렸다. 꽝이 딸려 보낸 인부가 내렸다. 손에 총이 들려 있었다. 윤종일이 보이는데 빈손에 뒷덜미를 운전사에게 잡혀 있었다. 운전사는 윤종일의 머리에 권총을 거누었다

"동 엔! 동 엔!"

운전사가 총구로 윤종일의 머리를 밀면서 소리쳤다. 다가서던 박경석이 멈춰 섰다. 인부가 두어 발짝 뒤에서 학민 쪽으로 총을

겨누었다. 윤종일의 총이었다.

"저 따이 렌! 저 따이 렌!"

운전사가 손을 들라는 시늉으로 총구를 위로 짧게 흔들었다. 바로 그때였다.

탕!

운전사의 이마에 빨간 점이 생겼다. 뒤로 자빠지면서 윤종일도 같이 넘어졌다.

탕!

인부가 총을 떨어뜨렸다. 손목에서 피가 솟았다. 박경석이 쏜 두 발이 명중했다.

"사수님, 면목 없습다. 이 새끼들이 롱에게 매수된 것 같습니다. 총기를 빼돌리려고 했어요. 차를 돌려 협박하며 총을 뺏으려고 해 방아쇠를 당겼지요."

윤종일이 정신이 반쯤 나가 있었다.

"아냐! 롱 그 새끼가 아닐 수도 있어! 위장술 말이야! 쌍놈의 새끼!"

학민이 치를 떨었다.

"등 지엣 또이."

박경석이 인부에게 총을 겨누자 벌벌 떨면서 죽는소리를 냈다.

"그래, 이 새끼야! 죽이진 않으마. 넌 누구야! 꼬 아이 더이! 꼬 아이 더이! 씨발!"

박경석은 눈에 핏발이 서고 이를 악물어 광기를 보였다. 운전시는 뒤통수에 피가 흥건하고 입에서 꼬르륵 소리를 내더니 사지를 몇 번 떨다가 뻗었다.

"또이 롱, 마우 버꾸버꾸 기브미 남바 텐. 롱, 마우 남바 텐."

인부는 애걸복걸했다.

"롱과 마우란 놈이 돈 많이 줘서 시켰대. 남바 텐이래. 나쁜 놈이란 거야."

박경석은 치를 떨었다. 그는 독수리처럼 인부의 뒷덜미를 낚아채 끌었다. 인부의 팔에서 흐르는 핏물이 따라 끌려갔다.

"야! 경석아! 어쩌려고 그래! 야!"

학민이 따라가면서 소리쳤다.

"따라오지 마! 아무도 오지 마! 오면 쏠 거얏!"

잠시 뒤였다. 고무나무 숲에서 한 발의 총소리가 났다.

예정에 없던 학민의 방문에 쑤언은 반가움을 감추지 않았다. 그를 끌다시피 침실로 들어갔다. 쑤언의 팔이 학민의 목을 감았다. 서로 감미로운 입술을 주고받느라 떨어지지를 않았다. 쑤언이 텔레비전 볼륨을 올렸다. 티우 대통령이 전쟁은 승리를 바로 눈앞에 두고 있다고 연설하고 있었다.

"언니, 뭐해?"

도둑고양이 같은 마리가 등 뒤에 바짝 붙어서 소곤거렸다.

"응, 아무것도 안 해. 마리야."

"써전, 나도 쫌 안아줘 봐. 응."

"마리, 왜 이러는 거야?"

학민이 자기 쪽으로 넘어오는 마리를 부축하자니 안을 수밖에 없었다. 그녀의 입에서 진한 쑥 냄새가 풍겼다.

"쑤언, 얘가 마리화나 피워요?"

"그래요. 삼촌이 죽고 그때부터요. 사수님은 이해를 하셔요."

학민은 얼음 넣은 맥주를 마셨다. 베트남 바바맥주는 그런대로 마실 만했다. 두 여자는 코냑을 마셨다. 오래 숙성시킨 그랑드 샹빠뉴였다. 취하자, 어깨동무하고 <사이공 테플람>을 불렀다.

"사수님, 나 초우를 부를게요. 어때요? 오케이."

쑤언의 입에서 초우가 터져 나오는 바람에 학민은 술이 깼다.

"까쓰음 쑉에 쓰미드는 꼬독이 몸뿌림 치일 때……."

쑤언의 자세가 조금 흐트러졌다. 마리화나와 술에 취한 마리는 휘청거렸다.

"나, 싸쑤니임 싸랑해요. 오케이."

침대에 오른 쑤언의 혀가 꼬부라졌다. 갈구하던 터라 그녀의 가슴이 풍선처럼 팽팽해지더니 단단해졌다. 두 육신은 바로 신열이 오르고 숨소리가 고조되면서 절정에 도달했다. 파정에 이르기까지 그리 오래 걸리지 않았다. 뜨거운 밤꽃 냄새가 방 안에 가득해져 코를 찌르자, 손을 뻗어 다시 서로를 찾았다.

플래시 불빛이 몇 번 번쩍이는가 싶더니 쑤언은 눈을 떴다. 그녀는 학민의 팔을 살며시 풀고 조용히 밖으로 나갔다. 베트콩 차림의 남자가 소철나무 사이에서 기다리고 있었다. 두 사람은 보자마자 낮게 쏘곤대며 다투는 소리를 냈다.

"쑤언, 너 아무래도 저놈과 사랑에 빠졌구나. 이러다 혁명 과업을 망치기라도 하면 어쩌려고 그래. 여태 이런 일이 한 번도 없었잖아. 지금도 해방전선에선 너만 쳐다보고 있는 전사들이 몇인 줄 아냐. 네가 더 잘 알잖아. 제발 정신 좀 차려."

"오빠, 나도 할 만큼 했어요. 그런데 희망이 보이질 않아요. 이젠 전쟁에 너무 지쳤어요. 사람답게 살고 싶어요. 큰 행복은 바라지도 않아요. 그저 평범한 여자로 살다가 죽고 싶어요. 죽을 만큼 사랑도 해보고 아이도 낳고 싶단 말이에요."

"너 정말 미쳤구나. 지난달만 해도 식량과 총기 반입이 반으로 줄었어. 상부에서 오죽하면 나를 보내겠어. 설마 고의적인 것은 아니지? 이러다간 나도 그렇지만 너도 살아남지를 못해. 너 알량한 행복보다는 위대한 조국을 먼저 생각하라고 이 녀석아. 퀴논 지구의 세포조직 밀매업자들을 모조리 집합시켰으니 참석해서 진로를 다시 모색해 보도록 해보자고."

쑤언은 입을 다물고 밤하늘을 한 번 올려다보았다. 두 사람 사이에 침묵이 흘렀다. 잠시 뒤 쑤언이 집 안으로 들어와서 한참을 거실에 앉아 있었다. 또다시 창문에 불빛이 지나갔다. 쑤언은 일어나 학민이 자는 모습을 돌아본 뒤 검정 파자마 옷으로 갈아입고 권총을 챙겨 밖으로 나갔다.

학민이 기분 좋은 피곤함에도 새벽이 되자 기운을 되찾아 갔다. 무심결에 옆자리를 더듬었다. 옆자리는 추위에 떨던 새끼 고양이처럼 바로 가슴 안으로 파고들어 왔다. 학민은 새로운 정기를 느끼면서 뼈를 사르는 혼신을 다해 스콜이 쏟아지는 고지를 점령하기에 이르렀다.

"싸쑤니임, 이게 뭐냐? 이게 뭐냐?"

쑤언이 낮은 목소리였지만 절망이 담겨 있었다.

"아니, 쑤언이 왜 거기 있어. 그럼 이건 누구야?"

학민이 놀란 나머지 홑이불을 들쳤다.

"아뿔싸. 마리, 마리가 왜 여기 있지?"

학민은 두 손으로 머리를 싸맸다. 쑤언은 마리의 늘어진 알몸을 이불로 덮었다. 학민은 자신이 불꽃 위에 올라와 있다는 것을 어렴풋하게 느꼈다.

며칠 뒤였다. 학민은 쑤언이 좋아하는 장미를 준비했다. 쑤언은 꽃을 받아 들긴 했지만 냉랭하기 짝이 없었다.

"써전이 웬일이에요. 작전이 없는 날이잖아요."

마리는 천방지축이었다. 학민은 쑤언을 데리고 나와 지프에 태웠다.

"사수님, 우리 어디 가요?"

"쑤언이 이렇게 기운이 빠지면 나는 어떡해요. 정말 미안해요."

"마리한테 그날 일을 얘기하면 우리는 끝이에요. 알았지요? 꼭 약속해요."

"알았어요. 약속할게요."

"마리는 아무것도 몰라요. 침대 시트도 갈고 옷을 새로 입혔거든요. 걘 그날 제정신이 아니었어요. 한 번씩 그렇게 미쳐요. 아이, 나도 몰라요."

"나는 당연히 쑤언인 줄 알았지요. 누가 다른 사람인 줄 꿈엔들 생각했겠어요?"

"아니, 사수님도 그렇지. 몸을 만져 보면 몰라요? 쑤언인지 아닌지?"

"술이 문제예요. 술이."

"사수님은 술이 약하잖아요."

학민은 차를 짠홍다오 거리로 몰았다. 외곽으로 나가는 사거리에서 차를 급정거로 세웠다. 멈춘 바퀴를 따라 붉은 흙먼지가 휘몰아 오더니 연막탄처럼 차를 가렸다. 학민은 C-레이션 박스로 만든 가게에 들어가 OB 캔맥주와 코카콜라를 사 아이스박스에 쑤셔 넣었다. 북쪽으로 가기 위해서 시동을 거는데 먹구름이 하늘까지 가리며 심술을 부렸다. 구름 사이로 섬광이 몇 번 번쩍했다. 드문드문 서 있는 야자수가 바람이 불자 말갈기 같은 기다란 잎으로 춤추었다. 덩달아 바나나 나무도 몸을 흔들었다.

학민의 차가 30분 정도를 달려 탑도이 거리에서 우회전했다. 우뚝한 탑이 나타났다. 10세기 초에서 11세기에 걸쳐 이룩한 참파왕국의 훈탕 유적지였다.

"오! 사수님. 쑤언이 여길 좋아하는 줄 어떻게 알았나요? 원더풀! 원더풀!"

쑤언은 어린아이처럼 깡충 뛰며 좋아했다. 마리의 일도 잊어버린 듯 보여, 학민은 마음이 조금 놓였다. 반이트라 부르는 은탑에 올랐다. 사방으로 참파왕국의 화려한 양식의 탑이며 건축물들이 즐비했다.

"참족이 비엣족을 누르고 베트남을 통일했던 본거지가 여기예요. 참 멋있지요."

"쑤언과 같이 한번 와보고 싶었는데 정말 대단하네요. 베트남에 이런 문화유산이 있는 줄은 미처 몰랐어요."

"사수님은 이제 우리 역사를 쪼끔은 이해하기 시작했네요. 쑤언을 이곳으로 데려오다니 사수님은 작전을 참 잘해요. 호호."

쑤언은 주위의 시선에 아랑곳하지 않고 밝은 얼굴로 두 팔을 벌려 학민의 허리를 감싸 안으며 올려다보았다.

"오, 내 사랑, 민."

학민은 선글라스를 벗고 쑤언의 입술에 가벼운 입맞춤을 했다.

"사수님, 참파왕국의 유적은 호이안 근방에도 많이 있어요. 미썬 유적지는 프랑스 사람들이 정글에서 찾아냈지만, 조각상 같은 보물급은 자기들 나라로 빼돌렸답니다. 약소국은 땅만 빼앗기는 것이 아니라 역사와 문화재도 빼앗기는 거랍니다. 너무도 슬픈 일이지요."

쑤언은 불편한 얼굴을 해 보이더니 말을 이었다.

"프랑스 소설가 앙드레 말로도 앞장서 고대 유물 거간꾼 노릇을 했답니다."

"쑤언, 저명한 앙드레 말로가요?"

"앙드레 말로가 22살에 인도차이나반도의 고고학적 조사에 참가했어요. 우리 집안 친척을 집사로 삼았지요. 캄보디아 시엠립을 탐사하던 말로는 반테아이스레이 사원의 여신상을 본국 골동품상에게 갖다 팔려고 반출하다가 프랑스 식민당국에 붙잡혔지요. 사원 입구에 조각된 데바타 여신의 부조가 잘 떼어지지 않자, 불까지 질렀답니다. 프놈펜으로 압송된 말로는 상습 도굴 혐의로 재판을 받고 수감되었지요. 이때의 경험을 살려 지은 소설이 <왕도로 가는 길>이었답니다. 여기서 '왕도'란 크메르 제국의 앙코르와트를 일컬었고요. 더 이상 무슨 설명이 필요할까요."

"쑤언, 정말 한국과 베트남은 닮은꼴이 너무 많아요. 바다 건너 일본이 우리나라를 지배하면서 여러 문화재를 약탈해 갔답니다. 심지어 석탑을 해체해서 배로 실어 갔어요. 사실은 우리도 프랑스에 당했어요. 프랑스 군대는 자기들 신부를 죽였다는 빌미로 쳐들어와서 강화도라는 섬에 보관되어 있던 왕실의 행사를 기록한 의궤를 뺏어갔지요. 이 모두가 힘이 없기 때문에 당한 거랍니다."

학민도 울화가 치미는 것을 참으며 말했다.

"프랑스 신부를 죽여요? 상상이 안 되네요."

"그래요. 대원군이라는 왕이 아버지 되는 사람이 서상 문물을 거부하며 가톨릭을 배척했답니다. 오랫동안 이어온 전통을 지킨다는 명목으로 선교하던 신부들을 잡아다가 목을 잘라 처형해 버렸지요."

"만약에 베트남에서 그런 일이 일어났다면 프랑스의 보복은 대단했을 거예요. 외인부대를 앞세워 무차별 학살을 했을 테지요. 너무나도 끔찍해서 생각만 해도 싫어요. 사수님, 이건 진정한 동병상련이 맞지요?"

쑤언이 풀었던 허리를 다시 잡으며 학민을 바라보았다.

"맞아요. 우리의 동병상련은 끝이 없군요."

학민도 눈을 맞추어 주었다.

"므어 자오! 므어 자오!"

스콜이 온다고 사람들이 외쳤다. 천둥이 치고 번갯불이 몇 차례 번쩍거렸다. 바로 빗줄기가 내리꽂히기 시작했다. 모두가 머리만 손으로 가리고 소낙비를 피해 탑 안으로 달아나기 바빴다. 학민은 그들의 민첩한 동작에 감탄할 정도였다. 대피하는 것이 일상이 되어버린 그들만의 자구책이었다.

학민과 쑤언만이 탑 밑에 그대로 석상처럼 서 있었다. 비가 점점 거세지자 두 사람은 바람의 반대쪽 탑 밑으로 자리를 옮겼다. 비에 젖은 쑤언의 아오자이가 육감적인 몸매를 드러내 보였다. 학민은 오른팔로 그녀의 목을 감싸 안고 부드럽게 탑의 기단부에 눕혔다. 비에 젖어 파래진 그녀의 입술이 떨면서 오물거렸다. 학민은 미친 듯이 키스를 퍼부었다. 쑤언의 하얀 아오자이 안에 입은 붉은 파자마를 끌어 내렸다. 두 사람은 한 덩어리가 되었다. 그들 사이에 억수같이 쏟아지는 빗물이 스며들 틈조차 없었다. 세상을 붉은 흙탕물로 삼킬 기세인 스콜도 타오르는 불꽃을 끄지는 못했다.

한참 뒤에 스콜이 그쳤다. 거짓말처럼 해가 다시 모습을 드러 냈다. 쑤언이 부끄러워했다. 학민은 쑤언의 손을 가만히 잡아 주 었다. 두 사람은 젖은 채로 지프가 있는 곳으로 돌아왔다. 학민이 차를 돌면서 살펴보는데 앞의 왼쪽 바퀴에 바람이 없어 보였다. 펑크가 나 있었던 것이다.

바로 그때였다. 옆에 세워져 있던 람브레타에서 작달막한 남자 둘이 내렸다. 그들은 펑크 난 바퀴를 들여다보던 학민의 팔짱을 다짜고짜 꼈다.

"숨어! 숨어!"

학민은 차 반대편에 있던 쑤언에게 소리쳤다.

"등 연!"

학민의 오른쪽 팔을 잡은 남자가 움직이지 말라며 주머니의 권 총을 두드려 보였다.

"둥! 꼬 아이 더이!"

쑤언이 그만두라며 누구냐고 소리치면서 다가왔다.

"쩟 뜨!"

남자는 조용히 하라며 쑤언을 거칠게 밀쳤다. 그녀는 쓰러지면 서 권총을 찾았지만 소용이 없었다. 소나기에 젖을 것 같아 학민 과 같이 지프에 두고 내렸던 것이다. 학민을 람브레타에 구겨 처 넣은 남자들이 곧장 줄행랑을 쳤다. 젖은 흙바닥에 바퀴 자국만 길게 남겼다.

미로

학민은 온몸에 달라붙은 냉기에 정신이 들었다. 앞이 보이질 않았다. 머리에 복면이 씌워져 있었다. 눈을 떠봐도 희미한 빛만 감지될 뿐이었다. 손이 뒤로 묶인 채로 옆으로 누워 있는 자신에 놀랐다. 그는 태엽 풀듯 시간을 거꾸로 더듬었다.

학민을 강제로 태운 람브레타는 큰길에 나와서는 속력을 줄였다. 눈에 띄지 않으려는 의도였다. 들판을 지나자, 큰길에서 벗어나 망고나무가 듬성듬성 서 있는 사이로 난 오솔길로 접어들었다. 바나나밭 옆에 쓰러질 것 같은 외딴 농가를 보고 향했다. 초막 옆에 차를 세웠다. 좁은 차 바닥에 깔려 있던 학민이 강하게 저항하자 젖은 수건으로 얼굴을 덮었다. 순간 의식을 잃었다. 시간이 얼마나 흘렀을까. 학민이 정신이 들었을 때는 차가 덜컹대고 있었다. 머리에서 목까지 보자기로 씌워져 있었고 손이 뒤로 묶인 채로 바닥에 누워 있었다. 눈을 조금 떠보았지만, 보이는 게 없었다. 깜깜했다.

뒤뚱거리던 차가 멈추더니 학민을 끌어내렸다. 다른 차로 옮겨 실었다. 학민은 차체가 높다는 생각이 드는데 차가 움직였다. 적재함 바닥인지 몸이 차가웠고 바람이 그대로 지나갔다. 차가 속력을 낼 수 없을 정도로 덜컹거릴 때마다 학민의 몸뚱이는 굴러다녔다. 무릎이며 어깨와 머리통까지 부딪혔다. 그는 비명을 참았다. 어차피 죽을 때 죽더라도 아픔을 호소하지 않기로 마음먹었다. 차가 섰다. 학민은 나뭇단처럼 차에서 끌어내려졌다. 이번에는 먼저와 달리 사람들의 목소리가 거침이 없이 크게 들렸다. 누군가 학민의 목에 줄을 걸었다. 그러고는 앞으로 끌었다. 학민은 도살장으로 끌려가는 소처럼 따라 움직였다. 아무것도 보이지 않으니 몇 발자국 가지 않아 넘어지고 말았다. 목줄이 거세게 당겨지고 일어나 얼마 못 가 쓰러지곤 했다. 물소리가 크게 나더니 자갈이 밟혔다. 큰 개울인 모양이었다. 그곳을 지나자 다른 길을 들어서는 느낌이 왔다. 그는 나뭇가지가 몸에 자주 스쳐 길이 좁다는 것으로 판단이 섰다.

고행이 멈추었다. 학민은 행군이 계속 이어졌다면 무슨 돌출행동이라고 했을지도 모른다고 여겨졌다. 뒤로 묶인 손이 풀렸다. 피가 통했는지 손목에 찌릿하고 전기가 오더니 저렸다. 개 줄이 짧게 몇 번 발 쪽으로 당겨졌다. 땅속으로 들어가라는 신호였다. 학민이 머리를 숙이고 구부리자, 누군가 머리채를 잡았다. 몸의 중심을 잡으려는데 발목을 잡은 손이 아래로 당겼다. 학민은 자신의 키만 한 깊이를 수직으로 떨어지고 말았다. 대단한 충격이었다. 줄이 끄는 대로 오리걸음으로 가다가 기어서 가고 바로 기고 돌아가며 꺾어 가기도 했다. 여유가 있다 싶은 공간에서 발길질이 몇 차례 오더니, 머리에 둔탁한 충격으로 정신을 놓고 말았다.

아무것도 보이지는 않았지만, 사람들의 말소리가 메아리처럼 울렸다. 학민의 두건이 벗겨졌다. 밑에 떨어진 복면은 두꺼운 검정색이었다. 말로만 듣던 땅굴 안이었다. 사면이 누런 흙벽에 석유램프가 귀퉁이마다 걸렸다. 벽에 붉은 바탕에 노란 별이 그려진 오성적기가 붙어 있고 옆에 수염을 단 호치민 사진이 걸려 있었다. 그 아래 책상이 놓여있고 작은 나무 의자에 검은색 파자마와 군복차림이 앉아서 학민을 내려다보고 있었다. 덩치가 좀 있어 보이는 군복이 일어섰다.

"동무래 여까지 오느라 고생이 많았시요."

학민이 올려다보니 북한군 복장이었다. 반공영화에서 보던 군관이었다. 옆에 앳되고 사병으로 보이는 북한군이 따라붙었다.

"아이 앱?"

학민은 체념하듯 물었다.

"동무래 우리가 누구냐고? 고건 오해야요. 우리는 여기래 월맹 전사가 옷만 걸치고 위장한 거이 아니고스리 진짜 조선민주주의공화국 린민군이외다. 그러니끼니 기냥 우리말로 하기요."

북한군 사병이 모자를 만지며 말했다. 군관은 하얀 지휘봉을 양손에 잡고 고개를 끄덕였다.

"이건 뭔가 잘못된 거요. 난 쫄병이라 아무 소용이 없소."

학민은 몸을 가누며 말했다. 군관이 나섰다.

"미제 앞잽이, 박정희 괴뢰도당의 연대 1종계 병장 최철국이 맞지비. 아이야? 가명이야?"

"맞소."

"동무래 우리 공화국의 아까보소총을 사 모은다는기 무시기 소리야?"

"쫄병은 명령에 따를 뿐이오."

"이 좀 간나이 쌔끼! 말이면 다야. 이따우로 나오면 곤란하다야."

"나 같은 쫄따구에게 원하는 게 뭐요? 제네바협약대로 물이나 좀 주시오. 내 이름과 소속은 이미 알고 있으니, 군번만 대겠소 내 군번은 11…."

바로 그때 북한군 사병의 발길질이 학민의 가슴을 향하는 바람에 군번의 숫자 나열이 끊어지고 말았다. 학민이 쓰러지자, 코앞에 서 있는 인민군 사병의 신발이 눈에 들어왔다. 정글화였다. 질긴 천으로 된 복숭아뼈가 닿는 안쪽자리에 낯이 익은 검정 글씨의 이니셜이 선명했다.

– L. H. M

학민은 발가락을 꼼지락해 보니 맨발이었다. 본명을 모르는 게 다행이었다.

"이보라우, 최철국 동무. 내래 손 떼면 저 해방 전선 동무들이 막바로 까부셔 처단할 테니께니 우리 핏줄끼리 좋게 해보자우. 아이 그런가?"

"대관절 뭘 좋게 해보자는 거요?"

"내래 단도직입적으로 말해스리 동무래 우리 공화국에 의거 입국하라우."

"뭐요! 날 보고 자진 월북하란 거요! 사상도 다르지만 그건 안될 말이오. 내겐 혼자 사는 어머니가 있소. 절대로 안 될 일이오."

"동무래 결국에는 끌려서 가갔어. 기리가면 인생 종 치는 기야. 의거하면 이뿐 각시 배당되지. 기럼, 영웅 칭호 받잖아. 기럼 살 판나는 기야."

"끌려가느니 차라리 여기서 죽겠소."

"동무, 와 기래. 공화국 의거도 아무나 못 해. 어방 없어야. 고기 뭐야 하믄 표본이 있지비. 동무래 건설지원단의 안학수 하사와 동무래 부대의 박성열 병장도 의거 입국했지비. 환영식이 거창했어야. 평남 대동면의 의거자 정치학교에서 내게 교양을 받았지비. 내래 여기 파견 전 일이지. 걔네들 잘살아야. 기럼, 아주 잘살지."

"우리는 입북자가 하나도 없소. 만약 그렇다면 나처럼 납치되었을 거요."

"이 보라우, 그 와 김종호 있지비. 그 아도 의거에 동의를 했지비. 위대한 수령님 4월 탄신일에 군품 장사질을 잘 해스리 지극정성으로 성심성의를 다했어야. 의거 막판이 되어스리 일을 망치는 바람에 사업이 실패로 돌아갔지만 말이야."

"아니, 그럼 김 병장이 이쪽과 거래를 했다는 말이오. 나는 믿을 수가 없소."

"이거 보라우. 기럼 이 사진을 보면 믿갔어?"

군관이 수첩에서 사진을 꺼내 학민의 코앞에 디밀었다. 폴라로

이드로 찍은 작고 두꺼운 컬러 사진이었다. 셋이 바나나 나무 아래에서 베트콩의 검정 파자마 차림에 어깨동무를 하고 있었다. 왼쪽에는 군관이고 가운데가 선글라스를 쓰고 웃고 있는 김종호가 맞았다. 오른쪽은 낯이 익어 보였지만 군관이 사진을 거두었다.

"최철국 동무래, 마지막으로 묻갔어. 위대하신 수령님께서 영도하시는 우리 공화국에 의거 입국하라우!"

"내 대답은 변함이 없소."

"이 쫑간나 새끼래! 말로 해스리 안 되갔구먼. 야! 어방없어야! 이거 덩말 죽고 싶어 기를 써누만."

군관은 허리에 차고 있던 권총을 빼 들었다.

"내래 이 총에 단발을 장전했지비. 죽고 살고는 쫑간나 새끼래 정하라우!"

학민의 머리에 총구를 들이댔다. 금속성 차가움에 몸을 떨었다. 머리를 흔들었다. 군관은 사정없이 방아쇠를 당겼다.

찰카닥!

격발 소리가 났다. 헛방이었다.

"이 새끼래, 갈끼야 말끼야!"

학민은 눈을 감고 입을 다물었다. 두 번째 격발 소리가 났다. 학민은 오금이 저렸다, 식은땀에 옷이 흠뻑 젖었다. 군관이 다시 방아쇠에 손가락을 걸었다. 책상에 앉아서 보고만 있던 검정 파자마를 입은 남자가 급하게 다가왔다.

"토이! 토이!"

검정 파자마는 군관에게 그만두라고 소리를 질렀다. 검정 파자마는 군관의 팔을 붙잡고 책상으로 돌아갔다. 둘은 삿대질까지 하며 옥신각신하더니 군관이 수그러들었다. 학민은 겨우 몸을 추슬러 그들의 동작을 지켜보았다. 안경의 오른쪽 알이 금이 가서 뿌옇게 보였다.

조금 뒤였다. 북한군 사병이 닭이 들어 있는 나무 상자를 양손에 들고 나타났다. 머리가 작고 목이 길며 발가락이 긴 싸움닭이었다. 군관과 검정 파자마가 나란히 학민 쪽으로 왔다. 북한군 사병이 널브러진 학민의 덜미를 잡아 일으켜 꿇어앉혔다.

"이 간나 쌔끼! 아이 되갔어! 당장에 압송해스리 끌고 가야 되는데 이 해방 전선의 대장 동무래 사정이 있다고 해스리 이 달구 싸움으로 결판내기로 했지비. 알갔어?"

군관이 불만을 쏟아냈다. 북한군 사병은 막대기로 땅바닥에 커다란 원을 그렸다. 그 사이에 땅굴 안의 해방 전선 사람들이 나와서 뺑 둘러앉았다. 맨발의 소년병에서부터 수염을 기른 노병까지 30명은 족히 돼 보였다. 램프가 중간에 하나씩 더 걸리자 제법 환해졌다. 북한군 사병이 싸움닭을 꺼내 놓았다. 두 마리는 마주 보자마자 목털을 세우고 머리 흔들면서 독기를 올렸다. 관중들이 환호성을 질렀다. 군관이 닭을 한 마리 집어 들자, 해방 전선의 대장이 나섰다.

"콩 드억! 방 나우!"

공평하게 추첨으로 정하라는 것이었다. 군관은 대장의 말에 대꾸도 없이 닭을 차지했다. 북한군 사병은 머쓱한 얼굴로 남은 닭을 학민 앞으로 높이 던졌다. 관중들의 환호가 또 터졌다. 닭은 몇 걸음을 날아 땅에 발을 내렸다. 그런데 닭의 걸음걸이가 좀 이상했다. 왼쪽 다리를 절었다. 덩치도 모자랐다. 군관은 스스로 잡아 온 닭의 목을 쓰다듬으며 전의를 돋우고 있었다. 해방 전선 대장은 학민에게 닭을 떠맡겼다. 사람들이 주머니를 털어 대장에게 피아스타를 걸었다. 학민은 다낭에서 있었던 투계 장면이 스쳐 지나갔다. 그는 도리 없이 닭을 안았다. 털이 많지 않아서 몸에서 나는 열기가 그대로 전해졌다. 비린내가 풍겼다. 벼슬에 난 검은 핏자국은 얼마 전에도 싸움한 흔적이었다. 대장이 호루라기를 불었다. 군관이 닭을 원 안으로 던졌다. 학민도 닭을 앞뒤로 흔들면서 전의를 돋우다가 던졌다. 닭들은 마주 보자마자 목에 갈기를 세우고 싸움을 벌였다. 모두 한쪽이 부리로 상대의 볏을 물고 뛰어올라 양발로 걷어찰 때마다 엉덩이를 들썩거리며 박수를 쳐 댔다. 겉보기로는 얼마 걸리지 않아 결판이 날 것 같았는데 싸운 지 반 시간이 지났다. 학민의 닭은 상대의 목을 물고 놓지 않았다. 그러다 보니 군관의 닭은 부리를 쓸 수도, 발차기를 제대로 할 수도 없었다. 바로 그때였다. 군관이 원 안으로 성큼 들어섰다. 학민의 닭을 떼어내 패대기를 쳤다. 기진한 닭은 다시 일어나지 못했다.

"야! 내래 이겼어야! 최철국이 이 아쌔끼래 공화국으로 압송할 끼야."

군관은 두 팔을 번쩍 들고 승리를 선언했다. 순간 조용해졌다. 판돈이 움직이지 않았다. 판정을 인정하지 않는 분위기가 넘쳤다. 군관은 학민을 끌고 나가려고 목에다 줄을 걸었다. 그때였다.

"쯩 라이!"

서라는 외침에 시선이 한곳으로 몰렸다. 호위 둘을 데리고 나타난 또 다른 검정 파자마였다. 뿔로 된 굵은 테의 안경을 쓰고 있었다. 안경 너머로 눈초리가 매섭게 보였다. 모두 자리에서 일어나 부동자세를 취하고 경례를 부쳤다. 뿔테안경은 군관을 쏘아보더니 호위에게 목줄을 풀게 하고 책상으로 가서 황성적기 아래 앉았다. 해방 전선 대장이 뒤따라가 앞에 섰다. 군관이 거드름을 피우며 뿔테안경을 보고 따지고 들었다.

"동무래 이러면 안 되잖아!"

북한군 사병이 바로 통역을 했다.

"콩 파이 테 나이 쯔!"

뿔테안경은 거들떠보지도 않고 말을 던졌다.

"또이 다 노이 조이 마!"

북한군 사병이 고개를 돌려 통역을 했다.

"내가 말했잖아!"

군관이 계속 따지자, 뿔테안경은 권총을 꺼내 책상 위에 올려놓고 소리 질렀다.

"등!"

"그만둬!"

일순 찬바람이 일었다.

"이 간나 새끼를 공화국으로 데려가는 몸값으로 금쪽같은 삼천 딸라를 냈지비!"

군관은 투덜거리며 사병을 데리고 나갔다. 뿔테안경은 호위병을 시켜 학민에게 물을 주었다. 호위는 학민의 팔을 잡고 다닥다닥한 작은방들을 지났다. 의무실로 보이는 방도 있었고 야전침대가 늘어선 칸도 보였다. 땅속에 이런 시설이 있다니 믿기지를 않았다. 탁자가 몇 개 놓인 식당으로 안내했다. 식탁에 앉자마자 젊은 여자가 쌀국수를 내왔다. 학민은 내키지 않았다. 그러자 호위가 젓가락을 가져와 한입 먹어 보였다. 학민은 머릿속이 멍하였지만, 기다란 대나무 젓가락을 들었다.

학민이 바깥으로 나온 것은 몇 시간이 지난 뒤였다. 뿔테안경의 지시에 따라 호위 둘에게 눈이 가려진 채로 들어왔던 좁고 구불구불한 터널을 되짚어 나왔던 것이다. 학민은 밤바람이 코에 닿자, 악몽에서 깨어나 그제야 살았다는 생각이 들었다. 뒤뚱거리는 것으로 보아 람브레타였다. 포장이 안 된 모양인지 털털거렸다. 차는 한참을 달리다가 멈춰 섰다.

"어 더우?"

학민은 어디냐고 조심스레 물었다.

"쩟 뜨!"

돌아온 대답은 조용히 하라는 퉁명스런 말뿐이었다. 한동안 침묵이 흘렀다. 학민은 또다시 불안감이 납덩이 같은 무게로 가슴을 짓눌러 왔다. 갑자기 오토바이 소리가 나고 그의 얼굴에 짧지만, 강한 불빛이 닿는 것 같았다. 눈이 가려져 무엇인지는 알 수 없었지만 느낌이 그랬다. 주고받는 말소리가 사람이 늘어난 것이 분명했다. 오토바이 소리가 멀어지고 차가 움직였다.

"못 띠응!"

학민을 내려놓은 자리에서 그들이 가면서 남긴 말이었다. 그것은 한 시간 뒤에 가란 뜻이라고 판단이 섰다. 그러나 오래 기다리기엔 한계가 찾아왔다. 10분이 지났을까. 학민은 조심스레 눈가리개를 풀었다. 사물은 아직 어둠에 묻혀 있었다. 그는 제자리에 그냥 엎드렸다. 시간이 지나자, 어둠에 여유가 조금 생겼다. 발치에 걸리는 물건이 있었다. 놀라 자신도 모르게 발이 움츠러들었다. 대나무 광주리에 농부들이 흔히 입는 옷 한 벌과 샌들이 들어 있었다.

날이 밝았다. 사방을 돌아보았다. 마을 옆의 작은 숲속이었다. 학민은 비로소 자신을 살펴보았다. 파월 교육대에서 유격훈련의 마지막 관문을 통과한 뒤의 몰골과 같았다. 옷이며 손발은 물론이거니와 머리도 흙투성이였다. 앉은 채로 옷을 갈아입었다. 모내기를 마친 논에 가득한 물이 나무 사이로 보였다. 샌들을 신고 물을 찾았다. 급하게 손발을 적시고 머리를 헹궜다. 논 아래가 도로였다. 아무렇게나 세워진 이정표가 빠끔하게 보였다.

– QUI NHON 4KM

'아니 그럼, 훈탕 유적지 근처가 아닌가.'

학민은 놀랄 뿐이었다. 납치를 당하고 고초를 겪다가 돌고 돌아서 제자리에 왔으니까 말이다. 그때 차 소리가 들려왔다. 그는 목마름에 두 손 모아 논물을 입에 털어 넣었다. 다시 숲으로 돌아와서 몸을 숨겼다. 미군 트럭이 지나갔다. 잠시 혼란에 빠졌다.

'어떻게 해야 하나. 미군 차에 손을 들었다가 베트콩으로 오인해서 총질이라도 한다면 개죽음을 당하는 건가. 이 납치극은 분명 롱 그놈의 짓이야. 그놈이 베트콩과 거래하는 게 분명해. 그래서 베트콩을 하수인으로 삼아 나를 납치한 것이 틀림없어. 소문만 듣던 북한군은 뭐야. 공군만 왔다더니 육군도 있다니 믿기질 않아. 뿔테안경은 그 시간에 어떻게 나타났으며 왜 나를 풀어 주었을까.'

학민은 아이들 소리가 나고 도로에 차들이 빈번하게 왕래하자 이정표의 화살표를 따라 퀴논 쪽으로 걸었다. 훈탕 유적지는 쉽게 찾았다. 입구의 작은 가게 옆에 붙어 서서 주위를 살폈다. 지프는 본래 자리에 그대로 있었다. 근처에 사람들은 별로 보이지 않았다. 그는 심호흡을 크게 하고 지프에 가까이 갔다. 펑크가 난 그대로였으며 문은 잠겨 있었다. 차의 유리를 깨기 위해 돌맹이라도 찾아야 할 판이었다. 망고나무 아래 돌을 주워 보려고 팔을 뻗는데 까만 샌들이 눈에 들어왔다. 샌들은 돌을 밟아 눌렀다. 바로 딱딱한 물체가 옆구리를 찔렀다. 학민은 권총이라는 직감이 들었다. 반복되는 악순환에 당황했다. 몸을 일으켰다.

"저 따이 렌!"

샌들은 총구를 위로 밀면서 손을 들라고 위협했다. 바로 그때였다.

"드응! 등!"

보리수나무 쪽에서 그만두라는 앙칼진 여자의 목소리가 터졌다. 샌들도 학민도 눈길이 목소리를 향했다. 쑤언이 튀어나왔다. 손에 작은 권총이 들려 있었다. 샌들은 총구를 학민의 목에 갖다 댔다. 오토바이 굉음이 났다. 달려오는 쑤언을 향해 거침없이 다가왔다. 앞바퀴가 쑤언을 들이박기 직전이었다.

탕!

단발의 M-16 총소리가 났다. 오토바이 뒷바퀴가 솟아오르더니 공중곡예를 했다. 타고 있던 짧은 머리 남자는 날아서 지프 옆에 떨어졌다. 샌들은 방아쇠를 당겼다. 학민은 오싹했다. 불발이었다. 샌들은 다시 손가락을 걸었다.

탕!

또 단발의 총소리가 났다. 돌탑 쪽에서 총성이 메아리로 돌아왔다. 샌들이 뒤로 자빠졌다. 학민도 같이 넘어졌다. 샌들의 이마에 빨간 점이 보였다. 뒤통수에서 흐른 피가 흙바닥을 검붉게 적셨다. 그 순간 학민은 정수리 끝이 쭈뼛해 오는 전율을 느꼈다.

탕!

또다시 총소리가 났다. 돌탑 앞으로 남자가 고꾸라졌다. 꽝이었다. 심장을 움켜잡은 왼손에 커다란 해골이 달린 반지를 보더라도 꽝이 분명했다. 보이지 않는 쪽에서 오토바이의 급발진 소리가 들리고 나서 상황이 끝났다. 그와 동시에 거대한 보리수나무 뒤에서 선글라스를 쓴 저격수가 나타났다. 박경석이었다. 사람들이 여기저기서 몰려오고 있었다. 박경석은 휘청거리는 학민을 부축하여 보리수나무 쪽으로 피했다. 쑤언이 발을 동동거리며 뒤를 따랐다. 나무 아래 숨겨둔 닷지에 학민을 태우고 황급히 자리를 떴다. 퀴논 시내로 들어오는 길목에서 미군 MP와 베트남군 QC의 케네디지프들이 사이렌을 울리며 훈탕 유적지 쪽으로 몰려갔다. 미군은 헬멧으로 보아 18헌병여단의 93헌병대대 소속이었다. 간격을 두고 한국군 헌병대 차가 긴 안테나를 휘청거리며 지나갔다. 닷지는 잠시도 머뭇거리지 않고 내달렸다.

연대장실은 분위기가 무거웠다. 연대장은 골머리를 앓았다. 야구장갑과 공을 만지지도 않았다. 헌병대의 의견서와 취합한 보안대장의 보고서를 본 것은 아침이었다. 학민 팀에서 일으킨 두 번의 총격전을 방치하다간 미국 CIA와 CIC가 냄새를 맡을 테고 연합군합동수사대가 나서면 결국 정책박스 작전이 발각되어 차질이 있을 거란 것이었다. 결론으로 학민과 박경석을 조기 귀국시키는 조치를 건의한 것이었다. 답답해서 부른 인사계의 의견은 달랐다.

"간단한 문제가 아닙니다. 육본의 이 장군님 입장도 고려해야 합니다. 그 양반 성격이 워낙에 불같아서요. 보안대장이 1종계를 괘씸죄로 모는 것도 문제입니다. 그쪽 아이들 귀국 박스가 예전보다 가벼워졌다는 겁니다. 솔직히 말하자면 1종계는 예상 밖의 성과를 올렸지 않습니까. 박경석이 사살한 괴한들은 모두가 총기를 소지해서 정당방위였다는 것입니다. 총격 사건을 불문에 부치는 대신에 베트남군만 전과를 올렸지요. 적 사살에다 노획 무기까지 굴러들어 왔으니 말입니다. 일단은 제가 알아서 대책을 세워보겠습니다."

학민은 인사계로부터 감독이 가진 의중을 들었다. 만약 더 이상의 악송구가 나온다면 피를 볼 것 같다는 예감이 들었다. 감독의 작전이 그러하다면 구원투수 등판에 동의하기로 마음먹었다.

"야, 이 병장! 전후 사정은 불문하고 잠시 대대본부에 가 있으면 어떨까? 육본에는 전적으로 본인이 원해서 간다는 조건으로 말이다. 좀 조용해지면 다시 원대 복귀할 수도 있고 말이야. 그왜 있잖아, 연대장님 말마따나 마이나스 리그에 잠시 가 있으란 얘기지."

인사계는 대안을 내놓았다.

"아, 마이너리그요? 참 절묘하네요. 인사계님, 차라리 소총소대로 가겠습니다. 단, 조건이 하나 있습니다. 박경석과 같은 분대로 가도록 해주십시오. 살아도 같이 살고 죽어도 같이 죽게요"

박경석이 연대본부로 올라오기 전에 있었던 제3대대 12중대 기지는 방칸에 그대로 웅크리고 있었다.

마이너리그

학민과 박경석은 3소대에 배치를 받았다. 박경석으로 보자면 원대로 복귀한 셈이었다. 소대원들의 시선이 곱지 않았다. 연대본부에서 그것도 1종계를 보다가 왔으니 그럴 만도 했다. 특히 선임하사는 시도 때도 없이 적대감을 드러냈다. 앞니를 드러내고 으르렁대는 하이에나 같았다. 이날 밤부터 작은 수첩에 기록을 남겼다.

학민이 소대에 와서 첫 번째 작전에 참가하게 되었다. 1주일간의 전투식량인 C-레이션과 3백 발의 M-16 소총의 실탄만 해도 무거웠다. 탄띠에 아랫배 쪽에는 탄창 집이 둘이고 엉덩이 양쪽에는 수통을 네 개나 엮었다. 거기에다 방탄조끼에 수류탄을 두 개나 달다 보면 혼자서는 메고 일어서기조차 힘들 정도였다. 겨우 올라탄 미군의 헬리콥터는 아랑곳하지 않았다. 짓궂게 곡예비행까지 해대는 바람에 고문이 따로 없었다.

가까스로 매복지점에 진입하면 바로 참호를 파야 했다. 적보다 먼저 다가오는 정글 모기는 병사들을 끝없이 괴롭혔다. 모포도 뚫는다는 얘기가 있을 정도로 지독했다. 그뿐인가. 판초 우의를 때리며 추적거리는 빗소리는 차라리 공포의 효과음이었다. 뼛속까지 저며 오는 두려움이 온몸을 떨게 하고도 남았다.

"절대로 긴장하지 마라. 훈련받은 대로 하면 된다."

소대장의 당부도 떨렸다. 소용없는 당부였다. 너무 긴장한 나머지 이빨이 덜덜거리는 것을 도저히 막을 수가 없었다. 박경석과 같은 참호의 흙바닥에 나란히 엎드려 있다는 것은 그나마 다행한 일이었다. 전화선으로 팔뚝을 묶어 긴급 상황이 벌어지면 당겨서 옆 참호와 서로 연락할 수 있도록 했다. 인계철선이라 불렀다. 커피를 억지로 마시고 눈을 부릅뜨고 귀를 모았다.

"야, 이 병장! 모기약 발랐어?"

"잃어 버렸는데……."

"이런, 한심한. 정글에서 밤을 어찌 보내려고"

박경석은 철모 위장포에 끼워져 있던 금쪽같은 모기약을 내밀었다. 전투에는 왕초보였던 학민을 일일이 챙겨주었다. 전장에서 모든 것이 생소한 학민은 그의 조언에 충실히 따랐다.

"어떡하든지 이 지옥에서 살아남아야 한다. 정신 차려. 아님 죽는 거야!"

자꾸만 허물어지는 학민을 붙잡아 세워 주었다. 그때였다. 휘파람 소리가 나는가 싶더니 천지가 진동하는 소리가 났다. 적의 박격포탄이 날아온 것이었다.

꾸앙 꿍!

따다따다따…….

참호마다 M-16 소총이 불을 뿜었다. 학민은 본능적으로 방아쇠를 당겼다. 소총이 말을 듣지 않았다. 누가 철모를 때렸다. 옆자리 박경석이었다.

"야! 자물쇠! 자물쇠!"

너무 긴장한 탓이었다. 안전 자물쇠가 채워진 채로 방아쇠만 연신 당긴 것이었다. 참호 앞에 무언가 얼씬거렸다. 엉겁결에 크레모아 격발기를 눌렀다. 흙먼지가 날렸다. 수백 개의 쇠구슬이 정해진 각도에 따라 날아갔다. 적과의 교전은 한동안 이어졌다. 박경석의 M-60 기관총이 신들린 듯 춤추고 있었다. 잠깐 사이에 수백 발의 뜨거운 탄피가 참호 바닥에 쏟아져 쌓였다. 적군이 물러나자, 학민은 수첩을 꺼냈다.

다음날 적이 박격포탄을 날렸을 의심 지역에 수색을 나갔다. 산간으로 이어지는 마을이었다. 논에서 일을 하던 머리에 낡은 누를 쓴 여자들이 눈치를 보다가 뒷걸음질로 도망쳤다. 소대가 마을로 들어서자, 카오를 씹던 아낙들은 팜나무 잎으로 만든 들창문을 닫느라 정신이 없었다. 광대뼈가 튀어나오고 깡마른 촌장은 합장하고 그들을 맞았다.

"따이한 남바 완, 남바 완."

마을 구석구석을 살폈지만 별 이상이 없었다.

"소대장조 이상 무!"

"서임하사조 이상 무!"

마을 뒷산을 수색하라는 명령이 떨어졌다. 소대는 다시 두 개조로 갈라졌다. 학민의 선임하사조는 선뜻 내키질 않았지만 도랑을 건넜다. 산자락에 펼쳐진 늪지대는 발목을 잡고 가슴까지 흙탕물을 묻혔다. 물억새 풀은 얼굴을 사정없이 긁고 지나갔다. 정글로 들어섰다. 빠끔하게 열린 하늘 사이로 구름이 한 줌 지나갔다. 먼저 새들이 날아올랐다. 계곡물이 보기 드물게 하얀 물보라를 만들었다. 군데군데 자리 잡은 커다란 바위의 허리에는 이끼가 푸른 벨트를 두르고 있었다. 학민은 간담이 서늘해졌다. 누군가 자신을 노리는 것 같은 느낌이 뒷덜미를 잡고 놓지 않았다. 놀란 원숭이들이 이 나무 저 나무로 곡예를 하면서 소리를 질렀다.

끼익 끽.

큰 나무에서 손가락 굵기의 거머리가 목덜미에 떨어져 혼비백산하기도 했다. 키 작은 나무가 흔들리는 사이로 유령 같은 물체를 발견했다. 검은 파자마를 입은 베트콩이었다. 바로 시야에서 사라졌다. 수색 끝에 은신처를 찾아냈다. 땅굴이었다. 입구에 마른 나뭇가지를 미처 치우지 못한 것이 선임하사조로서는 행운이었다. 소대장은 땅굴 안으로 들어갈 지원병을 물었다. 한동안 침묵이 흘렀다. 박경석이 나섰다. 철모를 벗고 머릿수건을 동여맸다. 자신의 기관총을 학민에게 맡겼다. 박경석은 소대장으로부터 권총을 넘겨받았다. 좁은 굴속에서는 철모도 소총도 장애물이었다. 소대원을 한 번 돌아본 박경석은 손전등을 켜고 엎드려 굴 안으로 기어들어 갔다. 정글화 바닥이 사라진다 싶더니 다시 보였다. 백지장 같은 그의 얼굴이 돌아섰다. 입구에 있던 학민 옆에 나뒹굴었다. 그 순간이었다.

꽈앙!

폭발음이 들렸다. 학민은 왼쪽 다리 정강이에 쥐가 나는 느낌이 왔다. 피를 보자 그만 정신을 잃고 말았다.

깨어보니 소독 냄새가 코를 찔렀다. 야전 병원이었다. 옆 침대에는 박경석이 웃고 있었다.

"아니, 내 다리가?"

학민은 붕대가 칭칭 감긴 왼쪽 다리를 내려다보았다. 박경석은 한동안 웃기만 했다.

박경석이 권총을 겨누고 굴 안으로 들어섰는데 기어 나오던 베트콩과 맞닥뜨렸다. 방망이 수류탄을 들고 있었다. 순간 총을 쏘았다간 같이 죽을 것 같아 순간적으로 망설였다. 그러자 베트콩은 수류탄을 던졌다. 본능적으로 박경석이 손으로 쳐서 막아 냈다. 수류탄은 굴 안 초입에서 터졌다. 둘은 날아온 파편에 심하지 않은 부상을 입었던 것이다. 박경석은 오른쪽 팔뚝에 붕대를 감고 있었다. 다리를 다친 학민을 헬기장까지 업고 뛰었다. 그렇게 냉철한 구석이 있었다니 놀라운 일이었다.

"야, 박 병장! 너 배구 선수였냐? 강스파이크를 맨손으로 막게."

"엉겁결에 되받아친 거야."

박경석의 별명이 강스파이크가 되었다. 학민은 안경이 다리가 못 쓰게 되어 다시 만들었다. 오히려 다리 부상보다 더 오래 걸렸다. 둘은 보름 정도 병원 신세를 지고 원대 복귀했다. 하늘에서 스콜이 시원스레 쏟아져 내렸다. 갑자기 샤워를 하고 싶어졌다. 밀린 숙제처럼 수첩에 몇 페이지나 적었다.

베트콩이 흔히 써먹는 박격포 공격은 간헐적이었다. 그들은 게릴라전의 명수였다. 한 달이면 한두 차례 한국군 전술기지 안으로 박격포를 쏘아대곤 했다. 베트콩의 포신은 한국군의 포신에 비해 1밀리미터가 넓었다. 예를 들어 61밀리, 82밀리로 한국군 포탄을 베트콩은 사용할 수가 있었다. 그들은 북쪽에서 군수물자를 자전거나 수레로 싣고 와서 일일이 어깨에다 메고 다니는 터라 포판은 무거워 웬만해선 가지고 다니지 않았다. 포판 대신에 철모나 돌멩이 위에 올려 한 사람이 손으로 붙잡고 포탄을 집어넣어 날렸다. 포각을 어떻게 맞추는지 명중률이 그리 나쁘지 않았다.

대대본부와 떨어져 있는 학민의 중대에서는 강물을 정수해서 식수로 사용하였다. 베트콩이 소련제 독약을 풀었다는 소문이 자자했다. 급수차에서 소독약으로 탄 크로칼키 냄새가 진해서 나온 말이었다. 베트콩들의 출몰 지역에는 연합군이 강물에다 독극물을 탄다고도 했다. 고엽제를 뿌리는 미군기를 보면 그럴 수도 있겠다는 생각이 들었다. 하지만 아무도 개의치 않았다. 아니 다른 방도가 없었다. 물이 없으면 절박해지기 때문이었다.

고엽제는 대부분의 작전지역에 뿌려졌다. 또한 말라리아를 전파하는 정글의 모기나 거머리까지 죽이기 위해 살충제를 뿌려댔다. 이것이 속임수였다. 병행작전이라는 것을 전투를 수행하는 소총수들은 몰랐다. 고엽제도 모기약인 줄만 알았다. 시야를 가리고 뻗어있는 정글은 연합군으로서는 눈엣가시였다. 정글만 사라지게 한다면 바로 전쟁을 끝장낼 거라고 판단했다. 또한 적군의 군수품 중에서도 가장 긴요한 농작물 재배를 망가뜨릴 필요가 있었다. 미군은 자기들 본토의 더 넓은 농장에 비행기로 약제를 뿌리듯 그렇게 에이전트 오렌지라는 생태계를 망가뜨리는 독성이 강한 고엽제를 뿌렸다. 고엽제에는 인류가 발명한 최악의 독성물질인 다이옥신이 다량으로 함유되어 인체에도 심각한 후유증을 남겼다.

미 공군의 C-123 수송기가 편대를 이루며 에이전트 오렌지를 뿌려대는 에어쇼를 하면 작전 중이던 전투병들은 신기하다며 손을 흔들어 주기도 했다. 어떤 병사는 모기를 쫓는다며 맨몸으로 나가 비처럼 맞기도 했다. 나뭇잎만 고사하였겠는가. 다이옥신이 녹아든 빗물은 강으로 흘러들었다. 학민과 중대원들은 그 강물을 퍼다 마시고 샤워도 했다.

학민 분대가 정수차를 호송하는 차례가 돌아왔다. 박경석이 물어보지도 않은 말을 한마디 불쑥 던졌다.

"쌍둥이 형의 복수보다 눈 치우는 것이 죽기보다 싫어 파월을 지원했다, 이 말씀."

물론 흰소리였다. 그는 학민의 기분을 풀어 주려고 마음에도 없는 농담을 던지곤 했다. 음울하고 긴장이 흐르는 전쟁터의 분위기를 곧잘 반전시키곤 했다.

"야! 이 병장, 까놓고 말해 봐. 너는 뭣 땜에 월남 왔냐? 안경까지 꿰고."

"쌀국수가 먹고 싶어서 왔지."

"정말? 나도 국수 좋아하는데. 너, 창작 수첩인가 뭔가 자주 꺼내지 마. 총 맞아!"

어디에서든 식성이 같다는 것은 소중했다. 사람 사이를 더욱 가깝게 만드는 계기가 될 수도 있었나 보다. 그것은 하나의 연대감이었다. 학민은 국수 얘기를 하다 보니 갑자기 쑤언 생각이 간절해졌다. 그리움이 퀴논항의 파도처럼 밀려왔다. 어머니가 보고싶어 참기가 어려웠다. 어머니의 국수도 먹고 싶어졌다. 문득 고국에서 소동을 빚었던 국수 사건이 떠올랐다.

학민은 논산의 연무대에서 훈련받을 때나, 전방부대에 배치받았을 때 힘들었다. 그보다 더 힘든 것은 국수를 먹을 수 없는 일이었다. 일요일에 한 번씩 나오는 불어 터진 라면으로는 그의 식성을 다스릴 수가 없었다. 고된 교육도, 천근 같은 잠이 내리쏟는 보초 근무도 견뎌냈다. 어머님에 대한 그리움도 잠시 접어 둘 수 있었다. 그러나 국수를 먹고 싶은 유혹을 참기란 그리 쉽지 않았다.

달도 없던 어느 가을밤. 그는 기어이 부대의 담을 넘고 말았다. 개울 건너 민간인 가게에서 국수를 사 먹기 위한 모험을 감행한 것이었다.

"아니, 막걸리라면 몰라도 이깟 국수를 먹으려고 담 넘은 쫄따구는 첨보네."

가게 아주머니는 혀를 껄껄 찼다.

"그래도 탈영하는 것보다는 낫지요."

학민은 국수 두 그릇을 게 눈 감추듯 하여 아주머니를 다시 한 번 놀라게 했다. 그러나 꼬리가 길면 밟히는 법. 새로 전입해 온 보초가 곧이곧대로 보고하는 바람에 혼쭐이 났다.

정수장 주변에는 좌판을 벌이고 노점을 하는 여자인 마마상들이 진을 치고 있었다. 쌀국수 재료를 구하는 데 어려움은 별로 없었다. 학민과 박경석은 한국식 쌀국수를 만들어 식성을 달랬다. 마마상들은 한국군에게 엄지손가락을 치켜세우곤 했다.

"따이한 남바 완!"

하지만 마마상 중에는 헤픈 웃음으로 위장한 첩자들이 섞여 있어 항상 조심해야 했다. 그들은 대부분 이중적 사회 분위기에 익숙해져 있었다. 아들은 정부군에, 조카는 붉은 군대에 있는 경우도 허다했다. 양민들은 별로 관심이 없었지만, 두 진영의 정치가들이 권력 유지를 위한 방편으로 이데올로기 싸움을 하고 있었다. 학민으로서는 한국도 같은 경험을 하여 한편으로는 가슴 아픈 일이기도 했다. 의심이 간다고 마구잡이로 검색할 수도 없었다.

— 열 명의 적을 놓치더라도 한 명의 양민을 구해야 한다.

주월 한국군사령부의 작전 지침이었다.

달콤한 전쟁도 있었다. 연애 사건이 터졌다. 마마상 중에 유독 학민과 박경석에게 잘해 주는 여자가 있었다. 조금 뒤에 알게 된 얘기지만 딸이 하나 있다고 했다. 남편은 군청에 다녔다. 폭격기의 공습에 아이들을 방공호로 데려다 놓고 나오다가 운동장에서 죽었다고 했다. 맞선을 보이듯 수줍은 딸은 순박하게 보였다. 이름이 흐응이었다. 마마상은 전쟁터에서 딸을 구해 주고 싶었다.

"야! 네가 양보해라. 내 여동생하고 과일 통조림은 무조건 다 줄게."

박경석은 웃으며 학민에게 강요했다. C-레이션 중에 B-3의 과일 통조림과 누이동생을 맞바꾼다는 우스갯소리가 유행하던 참이었다. 그만큼 B-3가 맛이 있다는 얘기였다. 흐응이 학민에게 관심을 더 많이 보였다. 학민은 전우애를 발휘하여 뒤로 물러났다. 아니 그의 마음속에는 쑤언이 자리 잡고 있어, 그냥 해본 소리였다. 박경석과 흐응은 한자를 적어가며 필화까지 동원하여 사랑을 속삭였다. 흐응은 자신의 이름을 땅바닥에 그었다. 향이었다.

– 香

학민은 쌀국수뿐만 아니라 커피까지 좋아하게 되었다. 야간 매복에 투입되면 적군보다 더 자주 엄습하는 잠을 쫓기 위해 커피를 마셨다. 일회용으로 만든 C-레이션 커피는 향이 진했다. 허기진 베트콩들은 한국군이 매복한 지점을 커피 향으로 용하게도 알아냈다. 그들의 후각은 어쩌면 동물적이라 해도 과언이 아닐 정도였다. C-레이션 커피를 타고 나서 빈 봉지를 접으면 남은 가루가 날아 손가락에 묻었다. 손가락을 코에 대어 보면 진한 커피 향이 학민을 또 한 번 매료시켰다. 자신도 모르게 그만 커피 향의 포로가 되고 말았다.

학민은 반합에 커피를 끓이면서 거울 대신 들여다보았다. 철모를 쓴 자신의 얼굴이 흔들거리며 낯설어 보이기도 했다. 얼굴 뒤로는 검은 구름이 흘러갔다. 구름 사이로 지옥문이 금방이라도 열릴 것만 같았다. 공포가 스쳐 지나갔다. 어느 변방의 적소에서 받아 드는 사약 같은 생각이 들 때도 있었다. 그러나 마시지 않으면 잠결에 죽을 수도 있었으니 사약이라기보다는 보약이었는지 모를 일이다. 커피와 뗄 수 없는 관계를 맺은 것이었다. 수첩에는 여지없이 커피 향이 진하게 담겼다.

작전 중에 비를 만났다. 비란 비는 다 맞아 볼 때도 있었다. 얌전한 비, 따끔한 비, 치고 달아나는 비, 미친 듯 휘몰아치는 비, 옆에서 때리는 비, 밑에서 쳐 올라오는 비까지. 따라서 철모와 판초를 때리는 빗소리도 달랐다. 어머니를 보고 싶게 하고 연인을 그리워하게 했다. 고향 마을이 떠오른다 싶더니 놀라 언덕에서 구르다가 벼랑 끝에서 떨어지기도 했다.

날이 새고 참호 둔덕에 박혀있던 젖은 몸을 빼내면 진흙 위에 내 몸과 똑같은 모양이 생겨났다. 빗물에 흥건한 거푸집. 그것은 전장에 나갈 병사를 다시 찍어내는 하나의 형틀이었다. 학민은 손바닥만 한 수첩에 초고를 지어 남겼다.

베트남은 전선 없는 전쟁이었다. 북으로 갔던 가족 중에는 휴가를 오듯 이따금 남쪽의 고향 집에 머물다 돌아가기도 했다. 그리고 베트콩들은 언제 어디서든 출몰하여 놀라게 만드니 나온 말이었다.

베트남은 헬리콥터 전쟁이었다. 헬기가 없으면 꼼짝할 수가 없었다. 작전지 투입은 물론이고 마시는 물, 전투식량이며 탄약에 이르는 운송수단은 헬기가 아니면 어려움이 많았다. 육로는 언제 어디서 기습공격을 받을지 몰랐기 때문이다.

베트남은 물량 전쟁이었다. 다시 말해 소총 공격보다는 포격에 주안점을 두었다는 뜻이다. 연합군은 각국의 명분에 따라 이해득실을 계산하고 있었다. 그중에도 자국의 인명 손실을 줄이려는 수단과 방법에서는 공동관심사를 보였다. 엄청나게 쏟아붓는 전투기의 폭격이나 포격으로 초토화시킨 다음에 보병을 투입하는 전략을 구사했다. 미국 경제력의 뒷받침으로 가능했지만, 효과는 그리 만족하질 못했다.

한국군도 예외가 아니었다. 전쟁이 막바지에 오자 물량공세에서 떨어지는 부산물도 그냥 넘기지 않았다. 나라의 살림이 그만큼 어려웠기 때문이다.

- 탄피를 녹여라

전장마다 언덕을 이루는 탄피를 모아서 고국으로 보내는 작전이었다. 학민의 중대에도 임무가 떨어졌다. 쇠붙이를 녹이는 용해로를 만들기로 했다. 미군이 개전 초기에 전사자를 처리하면서 임시로 만들었던 화장장에서 쓰다 버린 내화벽돌을 재활용하기로 했다. 각 소대에서 차출된 병사들은 쓰레기 소각장 옆에 터를 골랐다. 굴뚝에서 나는 연기를 감안한 위장술이었다. 연합군의 항공사진에 노출을 피하려고 간이막사 위에는 포신을 씌우던 위장망이 펄럭거렸다.

"히히, 우리가 시방 비밀작전에 투입된 거 맞지?"

박경석은 학민을 보고 낄낄거렸다.

"자, 주목! 입대 전에 불가마 쌓는 조적공을 해본 병사가 있으면 앞으로!"

중대 인사계가 중대원을 모아놓고 말했다.

"조적공이 뭡니까?"

"이것들이 무식하긴. 벽돌 쌓는 노가다도 모르냐?"

전문가는 아니지만 벽돌집이나 담장을 쌓는 일을 해본 적이 있는 병사들이 차출되었다. 섭씨 1,500도가 넘는 고열을 견뎌내야 하는 가마를 만드는 작업이 순탄치만은 않았다. 가마를 설치하기 전에 내화벽돌로 바닥과 벽을 쌓아 화덕으로 만들어야 했다. 여러 번에 걸쳐 쌓았다가 허물고 다시 쌓으며 실패를 거듭한 나머지 부족하지만, 화덕이 생겼다. 다음 작업의 난이도가 문제였다. 대장간의 용광로 안벽이 흙이었던 것처럼 큰 화덕 안쪽을 그런 식으로 마감을 지어야 했다.

"자, 자! 테이프 끊어야지. 모두 차렷! 경례!"

고사를 지낸 중대원들은 용해로 앞에서 거수경례를 부쳤다. 용해로에 들어갈 재료는 주로 포탄의 탄피였고 사격장에서 나온 탄피도 모아졌다. 전쟁터의 군수물자 중에도 흔해 빠진 것이 연료였으므로 용해로의 화력은 충분했다. 버너에 불을 지피고 한나절 만에야 처음으로 쇳물이 만들어졌다.

"만세! 만세! 만세!"

중대원들은 만세를 불렀다. 모두가 눈물을 흘렸다. 소총 중대원들의 손으로 쇳물을 만들어 내다니 다들 기뻐 어쩔 줄 몰라 했다.

"자! 주목. 쇳물을 출탕하면 각 조는 조심조심 작업에 임하도록! 쇳물에 데면 끝이야. 골로 간다구."

붉은 쇳물은 바가지에 담겨 흙으로 된 네모난 모양의 형틀인 거푸집에 부어졌다. 30분 정도 지나 굳어진 쇳덩어리를 흙에서 털어냈다. 제대로 반듯한 모양을 가진 강괴는 별로 만들어지지 못했다. 쇳물이 중간에 끊겨 두더지가 파먹은 크고 기다랗게 생긴 고구마 같기도 했다.

밤낮을 가리지 않는 숨 막히는 열기에도 불구하고 날이 갈수록 솜씨가 늘어만 갔다. 땀이 정글화 바닥까지 흘러 신문지를 깔아야 할 정도였다. 고철에서 녹여 다시 생명을 불어넣어 주는 작업이라 보람은 있었다. 하지만 소문이 작전지역 정글만큼이나 무성하게 번져 나갔다.

"전쟁터에서 누구 배 채우려고 이 짓거리야?"

"양키들 항공촬영에 걸리면 큰일 난다고 숨어서 하는 이유가 뭐냐?"

"청와대의 비밀작전이라는 소리도 있어."

"대통령이 그렇게 배가 고픈가?"

"아니래. 고국에 가면 다시 녹여 탄피를 만든다는 거야."

"미군들 모르게 어떻게 부산항까지 간다지?"

"장병들 이름으로 귀국 박스에 숨겨 보낸다나 어쩐다나."

"중간에서 가로채진 말이야 할 텐데 알 수가 있어야지."

"그래서 포대에서 밤낮으로 쏘아대는구만."

"우리도 사격 연습을 많이들 하자고."

"자, 자, 모두들 조국을 위하여!"

전장은 우기에 접어들었다. 매캐한 냄새가 온몸에 배어들어 자극적이었다. 한편 프랑스 파리에서 열린 베트남전쟁의 평화 회담은 제자리걸음을 하고 있었다. 양측 대표들은 테이블에 앉아 서로 이해득실을 따지면서 연신 담배만 피워대고 있었다. 서로가 시간은 자기들의 편이라고 여유를 부리면서 말이다. 그런데도 미군의 지상군은 뒷걸음질로 꽁무니를 빼기 시작했다. 다른 연합군도 마찬가지였다. 전쟁은 점점 메콩강의 흙탕물 수렁으로 빠져들고 있었다.

주월 미군사령부는 고민에 빠졌다. 1954년에 프랑스군이 거의 전멸하다시피 한 '디엔비엔푸전투'를 악몽처럼 떠올리고 있었다. 그 죽음의 계곡에서 패전하여 프랑스가 인도차이나에서 철수하게 되었던 것이다.

미군도 DMZ에서 가까운 케산 계곡의 '페가수스작전'에 3만여 명이 병력을 투입했다. 그럼에도 날개 달린 말이란 작전암호가 무색하게 해병 6천여 명이 한 달이나 고립된 적이 있었다. 미국은 모종의 철수 시나리오를 진행하고 있었다.

안경

학민이 소총소대에 배치되고 두 번째 작전이었다. D-1일이었다. C-레이션 B3에서 과일 통조림을 고르고 입맛에 맞는 것만으로 배낭을 꾸렸다. 그리고 사격장에 올라 소총의 성능을 확인했다. 가늠자 끝에 어머니의 얼굴이 가물거렸다. 쑤언의 얼굴도 잡혔다. 세상에서 보고 싶고 그리운 사람이 하나 더 늘어난 셈이었다.

탕! 탕! 탕!

개머리판이 요동치며 뺨이 얼얼해졌다. 어머니의 걱정스런 얼굴이 사라졌다. 쑤언의 웃는 얼굴도 보이지 않았다.

"야! 수첩에다 글질은 잘한다면서 총질은 어따 대고 해쌌는겨!"

선임하사의 쇳소리가 탄피처럼 귓가에 떨어졌다. 그는 사선에 엎드려 있는 학민의 엉덩짝을 군홧발로 짓밟고 지나갔다. 날이 갈수록 학민을 더욱 미워했다. 정도가 심하여 학민은 선임하사에게 살의를 느끼기 시작했다. 그 바람에 총알이 어디로 날아갔는지 타깃은 구멍 하나 없었다. 틈틈이 땀에 얼룩진 수첩에 전장을 옮겨 담았다.

D데이가 밝았다. 학민이 챙긴 군장은 M-16 소총 실탄 삼백 발에 수류탄은 네 발이었다. 크레모아 둘을 어깨에 대각선으로

걸쳤다. 거기에다 수통을 탄띠에다 여섯이나 달았다. 생명수였다. 나무를 붙들고 가까스로 일어섰다.

헬기가 날갯짓으로 퍼덕거리며 높이 올랐다. 독수리가 병아리 채듯 내리꽂는 에어쇼를 몇 차례나 반복했다. 간담이 덜컥 내려 앉을 지경이 되었다. 베트남에 온 지 얼마 안 된 신참병은 속옷 을 버리기 십상이었다. 헬기의 조종간을 한국군에 넘기지 않는 미군 조종사들이 흔히 써먹던 더티 플레이였다. 더군다나 본국에 서 온 여성 연예인들로 구성된 위문단을 태우고 하늘을 날 때는 더 고약스러웠다. 다분히 의도적이라 볼 수가 있었다.

"엄마야아! 사람 살려!"

여자들은 다급하게 체면도 없이 아무나 끌어안고 매달렸다. 모 두 헬기에서 내리자마자 화장실로 뛰어가야 했다. 그런 진풍경을 선글라스 너머로 훔쳐보며 낄낄대던 못된 미군 조종사들. 한·미 군사 협약을 아무리 따져보아도 소용이 없었다. 그들에게도 C- 레이션을 몇 박스 안겨주어야 이빨을 드러내 보이곤 했다.

학민은 H-43 헬기에 실려 작전지역 한복판에 짐짝처럼 던져 졌다. 미군 조종사는 안전 때문이라며 헬리포트에 선뜻 내려앉지 않았다. 헬기가 잠시 호버링을 하며 공중에 정지해 있었다. 병사 들이 긴장해서 주저하면 서슴없이 등을 떠밀었다.

학민의 마음에는 병사들은 지뢰를 밟아도 상관없고 헬기만 안 전해야 한다는 역설이 참담했다. 그 상황에서도 헬기는 확성기를 크게 틀었다. 또다시 엘비스 프레슬리의 로큰롤이 귀가 아플 정도로 울려댔다. <제일하우스 락>이었다.

"…유 슈드 허드 도우즈… 레츠 락 에브리바디 레츠락."

전쟁터에 나온 건지, 소풍을 나온 건지 구분을 하지 못하는 표정들이었다. 어찌 보면 다행스럽게도 느껴졌다. 늘 전쟁의 공포만 따라다녔다면 하루를 버티기에도 힘들었을 것이다.

D+2일째 밤. 학민은 박경석과 비가 멎은 참호에서 판초 우의를 입은 채 적을 기다렸다. 침을 삼키는 긴장감이 돌았다. 야자나무가 머리에 이고 있던 빗물을 주르륵 쏟아부었다. 조명탄이 높이 올랐다. 포성이 들리는가 싶더니 조용해졌다. 졸리면서 또다시 그리운 얼굴들이 스쳐 지나갔다. 어머니와 쑤언. 그러다가 급작스런 총소리에 순간적으로 머리를 바짝 낮추었다.

"사격 개시! 사격 개시!"

따다따다따!

연이어 M-16 총구가 연발로 불을 뿜었다.

따쿵! 따쿵! 따쿵!

AK 총구가 단발로 응사해 왔다. 교전의 공포가 물밀듯 몰려왔다. 전장의 긴박함이 조여 왔다. 크레모아가 터지면서 정글을 뒤흔들어 놓았다. 착검을 하고 뛰어들던 적들이 나뒹굴었다. 포탄 연기를 따라 공포가 머리끝을 곤두서게 했다.

미군 팬텀 폭격기가 굉음을 내며 지나갔다. 네이팜탄의 파편을 따라 선혈이 사방으로 튀었다. 적군과 아군의 처절한 울부짖음이 짐승의 외마디처럼 들렸다. 피비린내와 화약 냄새 그리고 모든 것이 불타는 전장의 참혹한 광경이 펼쳐졌다. 12중대의 피해도 속출했다. 전상자를 후송하는 헬기의 프로펠러가 더욱 빨라지고 군목의 기도가 이어졌다.

"주여, 이 불쌍한 어린 양들을 굽어살피소서."

군목의 왼손에는 군번줄들이 묵주처럼 매달렸다. 사상자들의 후송을 위해 헬기를 다시 불렀지만 오지 않았다. 병사들의 목숨보다 헬기 값이 훨씬 더 나가기 때문이었다. 병사의 몸값이야 따지자면, 전사해야 살아있을 때 4년 치 봉급이니 몇 달러나 나갔을까. 전사자의 주검은 가매장을 하는 수밖에 없었다. 그 위에 그들이 쓰던 철모를 올려놓았다. 흙을 조금 덮어 묻어 놓았으니, 하루만 지나도 냄새가 진동했다. 연대 6종계의 무전이 날아들었다.

"내일 09시에 6종 반납이 있다. 물건을 잘 정돈하기 바란다. 오버!"

소대원들은 흙을 걷어내고 판초 우의에 싸서 묻은 시신을 들어냈다. 우의를 들자, 시신이 한쪽으로 쏠렸다. 상해서 미끈거리는 검붉은 핏물이 주르르 흘러내렸다. 6종을 정돈하라는 말은 죽은 육신의 구멍마다에서 나오는 구더기를 잡아내라는 뜻이었다. 학민도 처음에는 대나무로 만든 젓가락을 사용했다. 젓가락을 모아집으면 이놈들이 몸을 움츠려 작아지는 바람에 놓치곤 했다. 결국에는 위생병의 외과용 고무장갑을 끼고 하는 수밖에 없었다. 학민의 수첩은 빗물과 핏물로 얼룩졌다.

D+3일째였다. 3소대원들의 몸은 홍역을 치르고 일어난 환자들 같이 몰골이 말이 아니었다. 실종된 1분대의 정충기 상병을 찾기 위한 수색 작전에 나섰다. 전날의 격전지를 빠져나온 것 만해도 숨을 쉴 것 같았다. 학민은 처음으로 맨 앞 첨병을 섰다. 개활지를 지나 산으로 올라갔다. 정글도를 휘두르며 엉킨 수풀 사이로 길을 내면서 앞으로 나아갔다. 반 시간 정도가 지났다. 전투복은 온통 소금기로 물들였다. 파리가 몰려다녔다. 근처에 시체가 있다는 징조였다. 아주 신참이 아니라면 그 정도는 알고 있었다. 악취가 점점 가까워지자 파리 떼가 마치 커다란 벌통에 들어온 듯 윙윙거렸다. 학민은 긴장했다.

"아악!"

학민은 외마디를 질렀다.

"뭐냐! 뱀이냐?"

박경석이 다가오면서 물었다. 앞에 펼쳐진 광경에 모두가 아연실색하고 말았다. 사람이 거꾸로 매달려 있었다. 양쪽 나뭇가지에 다리가 하나씩 묶여 있었다. 배를 T자로 갈랐는데 검게 변한 내장이 쏟아져 얼굴까지 뒤덮었다. 소대장이 달려왔다. 발아래 함정 안에 박혀있는 죽창 끝은 피가 잔뜩 묻어 말라 있었다.

"자, 모두 내 말 잘 들어. 침착해야 돼. 입 다물고 각자 삼 보 뒤로."

망가진 맨발이었지만 이마에 사마귀가 있는 것으로 보아 정충기가 맞았다. 옆구리에 경고문이 붙어 있었다.

– 남조선 동무들! 경고 한마디 한다! 이런 꼴 안 당하려면 어머니와 누이가 기다리는 집으로 돌아가라! 동무들! 명심하라!

소대장은 왼손으로 수신호를 보내 몸을 낮추라고 지시했다.

"일단 무전기부터 꺼. 정충기를 내려 방수포에 수습한다. 현장을 중심으로 큰 원으로 매복에 들어간다. 각소 5미터 거리다. 개인호는 팔 수가 없으니, 엄폐물을 찾아 최대한 몸을 숨겨라. 어둡기 전에 깡통 소리가 나지 않게 식사를 마치도록 해라. 적은 지금 우리를 보고 있을 것이다. 북한군의 심리전에 동요하면 안 된다. 무슨 말인지 알겠지. 이상."

밤이 되었다. 빗방울이 후두둑 떨어졌다.

"남조선 동무네들! 낮에 기걸 보고도 숨어 있기야. 날래 가라우. 뒈지기 전에 날래 가라우."

메가폰 소리로 보아 그리 멀리 있는 것 같지는 않았다. 학민은 목소리가 귀에 익은 것 같은 느낌을 받았다.

"야 경석아, 저 새끼 내가 아는 놈이야."

학민은 박경석에게 기어가서 속삭였다.

"보이지도 않는데 어찌 알아?"

"왜, 전에 푸캇산에 납치됐을 때 북한 군관이 저놈이야."

"틀림없냐?"

"그래, 그렇대도. 내가 바보냐?"

"좋아. 그래, 가자."

"야, 어딜?"

"원수 갚아야지. 너 권총 가져왔지? 정글도를 챙겨."

어둠 속에서도 박경석의 이빨이 반짝거렸다. 두 사람은 연대 1종계 시절에 쓰던 권총을 호신용으로 품고 다니던 터였다. 박경석은 머뭇거리지도 않았다. 매복조의 원 밖으로 크게 돌아 포복 자세로 기어갔다. 북한군의 경고는 반복되었다. 박경석은 학민에게 거리를 두게 하고 메가폰 가까이 다가갔다. 네 번째 메가폰 소리가 끝나갈 즈음 어둠 속에 뿌옇게 빛을 내는 물체가 보였다. 메가폰에 칠한 페인트가 반사된 것이었다. 풀벌레 소리가 움칠했다. 박경석이 동작을 멈추었다.

"칼 이리 줘. 사방에 베트콩이 깔렸을 거야. 넌 엄호해."

"두 놈일지 몰라. 조심해."

박경석은 눈치채지 못하게 달팽이 동작으로 기었다. 북한군은 엎드려 바위를 안은 자세로 메가폰을 잡고 있었다. 어찌 된 영문인지 혼자였다. 정신이 메가폰에 쏠렸는지 경계의 기색이 보이지 않았다. 가까이에 베트콩도 없는 듯했다. 학민은 권총을 겨누었다. 박경석의 정글도가 몇 번 오르내렸다. 입을 틀어막았는지 끙끙거리는 신음만 몇 번 들렸다. 한순간에 벌어진 일이었다.

"야, 가자."

"그거 뭐냐?"

"쉬잇, 그놈 대갈통이야."

어둠 속에서도 박경석의 눈에서는 광기가 흘렀다. 학민은 소름이 끼쳐 주저앉고 말았다. 낮은 독촉이 귓전을 맴돌았다.

"뭘 해? 빨랑 오지 않고."

다음날 뿌연 새벽이 걷히기 전이었다.

"소, 소대장님!"

"야. 목소리 낮춰."

"정충기가 있던 자리를 보십시오!"

"임마, 소리 낮추래도."

소대장이 총을 안고 기어 왔다. 정충기가 묶여 있던 나뭇가지에 군관의 목이 매달려 있었다. 북한 경고문을 뒤집어 글씨가 보였다. 손가락으로 쓴 핏물이었다.

― 북조선 동무들! 명심해라! 동족을 참살하면 10배로 갚아줄 테다!

D+5일째였다. 스콜이 지나가는 동안 비 맞은 늑대의 무리처럼 웅크리고 있던 3소대는 다시 수색 작전에 들어갔다. 학민은 경계 조에서 손등에 달라붙은 거머리를 떼어내고 왼눈을 감고 소총의 가늠자를 겨누고 있었다. 첨병 뒤에 선임하사의 철모가 보였다. 그의 철모 위장포에 붙은 유별난 사진 때문에 쉽게 알아볼 수가 있었다. 마릴린 먼로의 누드였다. 순간 살의가 발동했다.

"아무리 미운 놈이라도 등 뒤에서 쏘면 암살이라 의심을 받게 돼."

연대 1종계 시절 암거래를 하던 꽝의 말이 떠올랐다. 가늠자 위에 그의 가슴이 오도록 기다려도 보았지만, 정글에 묻히고 말았다. 여러 번 시도했지만 실패하고 말았다.

학민의 초점이 흐려졌기 때문이었을까. 수첩에는 마음도 글씨도 갈등으로 뒤엉켰다.

미군의 공습이 지나간 베트콩 근거지 핑크빌을 수색하게 되었다. 마을은 쑥대밭이었다. 돼지들은 우리 안에서 불타고 물소들은 들판으로 내뺐다. 멀리 총을 든 베트콩과 민간 복장이 뒤섞여 산으로 달아나는 광경이 펼쳐졌다. 주민들은 어디 숨었는지 기척이 없었다. 마을 중간에 늙은 남자 몇이 피를 흘리며 죽어있었다. 어디서 아기 울음소리가 들렸다. 소대원들은 땅바닥에 엎드리고 볏단 뒤로 몸을 숨겼다. 상황은 벌어지지 않았다. 모든 시선이 아기가 우는 쪽으로 향했다. 양철지붕 처마 아래 빗물을 받는 큰 독 뒤에서 소리가 났다. 엄마로 보이는 여자가 엎드려 아기를 깔고 있었다. 여자의 어깨를 건드렸다. 죽은 여자는 힘없이 모로 넘어갔다.

"내가 챙길게."

지원자가 아무도 없자 박경석이 아기를 맡았다. 배낭을 비웠다. 과일 통조림 몇 개만 학민 배낭에 쑤셔 넣었다. 아기를 배낭에 넣고 머리만 나오게 해서 어깨에 메었다. 아기가 울 때마다 배낭을 들썩거리며 얼러대는 바람에 소대원들은 웃음을 참지 못했다.

학민이 두 번째로 치른 작전 마지막 날에 생포했던 로안은 변함없이 팔각정 기둥에 개처럼 묶여 있었다. 근방에는 고약한 냄새가 진동했다. 중대장은 여전히 3소대장에게 보초 임무를 맡겼다.

"이건 명백한 제네바협약 위반이야. 포로에 대한 예우가 아냐."

박경석이 끝내 투덜거렸다.

"얀마! 조용히 못 해. 너, 죽고 싶어? 이딴 거 걱정하지 말고 넌 생머리 아가씨나 잘 챙겨. 알았어? 네가 무슨 유엔사무총장이라도 되는 거야."

"협약에도 소속과 군번에다 이름만 대면 되는 거야. 이름을 댔으니 최소한 먹을 건 줘야 할 거 아냐."

"얀마! 우리 같은 쫄병은 소모품이잖아. 네놈 말대로 깊은 생각을 말자구."

"안 돼! 살 궁리만 한다고 살아지는 게 아니야. 아무튼 뒤집어야 해."

학민은 그의 입을 틀어막다시피 말렸다. 하기는 파병 전에 제네바협약에 대해 받았던 교육은 실전에서 무슨 소용이 있나 싶었다. 포로는 어떻게 대하여야 하고 만약 자신이 포로가 되었을 때 어떻게 대처해야 한다는 것을 말이다. 그런 생각에 미치자 학민도 이율배반적인 갈등이 생겨났다.

포로는 이름 말고 끝내 입을 열지 않았다. 취조를 거들던 3소대 선임하사가 포로를 쥐어박다가 걷어찼다. 한쪽 다리가 성치 않던 포로의 뿔테안경이 굴러떨어지고 말았다. 선임하사는 부러진 안경을 다시 짓밟았다. 흐트러지지 않는 포로의 눈빛은 여전히 강렬하게 노려보았다.

그날 밤에 측은하게 쳐다보는 학민의 눈을 알아챘는지 포로는 작은 신음소리를 냈다.

"퍼 보 따이, 퍼 보 따이……."

포로는 배가 고프다고 하소연했다. 학민은 퍼라는 말에 귀가 열렸다.

"이 친구가 쌀국수가 먹고 싶다네. 정말 모를 일이야."

"쪼꼴렛이라도 하나 줄까?"

학민과 박경석은 같은 생각을 가졌다. 포로는 민사병 앞에서 초연하던 모습과는 너무 대조적이라 놀라웠다. 학민은 자신이 밥보다 더 좋아하는 국수를 찾으니 아무리 적이라도 동정이 갔다. 머릿속이 헝클어진 실타래 같아졌다. 전쟁터에서 회의가 들면 무서움이 가슴을 비집고 들어왔다.

"빌어먹을 더러운 전쟁. 싫다, 싫어."

학민의 독백은 공허함으로 맴돌았다. 베트남 파병 하루 전에 국수를 삶아 눈밭을 헤치고 부대까지 찾아왔던 어머니가 생각나 그만 눈물까지 글썽이고 말았다.

학민은 어렵고 심각한 갈등에 빠졌다. 이데올로기를 떠나 전쟁의 수행이냐 인간성의 회복이냐 사이에서 딜레마에 봉착하게 된 것이었다. 아니다. 애국 행위냐 이적 행위냐에 대해서였다. 박경석도 같은 고민을 하고 있었다. 두 사람의 생각이 너무도 비현실적인 휴머니즘이었을까.

학민과 박경석은 고심 끝에 엉뚱한 결정을 내리기에 이르렀다. 다음 야간 보초 시간에는 제네바협정의 포로에 대한 인도적 협약을 준수하기로 결심한 것이었다. 그들은 포로에게 물을 몇 번 준

적이 있었다. 그러나 쌀국수는 예삿일이 아니라 망설이길 몇 차
례였다.

보초 근무를 교대하기 전 반합을 솥처럼 걸었다. 크레모아 뒷
부분에 붙어 있는 고체 화약을 수제비처럼 뜯어 불을 지폈다. 파
란 불꽃이 일었다. 파란 불꽃에 학민의 얼굴이 저승사자같이 보
였다. 파란 눈, 파란 코, 파란 입술 그리고 형광 색깔을 내는 손.
야간에 초소로 나가는 근무자가 라면을 끓이는 일은 흔한 일이라
아무도 의심하지 않았다.

"불 보고 베트콩이 박격포 때리면 네놈들은 다 죽어! 새끼야,
수첩이나 태워버려!"

보이지도 않는 선임하사가 잔소리를 해댔다. 도둑이 제 발에
저린다고, 학민은 깜짝 놀랐다. 선임하사는 학민이 무엇을 하든
간에 시비를 걸곤 했다. 학민은 또다시 살의를 느꼈다.

'언젠가는 네 목숨을 거두리라.'

그러면서 학민은 스스로의 마음을 타일렀다.

'지금 적에게 베푸는 자비는 어디 가고 아군에게 살의를 품다니.'

반합 안의 쌀국수를 젓는 대나무 젓가락이 덜덜거렸다. 면발
위에는 쇠고기 대신 C-레이션 고기를 얹었다. 문득 올려다본 하
늘에는 별이 선명히 빛나고 있었다. 별똥별이 하나 대각선을
그으며 깜깜한 정글로 떨어졌다.

포로는 학민의 발소리를 알고 있었다. 꼼짝도 하지 않다가 보
초 교대를 하자 눈을 떴다. 희미한 웃음을 보였다. 오랜 게릴라전

296

에서도 살아남은 육감이었다. 서글퍼 보이는 미소가 낯이 익었다. 어디서 본 듯한 얼굴. 아무래도 기억이 나질 않았다. 어디서 만났을까. 혹시 암시장에서 본 것이 아닌가 하는 막연한 생각을 떨쳐 버릴 수가 없었다. 학민은 사방을 살폈다. 소금자루 같은 포로를 팔각정 기둥뿌리에 앉혀 기대게 했다. 앙상한 어깨뼈가 상했는지 한쪽으로 기울었다.

학민은 반합 뚜껑을 열었다. 포로의 눈도 같이 열렸다. 처음엔 의심하여 학민이 한입 먹어보았다. 그제야 안심하는 눈치였다. 젓가락으로 먹이자니 쉽지를 않았다. 그렇다고 뒤로 묶인 손을 풀어 줄 수야 없는 노릇이었다. 급하기도 하고 주위를 살피자니 마음이 앞섰다. 맨손으로 먹여 주는 수밖에 없었다. 뜨거운 국물에 손가락이 얼얼했다. 멀리서 들리는 인기척에 몇 번이나 감추기를 반복했다. 긴장의 연속이었다. 국물 한 방울 남기지 않았다. 이빨과 손이 떨려서 도무지 진정되질 않았다. 전투복이 밤비를 맞은 듯 흠뻑 젖어 들었다. 사주경계를 하는 박경석도 마찬가지였다. 하늘에 별은 유난히 밝았다.

"꼬 옹온 콩?"

학민은 맛이 있느냐고 물었다.

"응온, 응온."

맛있다고 고개를 연방 끄덕였다.

"깜 언, 깜 언……."

포로의 고맙다는 혼잣말은 보초 근무 내내 이어졌다. 군홧발에 짓밟혀 못쓰게 된 안경을 무척 아쉬워하는 눈치였다.

'적군이나 아군이 하는 행위들이 전쟁이란 이름으로 모든 것이 묻어지고 정당화될 수 있다는 말인가. 하늘은 전장에서 서로에게 한 짓을 용서해 줄까. 이데올로기란 과연 무엇인가.'

총을 든 학민으로서는 고뇌와 갈등으로 가슴을 메이게 하는 길고도 긴 밤이었다.

'아, 아, 이 전쟁은 누구를 위함일까?'

새벽이었다. 포로가 묶인 줄을 풀고 달아났다. 학민과 박경석이 보초를 서고 난 후 두 번째 근무조가 당했다. 보초는 재갈을 물리고 되레 손이 묶여 있었다. 포로는 소총까지 빼앗아 갔다. 적군의 훈장감을 꿰차고 달아난 것이었다. 보초 둘이 교대로 볼일을 보는 중간에 당한 것이었다. 보초는 송곳 같은 것에 찔렸다고 진술했으나 설득력이 없었다. 상처 자국은 송곳의 굵기보다 훨씬 커 보였기 때문이다. 급소를 비켜 간 것이 다행이었다.

중대가 발칵 뒤집혔다. 기지 주변을 이 잡듯 뒤졌으나 포로의 머리카락 한 올도 찾지 못했다. 상급 부대의 정보팀이 수시로 들락거렸다. 한·미·월군의 합동수사대도 나왔다.

밤새 보초를 선, 열 군데가 넘는 외곽초소 근무자들도 곤욕을 치렀다. 부상을 당한 김학수 병장은 치료도 제대로 받지 못하고 불려 다녔다. 중대장은 무장해제를 당하고 심문을 받았다. 소대장도 자유로울 수가 없었다. 포로는 회오리바람을 일으키고 사라졌다.

학민은 새 안경을 고쳐 써보았다. 고산족이 사는 캄보디아 쪽

호치민루트로 통하는 먼 산을 바라보았다. 시야는 여전했다. 그가 여분으로 가지고 있던 안경으로 바꿔 쓴 것을 눈여겨보는 아군은 아무도 없었다. 은장도처럼 항상 명찰 아래 주머니에 지니고 다니던 작은 칼이 잡히지 않아 멈칫했다. 뜬눈으로 보낸 지난밤을 돌이켜 보았다. 보초 교대를 하기 전에 포로에게 자신이 쓰고 있던 안경을 씌워주었다. 그런 다음에 아는 놈 포승줄 묶듯이 느슨하게 해주고 주머니칼을 손에 쥐어주었던 것이다.

"이건, 군법회의 깜이야! 아니, 총살 깜이야! 총살 깜!"

그만 들통이 나고 말았다. 순간 심장이 멎는 그런 느낌을 받았다. 정보팀에서 포로가 묶여 있던 팔각정 주위를 살피던 중에 쌀국수 흔적을 발견한 것이다. 보초 근무조가 모두 불려 나와 횡대로 늘어섰다. 정보팀장은 권총까지 꺼내 들고 분함을 참지 못했다. 선임하사가 불쑥 나섰다. 박경석조가 근무 전에 야식 만드는 것을 봤다고 증언했다.

"내가 쌀국수를 먹다가 줬습니다. 이 병장이 볼일을 보고 오는 사이에 말입니다."

박경석의 단호한 자백에 학민은 침묵을 지켜야 했다. 비겁하다는 생각이 들어 당장이라도 소리치고 싶었다. 그렇지만 박경석의 너무도 강렬한 눈빛에 압도당하고 말았다.

학민은 얼떨결에 안경을 벗어 주머니에 넣었다. 무심코 주머니칼이 들어있던 왼쪽 가슴을 만져 보았다. 허전했다. 수첩은 가장 많은 분량을 허락했다.

좌표 140319

박경석은 학민을 뺀 단독범행이라 자백하고 2주일 동안 사단 영창을 갔다 왔다. 겉으로는 태연한 척하고 지냈지만, 가슴앓이를 하고 있는 게 엿보였다.

"야! 넌 흐웅을 내게 양보했으니 이제 우리는 빚을 갚은 셈 치자."

"경석아, 혼자만 고생하다 오면 난 어쩌라고 이 자식아."

학민은 눈물을 흘렸다.

"전쟁터에선 별일이 다 생겨. 우린 바로 익숙해질 거야. 걱정 마."

학민은 죄인처럼 몸 둘 바를 몰라 했다.

"야, 경석아. 얼마나 고생했냐? 매일 빳다 맞았지? 말 좀 해봐."

"다 끝난 얘기야. 그냥 잊어버려."

"이 자식이, 그래도. 혼자 끙끙대지 말고 털어놔. 그래야 잊든 말든 할 게 아니냐."

"깜빵에서 철창 몇 번 탄 기쁜이냐. 아무튼 끝내. 우리가 뭘 어쩌겠어. 뭐를……."

박경석은 쉽사리 입을 열지 않았다. 학민도 더 이상 어떻게 해 볼 수가 없었다. 중대장은 징계당하고 사단으로 대기 발령되었다.

박경석으로서는 중대장과의 조우를 피할 수가 있어 그나마 다행이었다. 하지만 소대 선임하사와 중대원 절반 정도의 싸늘한 눈총을 피할 수 없었다.

"야, 이 새끼야! 네놈이 뭐야! 대관절 뭐하는 놈이냐구!"

선임하사는 박경석이 영창에서 귀대하여 신고하는 자리에서 윽박질렀다.

"짜슥이, 지가 무슨 놈의 정의의 싸나이라고 중대 분위기를 엿같이 만드냐 이 말이야. 전쟁터에서 대의명분 좋아하네. 내 참 더러워 죽겠네. 니이미."

"우리가 아무리 책가방 줄이 짧아도 생각이라는 것이 있지. 경석이 저놈이 큰일 한 거야. 대가리가 제대로 박힌 놈이라고 우린 겁나서 아무 놈도 못 하잖아. 죽었다 깨어나도 말이다."

전우들의 반응은 양분되었다.

박경석은 2주 만에 자대의 근신 처벌도 풀려 정수장으로 나올 수 있었다. 마마상들이 환영을 해주었다. 흐응의 어머니는 코카콜라 병뚜껑을 따서 박경석의 코밑으로 디밀었다. 그녀의 눈에 눈물이 가득 고여 쏟아지기 직전이었다.

"우엉, 우엉."

박경석은 마시라는 말에 웃음을 보였다.

"깜 언 찌, 신 찌."

흐응의 어머니는 고맙다는 존댓말에 고개를 연신 끄덕였다.

"흐응은요?"

　박경석은 목을 빼 사방을 돌아보았지만, 흐응이 보이지 않았다.
흐응의 어머니는 대답 대신 머리에 띠를 두르고 누워있나는 모습
을 손짓으로 보여주었다. 런닝셔츠 바람의 박경석은 오른팔을 뻗
어 알통을 만들어 보이면서 걱정하지 말라며 나오라고 수화를 보
냈다.

"매, 매 통 바오? 오케이?"

흐응의 어머니는 알아들었다고 박경석의 손을 잡아 흔들었다. 박경석은 마시던 콜라를 흐응 어머니에게 권하자 이리저리 피해 다니다 겨우 한 모금 마시고는 다시 돌려주었다. 동작이 반복되자 마마상들과 병사들이 같이 배를 잡고 웃었다. 전장의 화약 냄새를 잠시라도 잊을 수 있었다.

그날 밤. 박경석은 긴장했다. 그가 영창을 가면서 자리를 넘겨받은 초소장에게만 알리고 개구멍을 빠져나갈 심산이었다.

"또 영창 안 갈려면 일찍 들어와. 알겠지?"

학민은 걱정스레 다짐을 받았다.

"학민아, 나 오늘 탈영할지도 몰라. 흐응을 데리고 나트랑 롱 녀석에게 가서 마피아라도 할까 봐. 히히."

"진짜 까는 소리 할래? 그 지랄병하려면 이 초소장이 안 보내줄 거야. 그럴까?"

"짜식, 내 등판에다 총질이라도 하려고?"

"헛소리 말고 빨리 가! 두 시간뿐이야! 시간 잘 지켜."

흐응은 낮에 어머니가 장사하던 초막에서 기다리고 있었다. 박경석이 철모를 벗자, 흐응은 껑충 뛰어 목에 매달렸다. 깊은 포옹이 지나고 서로 입술을 찾았다. 자리에 쓰러지듯 누웠다. 바닥에는 레이션 빈 박스가 깔려 온전했다. 두 사람은 격렬하게 서로를 찾았다. 그들은 세상이 끝이라도 날 것처럼 온몸을 불살랐다. 그들은 한 번의 정사로 만족하지 못했다. 몇 번의 고비를 넘기고서야 갈증이 풀렸다.

"흐응, 꼬 응우 응온 콩?"

박경석은 엉뚱하게 잘 잤냐고 물었다.

"박 병장님, 아잉 이에우."

흐응이 웃으며 사랑한다고 대답했다. 손을 끌어다 서로의 가슴 위에 올려놓은 채 바로 누워 하늘을 보았다. 별빛 대신 낮은 먹구름이 떼 지어 지나가고 있었다.

"끼익 킥! 끼익 끼익 킥!"

건너편 숲속에서 원숭이 울음소리가 들렸다. 흐응의 어머니가 보내는 신호였다.

"파이 디, 파이 디."

흐응이 가야 한다고 벌떡 일어나 옷을 챙겨 입었다.

"흐응, 아이러브 유. 아이러브 유. 오케이?"

박경석은 울며 가는 그녀의 뒷모습이 어둠 속으로 빨려 들어갈 때까지 지켜보면서 보이지도 않는 손을 흔들었다.

어느 날이었다. 박경석이 뒤통수를 긁적이며 말을 꺼냈다.

"야, 이 병장, 헛구역질을 안 해도 임신이 되는 거야?"

"야! 그게 뭔 소리냐? 생머리가 애 가졌어?"

"아니, 모르겠어, 뭐가 낌새가 좀 이상히디고."

"짜식이, 정말 답잖은 소리 하고 자빠졌네. 생머리가 애 가졌음 야단났다야. 무슨 수라도 써야지, 머리만 싸맨다고 해결이 나겠어."

학민은 놀라 도끼눈을 해 보였다. 박경석과 흐웅의 사랑 전선에 이상 기류가 흐르고 있는 기미가 엿보였다. 고민하고 있는 눈치였다. 사실이 그렇다면 큰일이었다. 국제적인 외교 마찰이 생길 수도 있었으니까 말이다. 박경석은 평소의 모습과는 달리 이래저래 골치를 앓는 모습이 역력했다.

"야! 만약에 내가 깨꿀랑하거든 그 자리에 철모를 묻어주라. 유언이다. 여기서 확실한 건 죽음뿐이야. 이상!"

박경석은 학민에게 척하니 거수경례까지 부쳤다. 철모 안 화이버에 붙어 있는 흐웅의 사진 때문이었을 것이다.

"짜식아! 말을 해도 꼭 고따위로 하냐? 너나 내가 죽으면 내 철모, 네 철모 같이 묻어주라. 지금 여기서 모가지가 확실한 놈이 어디에 있겠어."

학민도 질세라 핀잔을 주었다. 철모 안에 들어있는 쑤언의 사진을 염두에 두고 한 말이었다.

며칠이 지났다. 쑤언이 연락도 없이 찾아왔다. 공산당 색깔 같은 코카콜라 깡통에다 쪽지를 담아 중대 기지 철책 안으로 냅다 던졌다.

학민은 그날 밤 모험을 감행했다. 박경석에게도 알리지 않고 보초들의 눈을 피해 여섯 줄의 철조망을 자른 것이었다. 금방이라도 암호를 대라고 할 것 같았다. 포로가 탈출한 뒤라 보초들도 눈에 불을 켜고 있었다. 아군이 갈긴 총알이 금방이라도 날아 올 것만 같았다. 밖으로 나왔다. 어디서 그런 힘이 났는지 자신이 생각해도 모를 일이었다.

쑤언은 흐응처럼 초막에서 기다리고 있었다. 그녀는 떨고 있었다. 두 사람은 뜨거운 포옹을 나누었다. 쑤언의 작은 입술이 열렸다. 타액이 묻은 입술은 나긋하고 매끄러웠다. 입 안은 신열에 뜨거워져 있었다. 혀끝은 끊임없이 움직여 서로를 위로했다. 쑤언은 깊은 파정을 하고도 팔을 풀지 않았다. 그녀는 학민이 탄피로 만들어 이니셜을 새긴 반지를 받고 고맙다는 말만 되풀이했다.

"사수님, 깜언, 깜언……."

눈가를 타고 번지는 희미한 미소가 누구를 닮아 보였다. 얼기설기한 마른 야자수 잎 사이로 빛나는 푸른 별들이 모여 은하수를 이루고 있었다. 두 사람의 머리 위로 수만 개의 별빛이 쏟아져 내렸다. 창작 수첩에도 은하수가 그려졌다.

작전명령이 떨어졌다. D−3일이었다. 출전을 며칠 앞두고 학민과 박경석은 내리 네 끼나 국수를 삶았다. 양쪽에 돌을 놓고 반합 셋을 굵은 대나무에 매달았다. 그 아래 고체연료를 수제비처럼 떼어 불을 피웠다. 반합 둘에 쌀국수를 삶고 하나에 고추장을 풀어 장국을 만들었다. 두 사람은 면발을 입 안 가득하게 끌어넣으며 마기막일지도 모르는 식노락에 빠져들었다.

"경석아, 이거 마저 먹어."

"싫다! 나는 최후의 만찬일지도 모르는데 너나 많이 먹어둬."

큰 전투가 벌어졌다. 학민의 소대는 대포나 차량을 매달고 다니는 치누크 헬기에 올랐다. 또다시 전투지역에 군수물자처럼 떨어뜨려졌다. 학민이 선두에 서야 하는 첨병으로 나설 차례였다. 적군이 파놓은 물소 똥을 바른 죽창이 촘촘하게 꽂혀있는 함정을 지나야 하고 아군이 설치한 부비트랩을 통과해야 했다. 위험한 일이지만 누가 해도 해야 할 일이었다.

학민은 철모 대신 머리에 수건을 동여매고 방탄조끼도 벗었다. 그러지 않고서는 몇 발자국도 옮기지 못할 형편이었다. 정글도를 휘둘러 앞을 가로막는 장애물은 닥치는 대로 잘라냈다. 적군이 쳐놓은 덫에 걸리지 않기 위해 새로운 길을 내야만 했다. 얼마 가지 않아 지칠 대로 지쳤다. 입에 단내가 났다. 땀이 흘러내려 정글화도 질펀하게 젖어 들었다.

학민은 대나무 숲을 어렵게 헤쳐나갔다. 그러다가 발을 헛디뎌 넘어지는 바람에 발목을 삐는 사고가 났다. 진격에 문제가 생겼다. 소대장은 첨병 지원자를 물었으나 모두 대답하기가 쉽지 않았다. 박경석이 선뜻 자원했다. 정글도를 바꿔 잡은 그는 종횡무진 정글에 터널을 만들어나갔다. 첨병을 교대하는 사이에 적들은 이쪽의 동태를 미리 알아차리고 있었다.

소대는 7부 능선에서 그만 복병을 만나고 말았다. 더 이상 나가지 못하고 그 자리에서 참호를 파서 진지를 구축해야만 했다. 꼼짝없이 고립되고 말았다.

사흘이 지났다. 수통이 말라붙었다. 박경석은 마지막 물을 학민에게 아끼지 않았다. 노란색 연막을 피우면 하늘 높이 맴돌던 헬기에서 물과 C-레이션을 떨어뜨려 주었다. 하지만 손에 넣을 수가 없었다. 얼씬만 해도 AK 소총 탄알이 불을 켜고 날아들었다. 적들은 소대원이 가까이 가도록 보고만 있지 않았다.

포위된 지 4일째였다. 이슬이 맺히는 시각을 알아냈다. 밤중에 참호 둑 위로 비어있는 수통과 발가벗은 알 철모를 올려놓았다. 대검도 칼집에서 나와 번득였다. 새벽에는 소총의 개머리판마저 눕혔다. 이슬을 받기 위해서였다. 숨죽여 기다렸다. 평평한 면에 이슬이 맺혔다. 이슬방울이 절정에 이르렀을 때 타이밍을 잡은 보초가 대검으로 철모를 두드려 작은 소리로 신호를 보냈다. 소대원들은 백태가 끼어 소금밭의 넉가래와도 같은 혓바닥으로 이슬을 핥고 또 핥았다. 새벽에서 아침으로 넘어가는 짧은 순간. 바람이 일고 해가 뜨기 전에 해치워야 했다. 엎드려 적진을 살피던 몸을 떼면 흙 위에 병사들의 몸 자국이 소금도장처럼 찍혔다.

갈증은 오히려 더해 갔다. 학민은 시원한 동치미 국물에 살얼음이 떠 있는 국수가 신기루처럼 헛보였다. 그런 국수를 한 그릇만 먹을 수 있다면 당장 죽어도 여한이 없을 것 같았다. 하늘이 인내의 한계를 시험하는 것 같기도 했다. 소대원들은 한계에 다다르고 말았다. 레이션 깡통에다 자신의 붉은 오줌을 받았다. 거기에다 아껴두었던 커피를 탔다. 코를 막고 들이켰다.

하늘도 무심한지, 소나기 한번 지나가는 일이 없었다. 학민은 죽음이 가까워 오는 걸 느꼈다. 수첩에다 마지막 쪽지를 남겼다.

– 어머님 전에

먼젓번 유서대로 하시고, 저를 다시 보지 못하시더라도 부디 건강하게 만수무강하십시오. 나라에서 돈이 나오면 아버님 제사와 어머님을 위해서만 꼭 쓰시길 바랍니다. 어머님께서 말아 주시던 동치미국수가 그립습니다. 김장 김치가 무척이나 먹고 싶습니다. 부디부디 안녕히 계십시오.

불효자 올림

학민이 들고 있던 레이션 깡통에 메마른 눈물방울이 떨어졌다. 그는 이상한 낌새에 엎드려 귀를 땅에다 댔다. 발자국 소리가 또렷하게 들렸다. 얼마나 지났을까. 일시에 불어대는 호루라기 소리를 신호 삼아 적들의 공격이 재개되었다.

따쿵 따쿵…….

적들은 실탄을 아끼느라 단발로 쏘아댔다.

따다따다따다…….

소대원들은 가지고 있던 실탄이 거의 떨어질 때까지 사격을 멈추지 않았다.

"격발! 격발!"

쫘앙! 쫘앙!

남은 크레모아가 터져나갔다. 맞기라도 하면 누구의 몸이든 벌집으로 만들었다. 사람의 살점이 파편처럼 사방으로 튀어 올랐다. 흡사 덜 익은 수박의 속살 같아 보였다.

"야! 내 다리 좀 봐봐! 감각이 없어."

"학민아! 눈이 안 보여! 파편에 맞았나 봐! 씨발."

"이 병장님, 귀가 안 들려요! 고막이 터졌나 봐요. 난 어떡해요. 이 정도면 후송 가는 거죠. 헬기 좀 불러줘요."

"위생병!"

"위생병!"

"위생병!"

사방에서 불러댔지만, 대답은 없었다. 화약 연기 속에서 들려오는 피아간의 신음 소리가 어느 쪽인지 구분을 할 수 없을 지경이었다. 차라리 불구덩이 지옥이 나을지도 몰랐다. 아비규환. 아수라장. 그것도 모자라면 사람이 겪을 수 있는 고통의 백과사전이라고나 할까.

호르륵! 호르륵! 호르륵!

적들의 호루라기 소리가 끊임없이 연속음을 냈다.

꽹! 꽹! 꽹!

꽹과리도 클라이맥스를 향한 단말마의 비명을 질렀다. 학민이 다급하게 외쳤다.

"수류탄! 수류탄 던졋!"

"유탄! 유탄 날렷!"

아군의 전선은 끝내 무너지기 직전이었다.

"무전병! 브로큰 애로야! 브로큰 애로웃!"

어디선가 고함을 질렀다. 무전병은 응답이 없었다.

310

시익… 시익.

무전기만 잡음을 내고 무전병은 피를 흘리고 있었다. 손에는 지도가 들려 있었다. 가까이에 있던 학민이 무전기를 들었다. 지도에 표시된 좌표를 확인했다. 손이 부들부들 떨려 씨줄과 날줄이 흔들려 보였다.

"브로큰 애로우! 브로큰 애로우!"

"화살이 부러진 게 틀림없나! 반복하라!"

"화살이 부러졌다! 오버."

"귀소의 위치를 알려라. 반복한다. 좌표를 불러라."

"좌표 140319. 반복한다. 좌표 1,4,0,3,1,9. 이상!"

"알았다. 귀를 막고 눈을 가려라. 부디 살아 있기를 바란다. 오버!"

알파, 브라보, 찰리 포대에서 거의 동시에 포탄을 쏘아 올렸다.

"장전!"

"발사!"

포대 사수들은 웃통을 벗어 던졌다. 155밀리 포탄은 아군의 머리 위에도 무차별로 떨어졌다. 미군의 팬텀기가 저공으로 폭격을 해대고 꼬리에 하얀 연기를 내뿜으며 비상하자 땅바닥의 사람들 몸뚱이를 태워 날렸다. 사방에서 비명이 터졌다. 이때였다. 휘파람 소리가 이어지고 포탄이 날아왔다. 연이어 터졌다.

꽈앙! 꽝!

학민은 가슴에 큰 충격을 느꼈다. 공중으로 솟았다 나뒹굴었다.

왼쪽 가슴을 더듬었다. 방탄복에 구멍이 났다. 방탄복 안으로 손을 밀어 넣었다 꺼냈다. 피가 보이지 않았다. 전투복 호주머니에 까칠한 뜨거운 금속이 박혔다. 손바닥만 한 창작 수첩이 포탄 파편을 가로막은 것이다. 순간 학민은 왼손바닥을 펴 털장갑처럼 두툼한 흙먼지를 쓸어냈다.

'아, 운명의 손금이 이런 것이구나.'

지나온 짧은 삶이 포탄의 섬광처럼 뇌리를 스쳐 지나갔다. 겨우 정신을 수습하여 주변을 돌아보았다. 능선은 초토화되고 말았다. 초록 색깔이 보이지 않았다. 그제야 적의 포위망이 흐트러졌다. 소대는 전열을 재정비할 틈을 찾았다. 화약 먼지를 걷어내고 돌격 준비를 했다. 첨병은 여전히 박경석이 앞섰다. 적들의 저항도 만만치를 않았다. 고지는 슈바이처 모자를 닮은 무컹을 쓴 적들이 장악하고 있었다. 고지를 눈앞에 두었다. 몸을 사리지 않고 나서던 박경석이 적탄에 맞았다. 떨어져 있던 학민에게 연락이 왔다. 서둘러 압박 붕대로 지혈을 해보았지만 소용없는 일이었다.

"야! 박경석! 이 자식아, 죽으면 안 돼. 나는 어떡하라고……."

"내가 왜 죽어. 동치미국수가 먹고 싶은데……."

"경석아! 정신을 놓으면 안 돼!"

"이 병장, 몰핀을 찔러나오. 이 사진이나… 내 철모 안에……."

지갑에 있던 단발머리의 여동생 사진이었다. 학민은 자신의 발목이 문제가 아니었다. 그를 들처업었다. 임시로 만든 헬기장 해리포드로 정신없이 뛰었다. 오로지 살려야만 되겠다는 생각뿐이었다. 넝쿨에 걸려 넘어지고 일어나기를 몇 차례였다. 한참을 뛰는데 학민의 가슴께에 철썩거리는 것이 있었다. 박경석의 뱃속에서 무엇인가 한 뼘이나 삐져나와 있었다. 흔들거리는 창자가 그새 말라붙고 있었다.

"아아, 경석아! 이 일을 어쩌나."

들것으로 헬기에 실린 박경석의 맨발바닥은 핏기가 가셨다. 시리도록 하얗게 보였다. 오히려 푸르다고 해야 옳았다. 헬기가 뜨자 한줄기 끈끈한 핏물이 따라 올랐다. 학민은 박경석이 쓰던 철모를 가슴에 안았다. 거수경례를 부쳤다. 헬기가 높이 오르더니 멀어져 갔다. 수첩에 진중시를 적었다.

학민은 포탄이 떨어지고 파편은 사방으로 튀는데도 엄폐물을 찾아 움직이지 않았다. 두려움이 사라져 버렸다. 자욱한 유황 연기 속에서 멍하니 서 있었다. 가시지 않은 충격으로 한동안 망연자실할 수밖에 없었다. 겨우 정신을 차렸는데 멍하니 귀가 들리지 않았다. 보이는 것은 무성영화였다.

아군의 많은 희생이 따르고 난 뒤에야 고지를 탈환할 수 있었다. 특공조가 흙 채운 드럼통을 굴리며 고지에 오르다가 장렬하게 전사했다. 3소대는 적군의 반복되는 짧은 호루라기 소리와 함께 황급하게 빠져나간 고지에 올랐다.

적이 먹고 버린 C-레이션과 K-레이션 깡통이 어지럽게 굴러다녔다. M-16 소총의 탄피도 수북했다. 전투 직전에 공포를 잊어 보려고 마신 고량주 빈 병이 참호마다 있었다. 미군의 PX 표시가 선명한 버드와이저와 OB 깡통도 구석구석 나뒹굴고 있었다.

학민은 적군이 쓰던 빨간 별이 새겨진 피 묻은 슈바이처 모자를 하나 주웠다. 유탄을 맞았는지 모서리가 조금 날아갔다. 옆면에는 빛바랜 성조기에 해골이 그려져 있었다. 뒤집어 보니 그물망 안에는 사각형의 C-레이션 커피 봉지가 하나 끼워져 있었다. 적들도 쏟아지는 잠에는 어쩔 수가 없었던 모양이다. 또한 호루라기가 단단히 묶여 매달렸다. 옆에는 비닐에 싼 구겨진 폴라로이드 사진이 보였다. 여자의 미소가 소금기에 절어 있었다. 여자의 어깨 위에 손을 얹은 남자가 눈에 익었다.

'이게 누구냐? 이 녀석은 전에 잡혔던 포로잖아. 참, 그때 이 녀석 이름이 뭐더라? 호앙? 로안? 그럼 호루라기를 열나게 불던 녀석이란 말인가?'

학민은 하마터면 소리를 지를 뻔했다. 박경석이 남기고 간 철모를 보았다. 그들의 것과 별반 다르지 않았다. 턱걸이는 날아가고 없었다. 위장포에는 하트 모양이 빨간색으로 과녁을 만들었고 가운데에 큐피드의 화살이 명중되어 있었다. 옆으로 낙서가 이어졌다.

― AK전근금지 불사소·필승·충성·나를기억해다오·조국이여영원하라!

반쯤 남은 모기약이 위장포 끈에 꽂혀있었다. 옆에는 흙이 묻어 구분이 잘 안되는 소금과 커피 봉지가 나란히 끼워져 주인의 손길을 기다리고 있었다. 뒤집어 보니 낯익은 여자가 나타났다. 눈이 크고 생머리인 흐응의 사진이 붙어 있었다. 그녀의 얼룩진 웃음이 철모 안을 가득 채우고 있었다. 머리핀처럼 마른 장미꽃이 눌러져 있다가 고개를 살며시 들었다. 삶과 죽음의 거리가 너무 가까웠다. 학민은 철모와 슈바이처 모자를 양손에 든 채로 심한 현기증을 느꼈다. 겨우 정신을 가다듬고 야전삽을 펼쳐 들었다.

학민은 미친 듯 구덩이를 팠다. 흙먼지가 연막처럼 날렸다. 박경석의 철모와 자신의 철모를 함께 넣었다. 무심하게 들고 있던 슈바이처 모자도 던져 넣고 묻었다. 전우를 잃은 슬픔도 같이 묻었다. 큰 돌을 굴려다 눌렀다.

먹구름이 몰려오더니 천둥이 울리고 때늦은 소낙비가 쏟아졌다. 능선에 흥건한 피를 씻어 내리는 스콜이었다. 학민은 두 주먹을 불끈 쥐고 하늘을 올려다보았다. 빗줄기가 휘날리지 않고 피아노 줄처럼 수직으로 떨어졌다. 얼굴에 우박 같은 빗물이 떨어졌다. 울부짖고 싶어졌다.

'아, 하늘은 평화를 위한다며 이 전쟁터에서 서로에게 저지른 끔찍한 짓들을 용서해 줄까?'

철모가 묻힌 돌 사이로 황토물이 스며들었다. 학민은 무너지듯 주저앉고 말았다. 창작 수첩에는 단 한마디도 적혀 있지 않았다.

몇 달이 지났다. 학민에게 군사우편이 날아들었다. 겉봉을 살폈다.

－ 수도육군병원 입원병동 319호 병장 박경석

학민은 숨이 멎고 소름이 돋았다. 떨리는 손으로 편지를 꺼냈다. 기린의 모가지를 닮은 글꼴의 타이핑이었다.

－ 학민아, 그 지옥에서 살아남았다면 보아라.

필리핀 수빅만 미군 야전병원에서 죽음을 기다렸다. 때마침 육군본부 유력자가 긴급 전통을 내려 태평양을 건너 가까스로 심장을 건졌다. 미육군병원은 천국이 따로 없구나. 학민아, 네가 이 못난 놈을 끝내 살려냈다. 아, 전쟁에서 잃은 것을 되찾을 수는 없지 않은가.

푸른 낙엽

코로나가 세상을 온통 뒤집어 놓았다. 학민은 편의점에서 사 온 신문을 펼쳤다. 1면의 제목을 훑어보고 페이지를 넘기자, 잉크 냄새가 뒤따랐다. 새벽에 유내폰 검색창에서 본 기사를 찾아보았다.

－ 베트남 참전군인의 법정 고백 '민간인으로 보이는 남녀를 논바닥에 모아놓고 죽인 시신을 보았다.'

2021년 11월. 베트남인 피해자의 유족이자 생존자가 한국을 상대로 제기한 손해배상청구소송의 변론기일에서 증언자가 나온 것이다. 증언자는 몇 해 전에도 한국군 학살 진상규명을 위한 시민평화법정에서 증언했다는 것이다. 또 몇 달 전에는 국회에서 열린 간담회에서 자신의 얼굴과 실명을 공개한 적도 있다고 밝힌 것이다.

학민은 한기를 느꼈다. 시선을 하단 기사로 돌렸다.

— 때 이른 한파 기습. 서둘러 김장하려는데 배추가 무름병으로 못쓰게 되어 김치가 '금치'가 되었다.

철모르는 추위가 닥쳐 나뭇잎이 얼어붙어 아침 햇살에 우수수 떨어졌다. 11월의 푸른 낙엽이었다. 불현듯 학민의 귓전에 비행기 굉음이 들려왔다.

베트남 중부의 하늘을 가린 정글 위로 고래가 나타났다. 저공 비행하는 미군 수송기였다. 한국군의 작전지역을 선회하더니 비를 뿌렸다. 색깔이 선명한 비였다. 말라리아의 매개체인 모기와 연합군을 괴롭히는 거머리를 잡는다며 '에이전트 오렌지'가 무차별 살포되었다. 박경석을 따라 참호에서 뛰쳐나가 일부러 비를 맞아 보는 병사들도 있었다. 살충제가 아니라 제초제였다. 학민은 급하게 판초 우의를 뒤집어쓰면서 소리 질렀다.

"야, 박경석! 저건 칼라레인이 아니라 킬러레인이야!"

얼마 뒤 아침 햇살에 푸른 나뭇잎들이 우수수 떨어졌다. 적들을 노출시키고 그들의 농경지를 망가뜨리려는 목적이었다. 푸르고 꽃다운 병사들은 오렌지 색깔 비를 그대로 맞았다. 뒷날 수많은 참전자가 고엽제 후유증으로 시달리게 되리라곤 꿈에도 생각하지 못했다.

학민이 신문은 접고 휴대폰을 열었다. 검색창 여기저기에 베트남 참전군인으로 최초로 이루어진 법정에서의 양심고백이라며 떠다녔다. 한편으로 법원 앞에서 1인 시위자가 피켓을 들고 있는 사진이 보였다. 사진 설명에는 반대 증언을 하겠다는 참전군인이라고 적혀 있었다. 서둘러 사진을 확대해 보았다. 검은 마스크를 썼지만, 정글복에 낯설지 않은 느낌을 받았다. 검색한 기사를 살폈다. 시위자는 기자들의 질문에 속사포 같은 대답을 쏟아냈다.

"나는 베트남 참전용사다. 쌍둥이 형이 파월되었다가 핑크빌(붉은 해방구)에 양민으로 위장하여 침투한 공산군 앞잡이와 협력자의 밀고로 포로가 되었다. 형은 탈출을 시도하다 붙잡혔다. 적들은 사냥감을 몰이하듯 둘러싸 연합군의 첨병이 쓰던 정글도로 내리쳐 형의 다리를 잘랐다. 피 흐르는 정글도를 다시 휘둘러 기어가는 포로의 남은 다리마저 잘랐다. 형은 후시의 힘을 쓴 양팔로 기었으나 교대한 적군이 히죽거리며 또 잘랐다. 한쪽 남은 팔로 본능적으로 사력을 다해 기었지만, 적들은 눈곱만큼의 자비도 베풀지 않았다. 이것은 지어낸 이야기도 아니며 진실을 호도하고자 손바닥으로 하늘을 가리고자 하는 광대놀이는 더더욱 아니다. 연합군 합동조사단과 전우들의 증언으로 밝혀냈다. 쌍둥이를 잃은 슬픔과 분노에, 고위층에 탄원하여 형의 부대에 자원하여 파병되었다. 그때 형의 발자취를 찾아다니며 내 가슴 안의 다정함을 총으로 다 쏘아 버렸다. 또한 내 마음속의 선량함도 다 죽어 버렸다. 빗발치는 총탄과 포탄이 난무하는 전장의 한복판에 있어 보지 않은 사람들이야 곧잘 너무도 쉽게 전쟁을 말한다. 심지어는 장난스럽게 게임처럼 가볍게 여긴다. 부디 앞으로는 삼가길 간곡히 바란다. 전우를 위해 아낌없이 한 몸 던져 장렬하게 전사한 내 전우들에 대한 불경이기 때문이다. 여기서 내가 되묻고 싶은 말은 국가가 부르면 너희는 빠져나와 다른 길을 모색할 것인가? 그때 너희는, 너희 선대는 나라를 위해 어디서 무엇을 하고 있었는가? 우리를 남의 나라 내전에 팔려 간 용병이라면 6.25에 참전한 연합군도 용병이란 말인가? 이때 미군은 남의 나라에서 3만 3천 명이나 전사했고 무려 10만 명 가까이 부상을 당했다. 이들을 용병이라고 부르겠는가? 그때 낙동강 전선이 무너지고 부산마저 빼앗겠다고 가정하면 이 조국은 어찌 되었을까? 모두들 실감이 나기는 합니까. 나는 코로나19 방역 조치를 위반하더라도 마스크를 벗고 나를 공개한다. 자, 보아라. 나는 말단 화기소대 소총수 박경석이다."

학민은 놀라움을 금치 못해 부들부들 떨렸다.

'요양원에 있던 경석이 어떻게 서울까지 왔을까? 재판기일을

어찌 알았을까?'

서둘러 요양원 전화번호를 눌렀다.

"원장님, 안녕하세요. 박경석의 보호자입니다."

"예, 예. 이 작가님 반갑습니다. 어제 뉴스에 나온 사건 때문인
가요?"

"예. 경석이는 잘 있습니까?"

"저나 원무과장이 극구 말렸는데도 법원에 간 것입니다. 어젯
밤부터 몇몇 단체들이 요양원 앞에서 시위하는 바람에 난감하게
되었습니다."

"저한테라도 귀띔을 좀 해주시지 않고요."

"예. 절대로 안 간다고 철석같이 약속을 해놓고 꼭두새벽에 빠
져나가 속수무책이었지요."

"예. 예측불허는 그 친구 주특기지요. 아무튼 저희 불찰도 많습
니다."

"아닙니다. 그동안 작가님께서 여러모로 후원해 주시는 덕분에
저희 요양소가 좋은 이미지로 유명세를 타 운영에 큰 도움이 되
었지요. 시위는 며칠 지나면 수그러지겠지요. 걱정하지 마십시오."

"경석이는 지금 어찌고 있습니까?"

"볼인도 골치가 아픈지 119구급차를 불러 환자복으로 위장하
여 유유히 빠져나갔습니다."

"어디로 간다고 하였나요?"

"저한테는 자세히 알 거 없다며 은신처라고만 말했습니다."

"은신처라? 원장님, 잘 알겠습니다. 다시 연락드리겠습니다."

은신처라면 오래전 학민이 집필실을 지으면서 마련한 언덕배기 저장고를 말했다. 농산물을 보관하려고 만든 땅굴이었다. 박경석이 요양소에 가기 전에 찾아와 보더니, 마음에 들었는지 한동안 기거하던 아지트였다. 환기구를 내고 출입구에 문까지 달아 놓으니 제법 벙커 같았다. 엽총까지 소지 허가를 받았다. 박경석은 정글복에 정글화를 신고 구두약으로 얼굴을 위장하고 해거름에 인근 산야를 돌아다녔다. 허가받은 유해 조수 포획이나 사냥에도 남다른 실력을 뽐냈다. 지역의 엽사들이 감탄했다.

"박 사장님은 언제 사격술을 익혀 쏘면 백발백중입니까?"

"멧돼지는 차우를 매달고도 뛰는 놈들인데 급소에 맞히다니 대단합니다."

"참으로 명사수입니다."

박경석은 태연했다.

"이 정도는 별거 아닙니다. 예전에는 땅굴에 들어가 몇 놈을 한 번에 작살내었는데요."

"예? 예에? 멧돼지를 한 번에요."

"아니 적들을요."

"하하, 박 사장님께는 멧돼지가 모두 적이군요."

"하기야 놈들이 어지간해야지요. 옥수수며 고구마까지 싹쓸이 아작을 내거든요."

"맞아요, 맞아요. 농사꾼한테는 적군이지요. 적군. 자, 술이나 한잔하시죠."

박경석은 이런 날 야간 매복을 한다며 군장을 꾸리고 판초 우의를 걸쳤다. 벙커 안 목침대에서 자지 않고 나섰다. 학민이 수십 년 정성을 쏟은 자작나무숲이 울창한 선녀봉으로 향했다.

탕탕!

심야에 총소리가 났다. 학민은 청탁받아 기한이 임박한 원고를 퇴고하다 창문을 열고 선녀봉을 올려다보았다. 어쩌다 짐승의 비명이 들리기도 했다. 둘만이 교신하는 산악용 워키토키를 들었다.

"여기는 070, 알파는 송신하라. 오버."

쉬익 쉬이익

무전기는 켜져 있는데 받지 않았다. 연이어 송신하지만, 교신은 성사되지 않았다. 휴대폰으로 통화를 시도해도 자동 응답기가 대신 받았다.

"지금은 전화를 받을 수 없습니다. 잠시 후 다시 걸어주시기 바랍니다."

문자메시지를 보냈다.

─ 야, 지금 몇 신데 총질이야! 아무 데나 갈기기 미라. 산노끼나 고리니가 놀래잖아. 산비둘기도 자는 시간이야. 접때처럼 순찰차에 실려 가고 싶냐? 너 이번에 걸리면 삼진아웃이야. 삼진아웃! 알았어? 몰랐어?

답이 왔다.

– 현재 시각 당소는 야간 매복 중. 까는 소리 하들 말어. 적들
이 움직인다. 송신 끝.

1주일이 지났다. 각양각색의 마스크를 쓴 기자들이 들이닥쳤다.
"이학민 선생님의 집필실이 맞나요?"
"예, 그런데요. 무슨 일입니까? 왜들 이럽니까?"
"제보가 있어 왔습니다."
"무슨 제보 말입니까?"
"제보자를 위해 밝힐 수는 없습니다."
"대관절 무슨 연유로 이러는지 알기나 합시다."
"지난주에 법원 입구에서 1인 시위를 하던 박경석과 베트남 참
전 동기가 맞습니까?"
"박경석이 쌍둥이 형의 복수로 비인도적인 행위를 한 것을 본
적이 있습니까?"
"박경석은 지금 여기서 함께 지내고 있습니까?"
쏟아지던 질문이 한순간에 멈추었다. 우렁차게 울어대던 매미
들이 인기척에 숨을 죽인 형국이었다. 단독 군장을 하고 엽총을
든 박경석이 나타났다. 마스크 위의 눈자위가 충혈되어 있었다.
그는 큰 걸음으로 전봇대 한 칸 정도 떨어진 고목이 된 감나무
아래 파란 플라스틱 의자에 걸터앉았다. 큰소리를 쳤다.
"내가 박경석이오! 그분은 아무 상관이 없는 일이니 다들 이리
오시오!"

기자들이 우르르 박경석이 앉은 앞자리 잔디밭으로 몰렸다. 학민은 두 팔을 벌려 머쓱한 표정을 지었다. 고개를 좌우로 흔들며 어처구니없다는 얼굴로 간이의자를 들고 기자단과 한 발치 거리를 두고 앉았다.

박경석은 심호흡까지 하더니 입을 열었다.

"기자 양반들이 몇 가지 약조를 해주면 인터뷰에 응하겠소. 먼저 미안하지만, 셀카봉을 든 유튜버는 멀리하겠습니다. 만약 유튜브 동영상물이 실시간 게시되면 인터뷰는 즉각 중단합니다. 이 장면이 인터넷에 링크되면 일부 유튜버들이 입맛대로 편집하여 왜곡하는 악플러들이 많아서입니다."

"유튜버들을 경계하시는 것입니까?"

"아닙니다. 유튜버 대다수는 유익한 정보를 빠르게 전해줍니다. 다만 일부에서 생존을 위한 방법인지 예민한 부분을 자극적인 영상으로 조회 수를 올리고자 무리수를 쓰는 것이 문제죠. 얼마 전 어느 성범죄자가 출소하자 집을 넘어다보고 차량까지 부수며 위협을 가한 것은 '사적 제재'인 셈이죠. 이게 공권력이 더딘 틈을 타 속전속결을 무기로 해결해 준다는 위험한 발상의 콘텐츠를 채널 구독자에게 인기가 있는 것이겠지요. 거기에다 자극적인 유튜브 제목을 붙여 시선을 모으는 것이지요."

"참전자께서도 베트남에서 쌍둥이 형의 복수를 한 것도 사적 제재가 아니었나요? 내로남불이라 보이는데요."

"절대 아닙니다. 형의 복수가 아니라 중대기지 보호 작전에 투입되어 거둔 성과였습니다."

"혹시 유튜버는 아니신가요? 맞는다면 구독자는 몇 명이나 되는지요?"

"제대로 검증되지 않고 가공된 재창작은 반대입니다. 반대의견에 집단지성으로 저한테 문자 폭탄이나 전화 테러를 팬덤으로 폭격 당할까 걱정입니다. 베트남전쟁 당시에 무차별 폭격하는 팬텀기가 있었거든요. 하하하."

"추구하는 지표가 무엇인지 알겠습니다."

"다음은 제보자가 누구냐고 묻지 않겠지만 어느 곳에 사는 사람인지는 밝혀야 합니다. 저기 붉은 기와를 올린 집필실은 촬영이나 녹화를 하지 말아야 합니다. 주인이 따로 있어요. 사생활 침해이니 여기 집주인과도 인터뷰를 요청하지 마시오. 저분은 지금까지 내 뒤치다꺼리하다 피해만 본 것이오. 아무런 상관이 없어요. 동의합니까? 누가 제일 연소자요?"

"유튜버를 뺀 우리 기자단 12명 중에 제가 고참이라 동의하겠습니다. 수습인 C사의 강 기자가 대표 질의를 하는데 모두 이의가 없으시죠?"

유튜버 여럿이 투덜대며 물러나고 다른 언론사 기자들은 동의했다.

"몇 개 사의 신문이나 방송을 빼고는 내용에 크게 문제 될 것이 없었는데 무엇이 모자라 이곳까지 쳐들어온 것이오? 먼저 강 기자가 말해보시오."

"예. 제보자의 신상은 밝힐 수 없습니다. 다만 이 지역에 근거를 두고 있습니다. 이 점도 제보자와 협의된 사안입니다. 베트남 전쟁에서 우리 군대의 양민 학살은 심각한 문제입니다. 특히 피해자가 직접 우리나라를 상대로 피해보상을 요구하여 국제적인 이슈가 되었습니다. 여기에다 학살에 가담하진 않았지만, 사망에 이른 다수의 주검을 보았다는 목격자가 나와 이를 뒷받침하고 있습니다. 이 재판에 참전자께서는 분명하게 이의를 제기하였습니다. 앞으로 원고나 피고의 증인으로 채택되면 법정에 나가 지금의 주장을 펼칠 수 있겠습니까? 또 본인은 총을 든 적군 외에 민간인을 사살한 적은 없습니까? 한 점 부끄러움 없이 양심선언을 기대하겠습니다. 나머지는 동료 기자들이 할 것입니다."

"좋소. 내 위치를 제보한 사람을 짐작할 수 있겠습니다. 기자들도 군인이라 칩시다. 국가에서 지금 우리 동명부대나 청해부대처럼 파병 명령이 내려졌다면 개별적인 기준이나 판단으로 '나는 못 가겠다.'라는 말이 가능하겠소? 개인의 주장이 관철되지 못하면 탈영이라도 해서 다른 길을 택할 자신이라도 있소? 그다음 수송기나 전함을 타고 현지에 도착해 교전이 벌어집니다. 아군의 피해가 속출하는데 교전수칙을 따지고 '너는 군대냐 위장한 민간인이냐 바께마이냐?' 붙어보고 사격할 수는 없어요. 이런 상황은 비일비재합니다. 전장에서 군인은 한낱 소총에 불과합니다. 적을 찰나에 죽이지 못하면 내가 순간에 죽어요. 게릴라전에서는 더더욱 그렇지요. 전쟁을 겪지 않은 기자들도 전장에 단 하루만 있어 보면 사람이 어떻게 괴물로 변하는지 알게 될 거요. 베트남은 알다시피 내전이었지요. 아무리 전쟁은 승자의 편이라 하나 공산군이 남쪽에서 저지른 학살은 언급하지 못합니다. 왜입니까? 그들은 우리 연합군에 협조한 양민을 끌어내 인민재판이란 미명 아래 주민들 앞에 공개하여 죽창으로 무수히 찌른 다음 확인 사살까지 자행했습니다. 오장육부가 튀어나온 주검을 무참하게 매달아 가슴에 명패까지 달았지요. '보아라! 인민을 배반하고 통일전선의 걸림돌은 마땅히 처단한다!'입니다. 내 눈으로 똑똑 보았으니 이에 증언합니다. 6.25 전쟁에서 공산군이 저지른 만행도 같은 선상에 놓아야 맞지 않겠어요? 왜 그들에게 따지지 못합니까? 무엇이 두렵습니까? 베트남에 파병된 한국군은 광기를 부린 독일의 나치와는 천양지차로 다릅니다. 인정이 많고 순수했습니다. 방패막이나 피아 간에 구별이 어려웠던 탓에 피치 못한 오인사살이 있었다면 하늘이 알 것입니다. 베트남은 우리나라와 중국에 시달린 역사적 배경과 지형이나 강대국이 그은 17도 선과 38도 선으로 분단되어 남북 간의 대치 상황이 같았습니다. 또한 민주주의 가면을 쓴 독재에 억압받은 처지가 비슷하여 동질감을 느끼고 있었습니다. 동병상련이랄까요. 미국이나 호주 군대가 논둑을 거위처럼 뒤뚱거리며 미끄럼 탈 때 한국군은 맨발로 모내기하던 솜씨를 발휘하여 물총새처럼 날아다녔습니다. 현지인들도 서로 통하는 공통분모를 발견하고 호감을 많이 가졌습니다. 한국군은 베트남의 파괴와 혼란이 아니라 진정한 자유와 민주주의를 위하여 연합군으로 참전한 것입니다. 다음 기자 양반."

"예. S사의 한 기자입니다. 저희가 취재한 바로는 참전자의 증언과는 차이가 납니다. 피해를 주장하는 생존자의 증언과 일부 참전자의 증언은 양민 학살을 뒷받침하고 있습니다. 미국의 기밀문서도 그렇습니다. 어떻게 보십니까?"

"진위를 떠나 생존자의 고통에 가슴이 아픕니다. 나도 어릴 때 6.25 전쟁에서 적군의 협력자란 그런 식으로 아버지를 잃었거든요. 이번 법정에서의 증언자는 직접 학살에 가담한 것이 아니라 같은 작전에 투입된 부대원으로 시신을 보았고 귀대 후 전우들로부터 상황을 들었다고 합니다. 특수작전으로 참수조 몇 명이 침투해 저지른 사살이 아닙니다. 전투부대 1개 소대는 40여 명입니다. 4개 소대가 모여 중대를 형성합니다. 대개 작전은 중대 단위로 진행됩니다. 소대는 다시 소대장조와 선임하사조로 나누어지는데 최전방에는 분대별로 작전지에 나갑니다. 마을에 진입하려면 적어도 소대가 에워싸야 가능합니다. 결국 학살 현장에 80개의 눈과 귀로 보고 마음을 움직여 명령에 따라 가담했을 것입니다. 이 가담자 중에 누군가 거역하지 못할 확실한 물증으로 법정에서 양심고백을 해야 신빙성이 더해질 것입니다. 미군과 남베트남군이 500M쯤 떨어신 망루에서 보았다는 기밀문서도 의문점이 많습니다. 정글에서 지척에도 장애물과 은폐물이 많은데 그 정도 거리라면 식별이 가능했는지도 납득이 가질 않습니다. 사실이라면 죽음도 불사하는 수많은 종군기자들이 가만히 있겠어요? 손바닥으로 하늘을 가릴 수 없듯이 어림도 없는 일이지요. 또한 적들의 침투조는 우리 한국군의 전투복으로 위장하는 경우도 많았습니다. 우리의 부대 마크까지 버젓이 달아 갖가지 만행을 저지르고 사진을 찍어 한국군의 짓이라고 뒤집어씌워서 종군기자나 언론사에 팔아먹었지요. 부대 마크와 이름표가 반대쪽에 달려있어 들통이 난 적도 있었으니까요."

"쌍둥이 형의 죽음에 슬픔과 분노로 자원했다는데 참전하여 당사자를 찾아내 원수는 갚았습니까?"

"너무 민감한 질문은 지금은 때가 아닙니다. 추후 털어놓겠습니다."

"방금 이번 청구 소송에서 양민 학살에 가담한 참전자의 양심고백을 들어야 신빙성이 있을 거라고 했습니다. 당사자의 복수는 양심고백을 할 의사가 없다면 이중 잣대가 아닌지요?"

기다렸던 듯 기자가 도화선을 건드렸다. 박경석의 얼굴이 단번에 불타올랐다.

"좋소! 나도 현지 전장에 적응하자 3달 치 수당으로 이중 첩자를 매수하였소. 형의 도살자를 찾아내는 데 성공하자 치를 떨었소. 밤마다 형이 당하던 악몽에 시달려 고통스러웠소. 세상에서 고통만큼 강한 무기는 없소. 형이 참수당한 같은 방법으로 되갚았소! 일개 전투병이 죽인 게 아니라 전쟁이 죽인 것이오!"

"그는 양민이 아니었나요? 그의 가족들은 어떻게 했나요? 함께 죽여야 할 부득이한 상황은 벌어지지 않았나요?"

"유도 질문에는 더 이상 응할 수가 없어요. 가족은 무관하고 비밀 아지트로 갔다 하였소"

"작전 중에 잡힌 포로의 탈출을 도왔다는 것이 사실입니까?"

"나와 전우는 포로를 감시하는 초병으로서 임무를 저버리고 밤중에 탈출을 도운 적이 있었소. 그는 지금 은혜를 갚느라 캄보디아에서 탈북민을 돕고 있소. 그런 우리가 양민을 무턱대고 마구 죽일 수가 있단 말이오?"

"사실을 확인할 수가 있나요?"

"지금 내가 증언하고 있지 않소?"

"N사의 최 기잡니다. 베트남이 패망했을 때 교민 철수를 돕던 한국대사관의 외교관이 포로가 된 적이 있습니다. 숙소에 있던 외교관을 직접 체포하고 치화형무소에서 북한 공작원과 합세하여 심문하고 북한으로 가도록 압박한 사람이 주한베트남 외교관으로 부임하자 보복하고자 스토킹을 했다는데 사실입니까? 사실이라면 앞서 사적 제재를 가했다는 유튜버와 차이가 있다고 보십니까?"

"스토킹이나 사적 제재는 낭설입니다. 하지만 우리 외교관은 죽을 각오로 저항하여 끝내 공산군에 항복하지 않았습니다. 207일간이나 햇빛 한줄기 없는 깜깜한 지하 독방에서 견디고 체중이 40킬로나 빠졌습니다. 그러면서 5년 만에 석방되었으니 말하기조차 거북한 엄청난 고초가 기자는 상상이나 갑니까?"

"치화형무소에서 풀려나 귀국한 외교관을 만난 적이 있다는데 맞습니까?"

"악플러들의 의도된 가짜뉴스이자 헛소문입니다."

"참전자께서 공산군에 패전하면 언제 어디서든 이런 대가를 치른다는 지론은 변함이 없습니까?"

"그건 질문이라 보지 않습니다. 다만 무력으로 적화 통일된 남베트남의 무려 100만 명에 달하는 난민은 자유를 찾아 보트피플이 되어 바다로 탈출을 시도했어요. 하지만 거센 풍랑과 잔혹한 해적들에게 절반이나 희생당한 것을 상기해 봐요. 어디 젊은 기자들로서 실감이 나긴 합니까?"

박경석은 인터뷰를 마치자, 학민을 향해 한 번 돌아보며 골든리트리버와 홀연히 자작나무숲으로 사라졌다. 기자들이 썰물처럼 떠나자, 바람이 자리를 채웠다.

학민은 감나무 가지에서 생명의 끈을 놓친 푸른 낙엽의 몸짓을 보다가 깊은 사색에 잠겼다.

'전쟁은 결단코 일어나서는 안 되지만 언제 어디서든 일어나는 일이다. 아, 하늘은 평화를 위한다며 전쟁터에서 서로에게 저지른 끔찍한 짓을 용서해 줄까?' ☆

에필로그

세상이 10년이면 강산도 변한다는 말은 무색해지지 않았나 싶다. 강산도 해가 다르게 변하지만 생활양식도 반년이 멀다하고 바뀌는 것 같다. 곳곳에 들어서는 초고층아파트나 스마트 기기의 신상품 출시를 보더라도 말이다.

미디어와 문화의 향상으로 문자메시지나 메일은 기본이 된 지 오래다. 나아가 인터넷을 통해 사회관계망서비스(SNS) 같은 소셜미디어 온라인 서비스가 일반화되었다. 서로의 생각이나 정보를 자유롭게 주고받으면서 소통하여 사회적 관계를 공고히 해준다. 누구나 콘텐츠를 생산할 수 있으며 빠른 속도로 많은 사람에게 전달할 수 있다. 이런 뉴 미디어는 좋은 점에도 불구하고 익명성으로 불확실한 가짜정보에 근거 없는 소문이 쉽게 퍼져 사회문제를 불러일으킬 수도 있으니, 양날의 칼인 셈이다.

고백하자면, 《붉은 소낙비》는 앞서 정평이 나 있는 문학상 공모전에서 10선에 오른 적이 있었다. 주최 측인 M방송국 대표 이사의 이름으로 나온 심사평이었다.

－ 공모된 128편을 대상으로… 10선을 통과한 모든 응모작들은 저마다 개성 넘치는 소설작법에 매력적인 장편소설 세계를 제시하는 작품이었습니다만 문학상의 특성상 오로지 한 편만을 선정해야 하는 게 아쉽고 또한 안타까웠습니다.

어느 행사에서 우연한 화제가 설전으로 이어진 적이 있었다.

"선생님은 베트남전쟁 참전용사라 들었는데 양민을 몇 명이나 죽였나요?"

"양민을 죽이다니요? 언제? 누가요?"

"암튼 우리 파병 군대가 양민을 학살했대요."

"아무튼, 누가 그래요?"

"신문에 나고 다큐 영화에서도 보았어요. 참, 유튜브도요. 언제 파병되었나요?"

"나는 훗날이었지만, 그래도 선뜻 동의할 수가 없네요."

"본인이 몸소 겪은 전장의 속사정을 말해주세요."

"전쟁의 겉만 보았지, 전장의 속살을 제대로 모른다는 것입니다. 전장에 단 하루도 있어 보지 않은 자들이 여러 루트를 통해 수집한 소재를 자신들의 입맛대로 필요에 따라 재창조되는 것을 경계해야 한다는 것이지요."

"논픽션이 아니란 얘긴가요?"

"다시 말해 사극에서 사초에 기록된 정사를 토대로 구전으로 내려온 야사를 덧붙이고 상상력을 불어넣어 시청률에 보태자는 의도와 같다고나 할까요. 전장의 재창조라는 왜곡은 분명히 가해자가 나타납니다. 또 피해자를 낳기 마련이고요. 실제로 전장의 공포증을 겪은 사람들에게는 평생을 두고 무의식 깊숙이 자리한 트라우마보다도 슬프고 무서운 일입니다. 현재에 와서 과거 현장을 세트장처럼 재창조하여 포장한 다음 진실을 묻어버리는 가짜뉴스는 표현의 자유가 아니라 봅니다. 특히 경계해야 할 일이지요. 한 번 머릿속에 사실이라고 굳어지면 깨트리기가 쉽지 않거든요."

"선생님 입장에선 끝까지 전쟁터에서 양심을 지켰다는 건가요?"

"전투에서 작전은 전략이 있지요. 하지만 실전에서는 한순간에 재빠른 임기응변으로 죽음의 문턱을 넘어야 합니다. 또한 양민을 방패 삼은 비인간적인 적군에 대응하자면 예측불허의 불가피성이 따릅니다. 고속도로에서 자동차로 질주하다 충돌 직전의 찰나를 상상이나 해보았습니까? 전쟁은 대개 야욕을 채우려는 권력자들이 일으킵니다. 전장에는 병사들이 최전선에 섭니다. 일개 병사로서, 한낱 사람으로서 나라와 전우들에게 떳떳하게 도리와 의무를 다했다고 자부합니다."

"혹여 선생님께서도 양심고백을 하고 싶지 않나요?"

"반문하고 싶습니다. 역사가 아무리 승자의 기록이나 하나 전쟁에서 이긴 자들의 무자비한 만행은 어째서 함구하고 있나요? 왜 그쪽에서는 양심고백이 없나요?"

"끝으로 할 말이 있나요."

"전쟁은 파괴의 화신입니다. 다급한 무전으로 '브로큰 애로우! 화살이 부러졌다!' 전선이 무너지고 아군의 포격이 머리 위에 떨어지면 팔다리에 볼펜으로 이름과 군번을 남깁니다. 왜냐고요? 젊디젊은 병사가 산산조각이 나면 누구의 핏줄인지는 알아야 하니까요. 그 상황을 단 1이라도 느낄 수 있나요? 전쟁은 결단코 일어나선 안 되지만 언제 어디서든 일어나는 일입니다. 깨진 유리그릇은 녹여 다시 만들어야 합니다. 민족의 존립과 참되고 건강한 민주 자유주의의 창조는 입으로 얻어지는 것이 아니라 굳센 방패와 강한 힘을 길러 행동으로 쟁취하는 것입니다."

꽃다운 병사로 전쟁터에 나서게 된 단초는 자유민주주의를 수호한다는 동기 부여가 있었다. 한편으로 양심고백을 하자면, 내 나름의 두 가지 흑심을 품었다. 먼저 고생을 모르고 살아온 어머니가 갑자기 처한 어려움에 보탬이 되고 싶었다. 다음은 현실에 가로막혀 중도에 하차한 학업을 이어 역사가와 작가가 되기 위해서였다. 또한 전쟁의 고발은 총보다 펜이 적격이라는 판단으로 멀고도 험한 길을 택했던 것이다. 다시 말해, 죽어서 효도하느냐, 살아서 공부하느냐는 문제였다. 그때 품었던 흑심의 일환으로 눈과 오감을 모아서 채워둔 기억의 샘물이 마르기 전에 이 작품을 남기고 싶다.

내 몸에서 신열을 동반한 감기는 백약이 무효라 아직도 진행형이다.

붉은 소낙비

초판 1쇄 인쇄 2024년 7월 15일
초판 1쇄 발행 2024년 7월 20일

지은이 이호철
펴낸이 이태선
펴낸곳 창작시대사

주소 경기 고양시 일산동구 장백로 20 굿모닝힐 102동 905호
대표전화 031) 978-5355
팩시밀리 031) 973-5385
이메일 changzak@naver.com
출판사 등록번호 게2 1150호 (1991년 4월 9일)

ISBN 978-89-7447-277-1   03810